Sandra Pulletz

Nur ein Tanz mit dir

Sandra Pulletz

# Nur ein Tanz mit dir

✳✳✳

Eine märchenhafte Romance

Originalausgabe, Auflage 1
Copyright © Mai 2020 by Sandra Pulletz

ISBN: 9783740766146
Verlag: Twenty Six
TWENTYSIX – Der Self-Publishing-Verlag
Eine Kooperation zwischen der Verlagsgruppe Random House und Books on Demand
© 2020 Pulletz, Sandra
Herstellung und Verlag: BoD – Books on Demand, Norderstedt

Herausgeber:
Sandra Pulletz    kontakt@sandrapulletz.com

Covergestaltung: © inspirited books Grafikdesign
www.inspiritedbooks.at

Korrektorat:
Manuela Goncalves Vetter – Der Korrektur Fuchs

Alle Rechte vorbehalten.
Vervielfältigungen, auch auszugsweise, bedürfen der offiziellen Erlaubnis durch die Autorin.
Vollständige Versionen von Disclaimer und Impressum befinden sich am Ende des Buches.

Bibliografische Information der Österreichischen Nationalbibliothek:
Die Österreichische Nationalbibliothek verzeichnet diese Publikation in der Österreichischen Nationalbibliothek. Detaillierte bibliografische Daten sind im Internet über https://www.onb.ac.at/ abrufbar.

*Eine Prise Märchen im wahren Leben*
~
*Ich wünsche euch ein zauberhaftes Lesevergnügen mit Mariellas Geschichte.*

# KAPITEL 1

»Na los, streck deinen Busen raus, Mama!«, schlägt Amelie vor, während sie am dünnen Stoff meines Ballkleids herumzupft.

»Ja doch, es geht eben nicht weiter«, jammere ich.

»Vor ein paar Wochen passte es doch noch!« Der Ton meiner Tochter klingt anklagend.

Ich sehe in den Spiegel und bemerke ihren grüblerischen Blick. Immer, wenn sie scharf nachdenkt, bekommt sie ein winziges Fältchen an der Stirn. Genau wie ich.

»Hast du etwa eine Fastenkur gemacht?« Streng funkelt sie mich mit ihren grünen Augen an.

»Natürlich nicht, wozu auch?« Denn die paar Fettpölsterchen haben mich bisher nicht gestört und mit Kerlen habe ich sowieso abgeschlossen, sodass ich mich auch nicht für das männliche Geschlecht aufhübschen muss.

»Aber das Kleid ist mindestens eine Nummer zu groß geworden.« Als Beweis zieht meine Tochter den seidigen Stoff auf Bauchhöhe weg. »So kannst du nicht auf meinem Abschlussball auftauchen!«

»Ich habe aber sonst nichts anzuziehen«, erwidere ich und versuche, gelassen zu bleiben. »Höchstens meine schwarze Stoffhose.«

»Erstens ist das öd, du kannst nicht in einer 0815-Hose zu meinem Ball erscheinen. Und zweitens passt dir die Hose bestimmt auch nicht mehr, oder?« Sie dreht sich weg von mir und geht zur Kommode, die neben ihrem Bett steht.

»Könntest recht haben«, gebe ich zu.

Ich habe nämlich in den letzten Wochen nur meine alten Leggins mit Gummizug angehabt, da fallen ein paar Kilo mehr oder weniger nicht so auf. Zwar habe ich bemerkt, dass selbst diese Hose weniger spannt als sonst, habe das aber darauf zurückgeführt, dass der Gummi nachlässt, weil das Kleidungsstück schon so alt ist.

»Hier«, sagt Amelie und reicht mir ein Paar Socken.

»Mir ist nicht kalt«, entgegne ich und sehe sie fragend an. »Wir haben doch eingeheizt.« Na ja, zumindest unten im Erdgeschoss und hier im ersten Stock. Am Dachboden, wo mein winziges Zimmer liegt, gibt es keine Heizung.

»Mensch, Mama!« Sie rollt mit den Augen. »Stopf dir die mal in den BH.«

»Spinnst du?«, frage ich sie entrüstet. »Das habe ich doch nicht nötig!«

»Vielleicht sitzt dann das Kleid besser«, mutmaßt sie.

Ich seufze. Meine achtzehnjährige Tochter hat ziemlich verrückte Einfälle, muss ich gestehen, aber ich nehme die Socken und versuche, meine Oberweite damit aufzupolstern. Doch ich finde, das sieht merkwürdig aus und außerdem sitzt der Stoff um Bauch und Hüfte weiterhin eindeutig zu locker.

»Und nun?«, frage ich eher mich selbst als meine Tochter. Sie hat genug um die Ohren mit der Organisation des Abschlussballs, der am nächsten Wochenende stattfindet und sollte sich nicht auch noch um meine Probleme kümmern müssen.

»Das Kleid kannst du jedenfalls nicht anziehen«, entgegnet sie bestimmend.

»Sehe ich auch so.« Ich versuche, nicht allzu verzweifelt zu klingen, aber im Augenblick weiß ich keine Lösung.

Amelie tätschelt meine Schulter. »Mama, wir kümmern uns später darum. Ich muss nämlich los.« Sie drückt mir ein Küsschen auf die Wange.

»Sicher! Soll ich dich zum Tanzkurs fahren?«

»Nö, brauchst du nicht. Gil holt mich ab.« Sie winkt noch und marschiert aus dem Zimmer, ehe ich ein Wort erwidern kann.

Meine Tochter ist ein schlaues Madamchen. Sie weiß genau, wie ungern ich es mag, wenn Gil sie mit dem Moped mitnimmt, obwohl ich ihren Freund ansonsten gut leiden kann. Aber dieses Gefährt ist mir noch nie geheuer gewesen. Vor allem, weil ein lieber Bekannter aus meiner Jugendzeit mit einem Moped einen schweren Unfall verursacht hat und ich damals um sein Leben gezittert habe. Seither bin ich strikt gegen jedes Zweirad, egal ob Fahrrad oder Motorrad oder was es sonst noch so gibt.

Mit einem gequälten Stöhnen ziehe ich das Kleid aus und schlüpfe in bequeme Klamotten. Plötzlich kommt mir eine Idee: Ich kann ja meine beste Freundin fragen, ob sie mir einen Rat bezüglich eines Outfits für den Ball geben kann. Schnell suche ich das Handy und klingle bei Lisa durch.

\*\*\*

Zehn Minuten später spaziere ich zwei Seitengassen weiter. Mich fröstelt es und ich ziehe den Schal enger um den Hals. Die letzten Wochen haben eine Schlechtwetter-Front und eisige Kälte mit sich gebracht. Wenn es nach mir ginge, könnte es schon wieder richtig Frühling sein. Zeit dafür wäre es ja schon längst.
Ich liebe es, den Blumen beim Wachsen zuzuschauen, aber zurzeit gibt es bloß Eisblumen. Daran habe ich mich schon sattgesehen.

Von Grün und Bunt keine Spur, denn eine dünne Schneehaube bedeckt noch immer die Wiesen und Felder, sieht aber total verschmutzt aus, da die Abgase und der Staub daran haften. Immerhin sind die Wege und Straßen schon länger vom Schnee befreit.

Bei Lisas Haus angekommen, läute ich. Sogleich öffnet meine Freundin schwungvoll die Tür und schaut mich grinsend an. Ihre blonden Haare trägt sie zu einem schlampigen Dutt, der hoch am Hinterkopf sitzt.

»Ciao, Ella, du Süße!« Sie drückt mich und küsst meine Wangen links und rechts. »Auch einen Prosecco?«

»Äh ... ja, warum nicht?« Der Tag war ernüchternd genug, also genau die richtige Zeit, um ein wenig runterzukommen.

Wir setzen uns im Wohnzimmer auf das dunkelgraue Sofa und lassen unsere Füße vom Kamin wärmen.

»Du siehst echt fertig aus. Wo drückt der Schuh?« Lisa köpft eine Flasche Prosecco und schenkt großzügig zwei Gläser voll.

»Ach, momentan überrollt mich das Leben einfach«, meine ich und nehme ein Getränk.

»Was ist los?« Sie hebt ihr Glas und wir stoßen an.

Ehe ich darauf antworte, nehme ich einen großen Schluck und lasse die perlende Flüssigkeit ganz langsam meinen Hals hinunterlaufen. Das tut gut! Dann atme ich tief ein und aus. »Das schwerwiegendste Problem zurzeit ist, dass ich nicht mehr in das Ballkleid passe.«

Lisa bekommt große Augen. »Das vom Second-Hand-Laden?«

Ich nicke betrübt.

Wir haben es bereits im Herbst zusammen ausgesucht, als der große Sommer-Sale stattgefunden hat.

Es ist spottbillig gewesen, aber mehr hätte ich mir auch nicht leisten können. »Jetzt habe ich nichts für den Ball ...«

»So ein Mist!« Meine Freundin setzt einen grüblerischen Blick auf. »Hast du also doch abgenommen?« Sie wartet gar nicht auf meine Zustimmung, sondern plappert gleich weiter. »Ich habe es mir fast gedacht. Man sieht es dir an. Dein Gesicht ist schmäler als sonst.«

»Danke.« Ich weiß nicht, ob das überhaupt ein Kompliment sein soll oder nicht.

»Tja, ich kann dir leider nichts von mir leihen, denn da würdest du zweimal reinpassen.« Sie lacht, wobei ihr Dutt frech hin und her baumelt.

»Trotzdem danke für das Angebot«, murmle ich. »Ich hätte noch eine schwarze Stoffhose …«

»Kannste knicken!«, unterbricht Lisa mich sofort und wirft mir einen strengen Blick zu. »So langweilig angezogen kannst du nicht auf dem Abschlussball deiner Tochter erscheinen.«

Hat Amelie nicht vorhin dasselbe gemeint? »Nun ja, wenn ich ein tolles Top dazu finde, würde es das Outfit sicher aufpeppen, oder nicht?« Auf jeden Fall brauche ich einen genialen Gürtel, der mir die Hose überm Bund hält.

Lisa stupst mich. »Wäre zwar möglich, aber kann ich dir nicht empfehlen.«

»Wieso?« Ratlos blicke ich meine Freundin an.

»Weil du, meine liebe Ella, auf dem Ball einen grandiosen Auftritt haben wirst!

Jeder Junggeselle im Raum soll dich bemerken und dich um einen Tanz bitten.«

Plötzlich muss ich laut loslachen. »So ein Quatsch!«

Lisa plustert sich auf. »Das ist mein voller Ernst!«

Ungläubig schaue ich sie an. »Also, am liebsten würde ich gar nicht hingehen.« Ich hole tief Luft. »Da ich meine Tochter aber unbedingt an ihrem großen Abend erleben möchte, bin ich natürlich dabei.«

»Will ich auch meinen.« Lisa wedelt mit ihrem Zeigefinger vor meiner Nase hin und her. »Du hast dich lange genug in deinem Schneckenhaus verkrochen.«

»Wohl eher Schreckenhaus«, füge ich hinzu.

»Genau!« Meine Freundin grinst. »Ich frage mich sowieso, wie du das bei deinen quasi Schwiegereltern all die Jahre ausgehalten hast.«

»Tja, mir ist nichts anderes übriggeblieben«, erkläre ich. »Immerhin haben sie mich bei sich aufgenommen, als ich mit Amelie schwanger gewesen bin.«

»Das war auch angebracht. Schließlich wart Poldi und du ein Paar. Die Alten hätten euch mehr unter die Arme greifen müssen, anstatt dich als Dienstmagd zu beschäftigen.« Lisa klingt sauer.

»Na, so schlimm ist es ja wohl nicht gewesen«, entgegne ich kleinlaut. Denn ich war froh, dass ich einen Unterschlupf gefunden hatte und nicht länger bei den schrecklichen Pflegeeltern wohnen musste, die nur gehässig zu mir waren. Meine Eltern sind gestorben, als ich sechzehn Jahre alt war. Mama an Krebs und Papa an einem Herzinfarkt, da der Tod seiner geliebten Frau zu viel für ihn gewesen war.

»Hallo?« Fassungslos schüttelt meine Freundin den Kopf. »Denk doch mal nach, was du alles durchgemacht hast! Cinder-Ella!«

Ich schlucke, denn insgeheim weiß ich ja, dass sie recht hat. Nicht umsonst nennt mich Lisa nur noch Ella, angelehnt an Cinderella, obwohl ich eigentlich Mariella heiße. Aber wenn ich jetzt alles aufrolle, was ich alles für meine Schwiegereltern erledigt habe, würde ich mich gar nicht mehr einkriegen.

Deshalb atme ich einfach tief durch, trinke einen Schluck und wechsle wieder das Thema. »Und was mache ich wegen dem Kleiderproblem?«

»Gute Frage!«

»Nackt kann ich ja wohl kaum hin …«, meine ich amüsiert.

»Dann wäre dir ein scharfer Auftritt garantiert!« Lisa zwinkert provokant.

»Auf jeden Fall.«

Wir kichern. Lisa schafft es einfach immer, mich aufzuheitern.

»Lass uns doch morgen shoppen gehen. Vielleicht ergattern wir irgendwo ein Schnäppchen«, schlägt meine Freundin vor.

»Okay«, sage ich gedehnt. Wohl ist mir bei dem Einfall nicht, denn mein Geldbeutel ist schmaler als schmal. Aber wer weiß, es herrscht ja zurzeit der Winter-Sale.

Als ich die Füße ausstrecken und relaxen will, klingelt mein Handy. Genervt rolle ich mit den Augen, denn ich ahne bereits, wer mich sprechen will.

»Die Schwiegertiger-Leutchen?«, rät Lisa.

»Scheint so.« Ich stöhne auf, gehe aber ran. »Ja?«

»Mariella, wo treibst du dich nur wieder herum?«, kräht Gerhild in den Hörer.

»Ich habe nur kurz bei Lisa vorbeige…«, weiter komme ich nicht. Meine Schwiegermutter unterbricht mich, wobei sie überhaupt nicht mit mir verwandt ist, denn ich habe ihren Sohn nie geheiratet. Für mich sind Poldis Eltern trotzdem so etwas wie meine Schwiegereltern. – Eigene habe ich ja keine mehr.

»Komm sofort nach Hause, du musst Schnee schaufeln!«

»W-was?« Ich setze mich auf. Seit wann schneit es denn?

»Du hast schon gehört. Die Arbeit ruft!« Ohne einen Gruß legt sie auf.

»Oh Mann …«, murmle ich und schaue meine Freundin an, die ihre Augen zusammenkneift.

»Wieso lässt du dich so behandeln?«

Ich zucke bloß mit der Schulter. »Ich weiß es langsam auch nicht mehr ...«

»Denk mal nach«, fordert sie mich auf.

»Werde ich tun. Zum Beispiel gleich beim Schnee schaufeln ...« Ich erhebe mich.

»Oweia, schneit es denn schon wieder?« Schwerfällig steht auch Lisa auf und geleitet mich zur Tür. Als sie diese öffnet, flattern direkt einige weiße Flöckchen herein.

»Süß«, schwärme ich, denn ich liebe Schnee, obwohl ich mir ja den Frühling längst herbeisehne. Aber bei frischem Schneefall werde ich immer sentimental.

»Du bist unverbesserlich«, meint Lisa und lacht. »Obwohl du gleich schaufeln musst, denkst du wieder mal an einen romantischen Spaziergang über schneebedeckte Wiesen und Felder. Habe ich recht?«

»Woher weißt du das nur?« Ich lächle, weil ich mich ertappt fühle. Tatsache ist aber, dass ich mir das wünsche, seit ich als Kind »Drei Haselnüsse für Aschenbrödel« gesehen habe. Die perfekte Winterromanze! Aber ich hätte auch nichts gegen den Frühling einzuwenden. Ich finde eigentlich jede Jahreszeit schön. Und von einer Romanze brauche ich überhaupt nicht zu träumen.

»Ich kenne dich eben zu gut. Du und deine romantischen Fantasien! Es wird Zeit, dass du einen Mann abbekommst.«

Auf mein Grunzen hin, macht Lisa eine wegscheuchende Handbewegung. »Raus mit dir! Die Arbeit ruft!«

»Ja, doch.« Empört schüttle ich den Kopf. »Und wer übernimmt das Schaufeln bei dir?«

»Na, mein netter Nachbar.« Sie deutet nach oben. »Izmael ist immer äußerst hilfsbereit, der wäre etwas für dich.«

»Quatsch!« Ist ja klar, dass Lisa mich zu verkuppeln versucht. Prompt höre ich, wie im oberen Stockwerk des Hauses eine Tür ins Schloss fällt und jemand die Stiegen heruntersteigt.

»Wir sehen uns morgen!«, rufe ich meiner Freundin zu und eile davon, ehe sie etwas erwidern kann.

Vor der Gartentür bleibe ich stehen und riskiere einen Blick zurück zum Haus.

Lisas Nachbar ist mittlerweile bei ihr angelangt. Die beiden stehen vor dem Hauseingang und plaudern. Zugegeben, der Kerl sieht schon ganz nett aus mit seinem pfiffigen Kurzhaarschnitt und den breiten Schultern. Jetzt tritt er in den Schnee und schnappt sich die Schaufel.

Ich verschwinde, bevor er mich bemerkt.

# Kapitel 2

Der Schnee knirscht unter meinen Fußsohlen. Das Geräusch mag ich, denn es erinnert mich an die schneereichen Winter in meiner Kindheit, in denen ich ständig in der Natur unterwegs gewesen bin. Ich war nämlich ein Landkind und habe mit meinen Eltern in einem Dorf gewohnt.

Heutzutage hingegen schneit es nur noch selten, was sehr schade ist, aber in der Stadt macht die weiße Pracht ohnehin nur Probleme. Viele Autos bleiben stecken und verursachen gigantischen Stau, Streumaschinen fahren viel zu spät aus und der Winterdienst ist überfordert. Auch nun sind die Straßen leer. Nur ab und zu schleicht ein Auto vorbei.

Unsere Einfahrt ist mit einer weißen Schicht bedeckt, der Gehsteig ebenso. Zwar sind das keine Schneemassen, aber wer nicht schaufelt, riskiert eine Anzeige. So ist das, wenn man in der Stadt wohnt. Wobei wir noch Glück haben und in einer ruhigen Seitengasse leben.

Dieser Winterabend strahlt eine gewisse Stille aus, die man in der Hektik der Großstadt nur selten spürt. Ich genieße diese Ruhe, besonders jetzt, wo alles friedlich zu sein scheint.

Kleine Flöckchen kitzeln mein Gesicht, sodass ich lächeln muss. Mir gefällt der Anblick, wenn alles in Weiß eingehüllt wird. So stelle ich es mir im Himmel vor. Ob meine Eltern mich von dort oben beobachten? Ich wünsche es mir.

Mit einem Mal schnurrt Purple um meine Beine. »Nanu, hat dich Gerhild wieder einmal vor die Tür gesetzt oder bist du geflüchtet?« Schmunzelnd streichle ich unsere Katze.

Da ihr Fell nass ist, nehme ich an, dass sie schon eine Weile draußen umherstreunt. Sie miaut und tapst durch den Schnee. Ihre Pfoten hinterlassen süße Abdrücke.

Ich blicke ihr einen Moment nach, aber meine Gedanken schweifen ab. Wie gerne würde ich durch die Gassen spazieren und die Winterlandschaft genießen.

»Mariella!«

Mein Wintertraum wird jäh beendet.

Die Schwiegermutter ruft.

Ich drehe mich um und blicke zum Wohnzimmerfenster hoch. Gerhild schaut heraus und wedelt mit der Hand.

»Steh´ nicht so dumm rum, sondern kümmere dich um das lästige weiße Zeug!«

»Ich beeile mich ja«, erwidere ich und halte nach der Schaufel Ausschau.

Sie lehnt neben der Eingangstür an der Wand. Schnell ergreife ich sie und mache mich an die Arbeit. Bald frieren meine Finger ein, denn ich habe meine Handschuhe im Haus vergessen, aber ich mag sie nicht holen gehen, da ich sonst direkt wieder auf meine Schwiegereltern treffen würde. Dazu habe ich jetzt wenig Lust, vermutlich kann ich mir später ohnehin wieder ihre Beschwerden anhören. Denn es ist egal, wie viel ich putze, wie fleißig ich arbeite oder wie lecker ich koche, es ist nie gut genug für Gerhild und Rudolf. Das ist schon immer so gewesen. Für Poldi, ihren Sohn, war ich auch nie gut genug …

Als ich das Knattern von einem Moped wahrnehme, halte ich inne. Ob meine süße Maus nach Hause kommt? Der Tanzkurs müsste schon aus sein.

Aber das Geräusch wird leiser statt lauter und ich gelange zu dem Schluss, dass meine Tochter wohl erst später heimkommen wird. Ein Blick auf mein Handy bestätigt meine Vorahnung.

»Hi Mama, ich gehe noch mit den anderen Pizza essen. Bis später!«

Ich tippe schnell ein »In Ordnung« zurück und stecke das Handy wieder in die Jackentasche. Dann beeile ich mich, um den Gehsteig zu schaufeln, mit der Einfahrt bin ich bereits fertig.

Als ich gut vorangekommen bin, höre ich eine Stimme, die »Tagchen Mariella!« ruft.

Ich drehe mich um und erblicke unsere Nachbarin. Die gute alte Frau Fairgut winkt zu mir herüber. Sie ist in einen dicken Wintermantel gehüllt und sieht noch rundlicher aus, als sie ohnehin ist.

»Oh, hallo!« Ich mache einige Schritte in ihre Richtung. »Ist der Schnee nicht bezaubernd?« Im nächsten Moment halte ich mir die Hand vor den Mund. Was rede ich denn da? Die arme Frau muss gleich noch den Weg vorm Haus schaufeln, dabei ist sie nicht mehr die Jüngste. Immerhin habe ich gleich den Gehsteig bei ihr mit geschaufelt.

»Danke, dass Sie für mich den Gehsteig freigemacht haben!« Sie lächelt mir freundlich zu.

»Keine Ursache«, beeile ich mich zu sagen. Ob ich ihr auch noch schnell bei der Einfahrt helfen soll?

»Den Rest schaffe ich gut selbst«, meint sie.

Ich nicke. »Dann wünsche ich Ihnen einen schönen Abend!«

»Ebenso, mein Herzchen! Lassen Sie sich nicht zu viel aufbrummen.« Sie sieht mich ernst an.

Ich bin verblüfft. Weiß denn jeder über mein Schicksal Bescheid? Oder sollte das nur eine Floskel sein? Andererseits kennen wir uns seit achtzehn Jahren. Sie ist fast zeitgleich mit mir in diese Straße eingezogen.

Unsicher drehe ich mich um und gehe einige Schritte durch die verschneite Wiese, am Haus vorbei und in den hinteren Teil des Gartens und sehe kurz nach dem Rechten. Hier ist es ruhig und dunkel. Nur der Mond verbreitet seinen angenehmen Schein.

Bevor ich gleich in die Höhle des Löwen gehe, nehme ich noch einen tiefen Atemzug der kalten Winterluft und puste sie langsam aus meinem Mund.

Schließlich lehne ich die Schaufel neben dem Hintereingang an der Hauswand an und putze meine Schuhe ab, ehe ich das Haus betrete.

Kaum schließe ich die Tür hinter mir, taucht Gerhild auf. Ihr grimmiger Blick spricht Bände. »Besonders ordentlich hast du ja nicht geschaufelt.«

»Na ja, der Gehsteig ist wieder frei …«, beginne ich, aber meine Schwiegermutter unterbricht mich.

»Die Einfahrt hast du aber nicht gestreut. Wenn Rudolf sich morgen das Bein bricht, weil du nur halbherzig gearbeitet hast, dann wirst du das büßen!« Sie schwenkt drohend den Zeigefinger vor meinem Gesicht hin und her.

»Es wird nichts passieren«, meine ich beschwichtigend. »So viel Schnee ist auch nicht gefallen …«

»Deine Worte in Gottes Ohr!« Sie rümpft empört ihre Nase. »Dann will ich jetzt meine abendliche Tasse Tee trinken. Mit Schuss!«

»Natürlich, ich bereite sie dir gleich zu«, erwidere ich artig und will an ihr vorbei, doch das gelingt mir nicht, da sie ziemlich übergewichtig ist und keinen Zentimeter zur Seite tritt.

»An Rudolfs Bierchen denkst du hoffentlich auch!«

»Wie könnte ich das vergessen?«

Hinter ihrem Rücken rolle ich mit den Augen. Diese beiden Schnapsdrosseln!

So wie jeden Abend bringe ich ihnen die gewünschten Getränke ins Wohnzimmer, wo sie gemütlich auf dem Sofa sitzen und einen Krimi im Fernsehen gucken.

»Danke. Gibt es noch einen Snack?« Rudolf sieht mich fragend an und zwirbelt dabei an seinem weißen Schnauzbart.

»Ich muss nachsehen«, erkläre ich, denn soweit mir bekannt ist, sind unsere Vorräte zurzeit knapp. Morgen muss ich einkaufen gehen.

»Bring mir doch eine Wärmflasche mit!«, ruft Gerhild mir nach, als ich bereits aus dem Zimmer bin.

In der Küche finde ich noch eine Packung Erdnussflips, von denen ich einige in eine Schale gebe und den Rest wieder verstaue. Anschließend suche ich Gerhilds Wärmflasche, die ich in ihrem Bett finde, und befülle sie mit heißem Wasser.

Als ich alles serviert habe, sehen meine Schwiegereltern zufrieden aus.

»Braucht ihr noch etwas?«, erkundige ich mich und hoffe, dass sie meine Frage verneinen. Der Tag ist lang gewesen und ich bin erschöpft.

»Du kannst Feierabend machen!« Gerhild nickt mir zu und ich entferne mich.

In der Küche setze ich mich erst mal an den winzigen Tisch, der eigentlich nur als zusätzliche Ablagefläche dient. Die Herrschaften des Hauses speisen hier nie, aber ich schon, manchmal sogar mit Amelie.

Es kommt häufig vor, dass ich gar keine Zeit habe, mit den Schwiegereltern die Mahlzeiten einzunehmen, da ich immer mehrere Dinge gleichzeitig machen muss.

Mir scheint, das ist ihnen so auch ganz recht und manchmal könnte ich schwören, dass sie mir noch extra Aufgaben geben, nur damit ich zur Essenszeit beschäftigt bin. Das ist mir allerdings egal, denn ich lege ohnehin nicht sonderlich großen Wert darauf, mit den Schwiegereltern am Tisch zu sitzen.

Am liebsten würde ich jetzt auch die Beine hochlegen, so wie die Herrschaften im Wohnzimmer, aber das ist mir nicht vergönnt. Die Arbeit stapelt sich, oder zumindest das Geschirr vom Abendessen. Deshalb stehe ich direkt wieder auf und kümmere mich darum.

Als ich damit fertig bin und die Arbeitsflächen der Küche wische, stürmt Amelie herein.

»Hi Mama!«, ruft sie mir entgegen und zieht ihre Stiefeletten aus.

»Hallo! Bitte stell die Schuhe auf den Schmutzfänger, bestimmt sind sie voll mit Schnee, oder?« Ich lege das Geschirrtuch beiseite und gehe ins Vorzimmer.

»Mensch, Mama! Gil hat mich bis vor das Gartentor gefahren und du hast so ordentlich Schnee geschippt, dass überhaupt nichts an den Schuhen haften bleiben konnte.« Sie drückt mir ein Küsschen auf die Wange, schnappt sich aus der Obstschale, die auf der Kommode steht, einen Apfel und summt vergnüglich vor sich hin.

»Ich nehme an, dass du einen schönen Abend hattest?« Ich muss aufpassen, dass ich nicht neidisch klinge. Natürlich freue ich mich, wenn meine Tochter einen Freund hat und auch sonst keinen wirklichen Kummer – im Gegensatz zu mir.

»Oh ja!« Sie lächelt versonnen. »Der Abschlussball wird mega und außerdem haben wir über unsere Zukunft gesprochen.«

Mir wird leicht flau im Magen. »Wer genau?«

Ich kann zwar ihren Freund Gil leiden, aber zu schmerzlich sind die Erinnerungen an die Zeit, in der ich im selben Alter wie Amelie gewesen bin.

»Na, die Klasse, was denkst du denn?« Sie kichert.

Erleichtert atme ich auf. »Ach, das ist ja wunderbar. Ihr seid jung und habt das Leben vor euch.«

»Mama, tu nicht so, als ob du bald abkratzen würdest!« Sie tätschelt meinen Arm. »Du bist ja selbst noch jung!«

Ich spüre, wie meine Wangen warm werden. »Danke, mein Schatz.« Obwohl ich noch nicht ganz siebenunddreißig bin, fühle ich mich manchmal steinalt.

»Und da ich bald flügge werde, kannst du dich endlich mal um dich kümmern!«

»Wie meinst du denn das jetzt wieder?« Vor Schreck erstarre ich.

»So wie ich es sage. In wenigen Wochen beende ich meine Schulzeit und werde in die Freiheit entlassen.« Sie macht mit ihren Händen fliegende Bewegungen. »Und du sollst dich dann auch mal auf dich selbst konzentrieren. Vielleicht ziehst du ja endlich hier aus …«

Mir wird schwindelig. »Wieso redest du so, als wäre ich mit einem Mal alleine? Wo wirst du denn sein?«

Amelie grinst vielsagend. »Na, das weiß ich noch nicht … Vielleicht studiere ich ja in Wien. Oder gehe als Au Pair nach Amerika …«

»Ach ja?« Ich höre selbst, wie schrill ich klinge. Wien ist über zweihundert Kilometer von Graz entfernt und Amerika einige tausend … Mir wird schwummrig.

»Noch steht überhaupt nichts fest«, beschwichtigt sie mich. »Ich meine ja nur, dass es an der Zeit ist und du mal überlegen sollst, wie du den Rest deines Lebens verbringen möchtest.«

Sie drückt mir ein Küsschen auf die Wange. »Ich gehe mal in mein Zimmer. Muss noch Hausaufgaben machen.«

»Tu das«, sage ich matt. Amelie ist nicht die Erste, die mir heute einzureden versucht, dass ich mein Leben leben muss. Sollte ich mich vielleicht mal intensiver damit auseinandersetzen? Tatsächlich ist es das erste Mal seit achtzehn Jahren so, dass ich ein wenig aufatmen kann. Im Prinzip kann ich zufrieden sein. Amelie und ich haben ein Dach über dem Kopf, ich habe eine Arbeit und verdiene Geld, viel zwar nicht, aber das macht nichts. Irgendwie geht doch immer alles.

Ich lenke mich mit der restlichen Hausarbeit ab, bin aber bald damit fertig. Eigentlich hätte ich jetzt noch Hunger, was mich nicht verwundert, denn ich stelle fest, dass ich seit dem verspäteten Mittagessen nichts mehr zu mir genommen habe.

Ein Blick auf die Uhr verrät mir aber, dass es für eine Mahlzeit bereits zu spät ist, ich sollte besser schlafen gehen. Der Tag morgen wird anstrengend werden.

Also knabbere ich bloß an einem winzigen Stück Käse, gehe zu Amelie hoch und wünsche ihr eine gute Nacht. Mit den Hausaufgaben ist sie längst fertig. Sie hat sich ohnehin schon bettfein gemacht.

»Schlaf gut, Mama. Ich höre noch ein bisschen Musik.«

»Ist gut. Träum was Schönes!« Ich drücke ihr ein Küsschen auf die Stirn und begebe mich wieder nach unten.

Aus dem Wohnzimmer höre ich Schnarchgeräusche. So typisch, denke ich und gehe nachsehen. Beinahe wäre das ja ein lieblicher Anblick, die beiden gut gepolsterten Schwiegereltern, die auf dem Sofa eingenickt sind und den Mund dabei offen haben.

Ich muss sie wecken, da ich ansonsten nur Geschimpfe bekommen werde, wenn sie später von selbst aufwachen und sich beklagen, dass ihre Gliedmaßen steif sind.

»Schlafenszeit«, murmle ich und rüttle zuerst an Rudolfs Schulter und dann an Gerhilds.

Als sie erwachen, sind sie ganz dusselig im Kopf und schlurfen direkt in ihr Schlafzimmer. Erleichtert atme ich auf. Die bin ich erst mal los.

Eigentlich bin ich selbst auch hundemüde, aber ich räume erst noch das Wohnzimmer auf und lüfte. Purple hüpft durchs Fenster rein und erschreckt mich. »Frau Katze, beinahe hättest du mir einen Herzinfarkt beschert.«

Sie antwortet mit einem lauten Miauen und stolziert an mir vorbei, direkt in die Küche, wo ihr Futter bereitsteht. Sie taucht wieder auf, als ich mit dem Wohnzimmer fertig bin. Gemeinsam gehen wir hoch bis ins Dachgeschoss. Hier befindet sich mein Reich – eine Kammer, die früher als Abstellraum gedient hat. Hier oben ist es aufgrund von mangelnder Heizung eiskalt. Trotzdem ist es stickig, sodass ich die winzige Dachluke kurz öffne. Die frische Schneeluft tut gut und ich gehe mit einem zufriedenen Lächeln ins Bett.

Keine zwei Sekunden später liegt Purple neben mir und wärmt mir den Rücken.

»Du hast es gut mit deinem flauschigen Fell«, murmle ich und ernte ein Schnurren.

# Kapitel 3

Mein Wecker klingelt, als es noch dunkel ist, wie so oft. Bis zum Sonnenaufgang dauert es immerhin nicht mehr lange. Zudem werden die Tage dank dem Frühling und der damit einhergegangenen Zeitumstellung wieder merklich länger.

Ich schäle mich aus dem Bett, zittere vor Kälte und schlüpfe in meine Strickjacke, die mir beinahe bis zu den Knien geht. Sie ist ein altes Überbleibsel aus der Schwangerschaft und somit etwa neunzehn Jahre alt! Zumindest hält sie mich warm.

Ich tapse hinunter in die Küche und lasse Purple für ihre morgendliche Erkundungsrunde raus. Dabei stelle ich fest, dass es nicht mehr allzu viel geschneit hat. Ein neuerliches Schneeschippen erspare ich mir also, obwohl der Boden eine zarte weiße Schicht hat. Anhand von Purples Pfotenspuren kann ich aber erkennen, dass es sich dabei um keine zwei Zentimeter handelt. Das wird schnell wegschmelzen.

Deshalb mache ich mich an die Vorbereitungen für das Frühstück, anstatt nach draußen zu gehen. Rudolf wird stinkig, wenn das Essen nicht pünktlich auf dem Tisch steht. Morgens hat er ohnehin oft schlechte Laune. Nicht, dass Gerhild da besser wäre, aber Rudolf legt da immer noch ein Schippchen drauf. Außerdem besteht er auf sein frisches Gebäck in der Früh. Das heißt für mich, dass ich täglich backe. Eigentlich irrsinnig, denn wir könnten ja beim Bäcker bestellen, der liefert sogar nach Hause, aber mein Schwiegervater ist der Meinung, er habe eine Unverträglichkeit gegenüber diversen Zusatzstoffen.

Gerade bereite ich einen fluffigen Teig zu. Heute soll es Sesamstangen geben.

Ich habe nichts gegen diese Arbeit, denn in aller Frühe ist es noch herrlich still im Haus.

Als das Gebäck im Backrohr ist, ist es für mich Zeit, meine liebe Amelie zu wecken.

Widerwillig steigt sie aus dem Bett.

»Oh Mann, ich bin noch tierisch müde, wieso muss ich mich Tag für Tag so quälen und mitten in der Nacht aufstehen?«, jammert sie und kriegt kaum die Augen auf.

»Du hast eben einen anderen Biorhythmus«, stelle ich fest. »Zudem könnte es nicht schaden, etwas früher ins Bett zu gehen.« Ich zwinkere ihr zu.

»Hast recht, aber abends bin ich nie müde …« Sie beginnt sich zu strecken.

Ich muss schmunzeln. Manchmal wünschte ich, ich wäre auch noch einmal so jung wie meine Tochter.

»Also dann … gehe ich mal nach unten und sehe nach dem Gebäck.«

»Okay.« Amelie gähnt herzhaft. »Ich komme gleich nach.«

Ich nicke ihr zu und eile aus dem Raum. Nicht, dass die Sesamstangen verbrennen!

Gerade noch rechtzeitig hole ich sie aus dem Ofen. Sie sehen äußerst appetitlich aus.

Ich stelle sie zum Auskühlen beiseite und packe Amelie dann zwei Stück für die Schule ein. Außerdem lege ich noch einige Nüsse und einen Apfel in die Pausenbox.

»Das duftet ja herrlich!« Amelie wirft einen Blick in die Küche und tritt näher.

»Findest du?« Ich blicke sie an. »Hast du gesehen, ob Rudolf und Gerhild schon auf sind?«

Sie schüttelt den Kopf. »Vorhin bin ich an ihrem Schlafzimmer vorbeigekommen. Opas Schnarchen hört man bis vor die Tür.«

»Alles klar, dann warte ich, bis sie sich mal bequemen, aufzustehen. Möchtest du drüben im Esszimmer frühstücken?«

»Nö, gleich hier.« Sie deutet mit ihrer Nase zu dem winzigen Tisch. »Mit dir!«

»Gerne.« Ich nehme zwei Teller, lege darauf die frischen Sesamstangen und stelle alles auf dem Tisch ab.

Amelie kommt mir hinterher, zwei Tassen Kaffee in der Hand. Sie setzt sich und ich hole noch Butter und Marmelade.

»Endlich habe ich dich mal für mich allein«, sage ich zufrieden zu Amelie und schneide das Gebäckstück durch.

»Sorry, dass wir uns in letzter Zeit so selten sehen … aber es gibt einfach viel zu tun. Schulstress und so …« Sie beschmiert sich eine Sesamstange mit Butter und beißt hinein.

»Ist mir doch alles klar«, gebe ich zu und blicke sie mitfühlend an. »So kurz vor dem Abschluss …«

»Du sagst es! Ist das bei dir damals auch so stressig gewesen?«

»Sicher, aber kommt halt drauf an, welche Stärken und welche Schwächen man hat, wie viel man lernen muss und was weiß ich noch alles. Zudem hat es früher nicht so eine Aufregung wegen des Abschlussballs gegeben so wie bei euch«, strömen die Worte aus mir heraus.

»Echt?« Interessiert mustert sie mich. »Wie ist es denn gewesen?«

»Na ja, wir hatten keine Agentur, sondern haben alles selbst organisiert. Gefeiert haben wir schon im Herbst und nicht erst im Frühling. Die Saalmieten waren nicht so hoch und das ganze Drumherum ließ sich leichter organisieren.

Daher ist das auch nicht so teuer gewesen wie bei dir.« Sofort verstumme ich, denn ich will nicht, dass meine Tochter ein schlechtes Gewissen bekommt.

Zu spät, sie schluckt schwer und senkt ihren Kopf. »Ich weiß ja, dass das alles Unmengen an Geld kostet. Es tut mir so leid, dass wir Oma und Opa anpumpen mussten.«

»Ist schon okay«, sage ich schnell und lege eine Hand auf ihre. »Immerhin hat dein Vater alles zurückbezahlt.« Trotzdem fange ich an zu schwitzen. Es ist mir alles andere als recht, dass mein Ex nun die Kosten übernommen hat. Ich habe mit den Schwiegereltern ja ein Abkommen getroffen, denn ich wollte jeden Cent zurückzahlen, den sie uns geliehen haben. Immerhin zahlen wir seit Jahren regelmäßig Beiträge für den Abschlussball ein. Allein der piekfeine Saal im Schlösschen kostet eine Stange Geld …

»Das war großartig von Paps, nicht wahr?« Amelie strahlt wieder. »Hast du dich bei ihm bedankt? Ich habe ihn auf jeden Fall angerufen, aber er ist schwer beschäftigt gewesen …«

»Oh … tatsächlich?« Ich versuche, vom Thema abzulenken, denn ich habe mich bei Poldi natürlich nicht mehr gemeldet, nachdem er die Kosten übernommen hat. Obwohl wir eine gemeinsame Tochter haben und sie und ich weiterhin bei seinen Eltern wohnen, sind wir nicht gut aufeinander zu sprechen. Eigentlich vermeiden wir jeden Kontakt, was auch leicht ist, da er im Ausland wohnt.

»Was guckst du so?« Amelie rüttelt an meiner Hand. »Ich muss gleich los.«

»Ja, ist gut.« Ich fange mich wieder. »Hab einen schönen Tag!«

Sie steht auf, drückt mir ein Küsschen auf die Wange, nimmt ihren Rucksack und saust durch die Hintertür raus.

Ich lehne mich zurück und schnaufe durch. So viele unangenehme Erinnerungen schon am Morgen zu verkraften, fällt mir nicht leicht.

Als ich meine Tasse auffüllen will, höre ich ein Poltern aus dem Nebenzimmer.

# Kapitel 4

Ehe ich bis drei zählen kann, ruft Gerhild nach mir. Natürlich marschiere ich sofort rüber ins Esszimmer und erkundige mich nach den Wünschen des Tages.

»Wieso ist der Tisch nicht fertig gedeckt?«, brummt Rudolf mir entgegen.

»Tut mir leid, ich bringe sofort alles.« Schon trete ich den Rückzug in die Küche an, eile mit dem Kaffee und der Milch wieder zu den Schwiegereltern und befülle ihre Tassen.

Das Gebäck und die Wurst-Käseplatte, die ich schon vorbereitet und solange im Kühlschrank gelagert habe, bringe ich als nächstes.

»Prima«, äußert sich Gerhild zum Frühstück. »Heute kannst du mal alle Böden im Haus schrubben und davor saugen. Eben bin ich auf ein Büschel Haare gestoßen.« Sie verzieht angeekelt ihr Gesicht. Auf meinen erstaunten Blick fügt sie hinzu. »Von diesem Haustier …«

Ich schlucke. Mir ist ja klar, dass sie Purple nicht ausstehen kann, deshalb bin ich besonders freundlich. »Ist in Ordnung, ich kümmere mich darum.« Ich habe ja sonst nichts Großartiges an meinem freien Tag zu tun. Nun ja, eigentlich schon …

Gerhild nickt zufrieden und ich ziehe mich zurück. Was bin ich froh, dass ich schon gegessen habe und jetzt nicht mit ihnen am Tisch sitzen muss. Wobei ich weiß, dass sie das gar nicht erwarten. Eher das Gegenteil: Ich würde ohnehin nur stören. Beide lesen ihre Zeitung, gesprochen wird dabei kaum etwas. Es sei denn, eine Nachricht ist so brisant, dass sie diese mitteilen müssen.

Ich bin mir aber ziemlich sicher, dass in den beiden Boulevard-Blättern, die sie abonniert haben, so in etwa dasselbe steht.

Zunächst kümmere ich mich um die Küche. Schon wieder gibt es reichlich zu tun. Nebenbei stelle ich schon mal die Kartoffeln auf. Heute Mittag soll es dazu Hackbraten geben, mit Salat. Geht schnell und ich kann mich dazwischen hoffentlich wegschleichen. Ich will ja mit Lisa shoppen gehen.

In Windeseile räume ich wenig später den Frühstückstisch ab, sauge einmal durch das Haus und ehe ich aufwischen kann, kommen mir die Schwiegereltern wieder in die Quere.

»Wir fahren ins Geschäft.« Rudolf sieht gelangweilt aus.

»Okay«, sage ich schnell. Den strengen Blick von Gerhild ignoriere ich. Immerhin ist heute mein freier Tag, da braucht sie mich nicht so vorwurfsvoll anschauen. Ich arbeite sowieso die restliche Woche zusätzlich noch in der Trafik der Schwiegereltern. Die wenigen Stunden, in der mein Kollege Mark mich ablöst, sind kostbar. Und Rudolf drückt sich gerne davor, selbst im Laden zu stehen. Von Gerhild braucht man überhaupt nicht erwarten, dass sie länger als eine halbe Stunde vor Ort ist. Das ist unter ihrer Würde.

»Ich zahle die Hilfskraft aus und Gerhild geht inzwischen zum Friseur«, erklärt mir Rudolf.

»Macht das! Ich muss später auch kurz etwas besorgen …«, beginne ich, aber Gerhild unterbricht mich.

»Punkt dreizehn Uhr sitzen wir bei Tisch. Ich hoffe, das Essen ist dann fertig!«

»Natürlich!« Ich erwische mich dabei, dass ich einen Knicks andeute und rüge mich dafür.

Immerhin bin ich nicht zum Dienstmädchen degradiert worden. Oder doch?

Ich warte, bis die beiden weg sind und wische schnell die Böden.

Als ich die Arbeit beende, ist auch der Hackbraten fertig. Prima! Es läuft, würde ich meinen.

Da nichts weiter ansteht, ziehe ich mich um und eile zu Lisa rüber. Wir fahren mit ihrem Auto in die Innenstadt und stellen uns in ein Parkhaus.

»Wohin gehen wir zuerst?«, fragt meine Freundin.

»Ich weiß nicht … in das Geschäft, wo wir das zu groß gewordene Kleid gekauft haben?«

»Gerne.«

Unterwegs bestellen wir einen Coffee-to-go und ich erkundige mich über das Treffen von Lisa mit ihrem Nachbarn.

»Bist du jetzt etwa doch an ihm interessiert?«

»Ich? Quatsch, wie kommst du darauf? Ich will bloß wissen, was gestern passiert ist, als ich weggegangen bin.«

»Du meinst wohl, als du weggerannt bist wie ein gejagtes Reh.« Sie lacht. »Nichts … Izmael ist sehr zuvorkommend gewesen und hat Schnee geschaufelt.«

»Prima!«

»Finde ich auch«, erwidert Lisa grinsend.

\*\*\*

Wir stehen vor dem Second-Hand-Laden und werfen einen Blick durch das Schaufenster.

»Viel scheint nicht los zu sein«, stellt Lisa fest.

»Glück für uns, dann können wir in Ruhe alles durchstöbern.«

Wir treten ein und werden von einer hippen Verkäuferin in hautenger Lederhose begrüßt. »Hey, was kann ich für euch tun?«

»Hi, wir suchen ein Outfit für einen Ball«, sage ich und schaue mich um.

»Uh, da seid ihr ganz schön spät dran, meine Süßen! Der Winter-Sale lief bisher bestens!« Die Verkäuferin fährt sich über das ultrakurz geschnittene Haar. »Ich glaube, im Hinterzimmer haben wir noch was.« Sie bedeutet uns mitzukommen und präsentiert uns einen Ständer, der mit bunten Kleidern voll ist.

»Super, danke!« Erleichtert beginne ich Kleid für Kleid zu begutachten.

»Ich glaube, wir kommen allein zurecht. Wenn wir etwas brauchen, rufen wir.« Mit einem bedeutungsvollen Nicken schickt Lisa die Verkäuferin weg.

»Aye, aye. Habe schon verstanden!« Sie grinst und marschiert davon.

»Sind wir wirklich zu spät dran, um noch ein Ballkleid zu kaufen?«, murmle ich eher zu mir selbst als zu Lisa.

»Kann gut sein. Wie die Verkäuferin sagt, der Sale ist auch schon vorbei.« Sie deutet auf eine Rabattmarke, die über dem Preisschild eines Kleidungsstücks klebt.

»Vermutlich hast du recht. Die meisten Bälle haben auch im Spätherbst stattgefunden.«

»Jedenfalls vor Weihnachten. Ihr seid ja echt spät dran.«

»Tja, es hat sich so ergeben. Außerdem hatten einige gehofft, das Wetter würde sich bereits frühlingshaft verhalten, aber dem ist ja nicht so.« Ich muss grinsen, denn zurzeit schneit es ja immer wieder.

»Ich hoffe nur, dass wir nicht in Winterstiefel auftauchen müssen.«

»Na, das wäre mal ein Outfit!« Lisa kichert.

»Was sagst du dazu?« Gerade ziehe ich ein schwarzes knöchellanges Kleid hervor.

»Na ja ...« Sie verzieht den Mund, was wohl alles verrät, was sie sich denkt.

»Aber es sieht ganz hübsch aus«, finde ich.

»Das trifft es, doch du brauchst etwas mehr Extravaganz.« Jetzt stöbert sie weiter.

»Das sagst du! Ich bin mir ziemlich sicher, dass ich mich in dem Kleid wohlfühlen würde.« Ich halte es vor meinen Körper und mustere mich im Spiegel. »Okay, ich denke, ich schlüpfe mal hinein.«

»Warte, nimm das noch mit!« Lisa drückt mir ein pinkes Oberteil in die Hände.

»Wo ist das Unterteil?«

»Es gibt keines«, erwidert Lisa prompt. Auf meinen irritierten Blick hin fügt sie hinzu: »Das ist ein Minikleid!«

»Ach ja?« Ich sehe das Teil schief an. »Für zehnjährige?«

»Unsinn! Probiere es mal an!«

Gesagt, getan. Ich schlüpfe in die Ankleide, die nur sehr dürftig gebastelt ist, und durch einen Vorhang Schutz vor Einsicht bietet.

»Und, wie schaut es aus?«, höre ich Lisas neugierige Stimme fragen.

»Warte mal ...« Ich zwänge mich zuerst in das schwarze Kleid, komme aber nicht rein. »Hilfe! Ich stecke fest!«

Schon wird der Vorhang beiseitegeschoben und meine Freundin drängt sich neben mich. Sie zerrt am Stoff. »Das klappt nicht.«

»Sag ich doch!«, jammere ich. »Hilf mir raus.«

Lisa zieht wieder, diesmal in die andere Richtung. »Alles klar, dann schlüpf in das andere!«

Ich verziehe das Gesicht. »Keine Lust. Ich glaube, Pink steht mir nicht.«

»Bitte probiere es doch! Ich bin so neugierig, wie das Kleid an dir aussieht.«

Ich seufze und tue meiner Freundin den Gefallen, aber schon als ich meinen Kopf hineinstecke, bemerke ich, dass es genauso eng ausfällt wie das vorherige Kleid. »Das klappt nicht.«

»Doch bestimmt! Ist ein Jersey-Stoff, der dehnt sich.« Lisa zerrt wie eine Irre daran, sodass ich Angst bekomme, dass das Kleid zerreißt.

»Pass auf!«

»Ja, ja …« Sie schnauft wie ein Elefant. »Passt! Guck mal!«

Lisa richtet sich hinter mir auf und wirft mir im Spiegel einen anerkennenden Blick zu. »Wow!« Sie pfeift.

Ich muss mich einen Augenblick fassen. Bin das wirklich ich? Niemals! Ich sehe ja wie eine Nutte aus. Und zwar eine, die in Alaska lebt, so weiß, wie meine Beine sind. Mir wird schlecht. »Schau, das Pink sticht sich mit dem Rot meiner Haare. Ekelhaft!« Ich verziehe den Mund.

»Spinnst du?« Lisa gibt mir einen Klaps auf die nackte Schulter. »Du siehst zum Anbeißen aus. Und wenn du das Haar hochsteckst, fällt der Farbkontrast kaum auf. Zudem ist es auf dem Ball ohnehin abgedunkelt. Du wirst wie eine Fürstin aussehen! Fürstin Mariella!«

»Du hast wohl falsche Illusionen vor deinen Augen«, murre ich. »Siehst du nicht, dass mir das Teil überhaupt nicht steht?«

Lisa antwortet nicht, da mein Handy läutet. Genervt hole ich es aus meiner Jackentasche und gehe ran. »Ja?!«

»Mama? Bist du´s?« Die Stimme meiner Tochter tönt aus dem Telefon. Sie klingt überhaupt nicht gut.

»Was ist los?« Augenblicklich bin ich besorgt. Mein Herz rattert.

»Es … ist alles scheiße!« Amelie schnieft laut hörbar mehrmals hintereinander.

Sofort schlägt mein Puls schneller. Ich ahne Schlimmes. »Ist es wegen Gil?« Ich muss mich zurückhalten, dass ich nicht in das Handy schreie.

Auf der anderen Seite der Leitung ist nur Heulerei zu hören, sodass ich fest damit rechne, mit meiner Vermutung richtig zu liegen. Dieser Mistkerl! Männer sind doch alle gleich.

»Habt ihr euch getrennt?«, frage ich behutsam.

»Nein … aber du musst sofort herkommen!«, krächzt meine Tochter.

Dann ist die Leitung tot.

# Kapitel 5

»Was ist denn?«, will Lisa wissen. »Du guckst so verzwickt.«

»Amelie …«, schnaufe ich. »Sie hat ein Problem … ich glaube, wegen diesem Gil.«

»Ihr Freund?« Lisa macht große Augen. »Ich dachte, die beiden sind so ein süßes Paar?«

»Ach!«, knurre ich und mache eine wegwischende Handbewegung. »Du kennst doch Männer. Die kannst du alle knicken!« Ich schnappe meine Handtasche, meine Kleidung und schlüpfe in die Jacke. Dann will ich aus dem Laden stürmen, aber die Verkäuferin jagt mir hinterher.

»Äh, warte mal … kaufst du das Kleid?«

Irritiert bleibe ich stehen und drehe mich um. Erst jetzt schnalle ich, dass ich in dem ultrakurzen Kleid unterwegs bin. Um es auszuziehen habe ich keinen Nerv mehr übrig.

Lisa scheint das zu merken. »Sie dreht nur eine kleine Runde damit, um zu prüfen, ob es alltagstauglich ist. Dann bringt sie es zurück oder kauft es. Geht das okay?«

Das Stirnrunzeln der Verkäuferin ist kaum zu übersehen. »Da muss ich eigentlich den Chef fragen …«

»Na, bei Autos macht man ja auch eine Probefahrt«, fällt mir ein und werfe Lisa einen dankbaren Blick zu. Sie hat echt immer die besten Ideen.

»Okay …«, antwortet die Verkäuferin gedehnt.

»Perfekt. Du kennst uns ja … wir kommen bestimmt wieder«, schnurrt meine Freundin. »Als Pfand lasse ich dir meine Uhr hier.« Sie zieht sie ab und reicht sie der Verkäuferin.

»Alles klar! Bis nachher!«

Als Lisa und ich aus dem Laden raus sind, schnappen wir nach Luft.

»Du und deine Ausreden«, sage ich und lache los.

»Hauptsache, sie helfen.« Lisa kichert.

»Kannst du mich zur Schule fahren?«, bitte ich.

»Klar!«

Zum Glück dauert es bis zum Parkhaus nicht lange. Den Weg zur Schule legen wir in kurzer Zeit zurück, da auf den Straßen kaum Verkehr ist.

»Vielen Dank!« Ich habe es eilig, aus dem Wagen zu kommen.

»Gerne, meine Liebe! Rufst du später an und erzählst mir, was passiert ist?«, fragt Lisa. »Oder soll ich warten?«

»Nein, fahr ruhig weiter. Bis zu uns nach Hause ist es ja nicht weit. Legst du mir meine Kleidung vor der Tür ab? Ich melde mich dann!« Ich werfe ihr noch eine Kusshand zu und steige aus. Schnurstracks haste ich die Treppen zum Schulgebäude hoch und öffne die schwere Glastür.

Wie immer riecht es in dem Gebäude nach käsigen Socken und nach verschwitzten Teenagern. Mit gerümpfter Nase marschiere in zügigem Tempo den Gang entlang.

Rund um mich herum ist es recht still, was kein Wunder ist, denn es ist mitten während der Unterrichtsstunde.

Ich werfe noch einmal einen Blick auf mein Handy, aber Amelie hat sich kein weiteres Mal gemeldet. Daher nehme ich an, dass sie in der Klasse sein wird.

Bevor ich die Tür der 8.A aufreißen kann, höre ich hinter mir ein klägliches »Mami?« rufen. Sofort fahre ich herum und entdecke meine süße Maus, die in einer Ecke neben den Toiletten hockt. Ihr verheultes Gesicht lässt mich kurz erstarren.

Ich räuspere mich und laufe auf Amelie zu, während sie sich aufrappelt.

Sie fällt mir in die Arme und schluchzt.

Ich rede ihr gut zu und warte, bis sie sich etwas beruhigt. »Erzähl mal, was passiert ist«, fordere ich sie dann auf. »Was hat Gil getan?«

»Nichts ...«, erwidert sie. »Er weiß noch gar nichts von dem Schlamassel.«

Bei mir läuten die Alarmglocken. Amelie befindet sich neben der Toilette ... Sie ist doch nicht etwa schwanger? Meine Güte ... Mir wird schwindelig. »W-was meinst du genau? Bist du etwa ... also ... ich meine ... den Schulabschluss wirst du hoffentlich noch schaffen?«

Das eindeutige Kopfschütteln meiner Tochter lässt mich beinahe selbst auf den Boden plumpsen. Ich reiße mich zusammen und drücke Amelie fest. »Wir werden das Kind schon schaukeln.« Da bin ich mir zwar sicher, dennoch fühle ich mich überrollt. Ich weiß noch haarscharf, wie ich vor fast neunzehn Jahren in derselben Situation gewesen bin. Unglaublich, dass mir meine Tochter das alles nachmacht. Ich merke, dass ich leicht zittere.

»Was soll ich nur tun?«, jammert Amelie. »So bekomme ich meinen Abschluss nie.«

Ich muss mich räuspern, denn mein Mund ist vollkommen ausgetrocknet. »Sicher wirst du deinen Abschluss machen! Es gibt immer irgendeine Möglichkeit, dies zu schaffen. Sonst eben beim Nebentermin.«

»Ich will aber nicht im Herbst drankommen, sondern im Frühsommer. Mit allen anderen … mit Gil!«

Ich muss tief Luft holen, denn ich weiß nicht, ob ich den Freund meiner Tochter am liebsten in der Luft zerreißen will oder froh bin, dass er ein anständiger Kerl aus gutem Elternhaus ist.

»Wann willst du es ihm denn sagen?«, erkundige ich mich und sehe Amelie dabei in die Augen.

»Gleich in der Pause. Er hat eben eine mündliche Prüfung.«

»So schnell?« Sie bringt mich erneut aus der Fassung. »Willst du nicht ein wenig darüber nachdenken?«

»Nein. Besser, ich sage es ihm sofort. Dann kann er sich darauf einstellen und mit mir vielleicht einen Lösungsweg finden.«

Ich nicke. Das klingt plausibel. Dennoch bin ich völlig aus den Wolken. »Warst du schon beim Arzt?«

»Wieso? Der kann mir auch nicht helfen, oder glaubst du, dass er Frau Professor Reuter Demenz nachweisen wird?« Sie kichert schäbig. »Sie ist überhaupt noch nicht in dem Alter … glaube ich.«

»Was hat denn deine Lehrerin damit zu tun?« Irgendwie verstehe ich nichts mehr.

»Na, sie ist der Meinung, dass ich die Projektarbeit nicht abgegeben habe. Was glaubst du, weshalb ich mich so aufrege?« Amelie sieht mich mit großen Augen an.

Mir fällt ein Stein vom Herzen. »Heißt das … du bist …« Ich beiße mir auf die Lippen. Meiner Tochter zu beichten, dass ich eben gedacht habe, sie sei schwanger, wäre vielleicht keine so gute Idee.

»Was denn?« Sie rüttelt leicht an meinem Arm. »Und ist das etwa ein Lächeln?« Sie verzieht verärgert ihr Gesicht.

»Natürlich nicht!« Auch wenn ich innerlich fürchterlich erleichtert bin. Ich schüttle den Kopf, um wieder klar denken zu können. »Bitte erklär mir das Problem noch einmal genau.«

»Ich bekomme im Labor eine Fünf, weil ich die Projektarbeit angeblich nicht abgegeben habe«, sagt sie und betont jede Silbe extra.

»Das kann ja wohl nicht wahr sein, oder?«

»Oh doch! Kannst du mit der Reuter reden? Auf mich will sie nicht hören.«

»Sicher.« Erst langsam realisiere ich, welch Ärger meine Tochter am Stecken hat. Ihr Abschluss ist tatsächlich gefährdet und zwar wegen einer augenscheinlichen Nichtigkeit. Ich vertraue Amelie, wenn sie behauptet, sie habe die Projektarbeit abgegeben, wird das auch so sein.

Es klingelt zum Stundenende. Sämtliche Türen der Klassenräume werden aufgerissen und zahlreiche Schüler strömen auf den Gang.

Plötzlich reißt sich Amelie von mir los und stürmt auf Gil zu, dessen Gesicht knallrot ist. Als er sie entdeckt, setzt er ein breites Grinsen auf.

Ich trete näher und vernehme das Jubelgeschrei meiner Tochter, die sich nun schwungvoll zu mir dreht.

»Gil hat die Englischprüfung geschafft!«

»Super, ich gratuliere!« Das freut mich für ihn, denn ich erinnere mich an die anstrengenden letzten Wochen und wie oft Gil mit Amelie gelernt hat. Der arme Kerl, einfach ist das eben bestimmt nicht gewesen. Aber geschafft ist geschafft.

Als sich die beiden etwas beruhigen, mustert Gil Amelie eindringlich.

»Du siehst ja so … besorgt aus. Alles okay?«

Sie schüttelt den Kopf und erzählt ihm ihre Misere.

Ich blicke mich um, denn ich will gleich zu dieser Professorin eilen und hoffe, dass sie für mich Zeit hat. Zwar kenne ich die Laborlehrerin vom letzten Elternsprechtag, aber ich weiß nicht, in welchem Teamzimmer sie zu finden ist.

»Hilfst du mir mit der Reuter?«, reißt Amelie mich aus den Gedanken.

»Bin schon fast dabei«, antworte ich. »Weißt du, wo ich sie antreffen kann?«

»Keine Ahnung …«, meint sie und zuckt mit der Schulter.

Gil sieht ebenfalls ratlos aus.

»Gut, ich erkundige mich mal im Sekretariat.« Ich will mich schon auf den Weg machen, da fällt mir etwas ein. »Sag mal, bekommst du keinen Ärger, weil du in der letzten Stunde gefehlt hast?«

Sogleich verzieht Amelie ihr Gesicht. »Tja … also … es wäre suppi, wenn du mit Mr Fraser sprechen könntest …«

»Amelie …«, zische ich entsetzt.

»Sag einfach, dass mir übel gewesen ist und es mir wieder besser geht.«

Böse funkle ich sie an, aber ich verstehe sie ja irgendwie. Sie ist wirklich sehr aufgebracht gewesen.

Ich kann nicht mehr viel erwidern, denn es läutet zur nächsten Stunde.

Wie von einer Tarantel gestochen, versammelt sich die 8.A in der Klasse.

»Wir müssen rein. Herr Stucking kommt.« Dann eilt sie mit Gil in den Klassenraum.

Keine Sekunde zu früh, wie mir scheint, denn sogleich eilt ein groß gewachsener Kerl mit Glatze und Spitzbart heran und schließt die Tür vor meiner Nase.

Mein »Hallo« vorhin hat er ignoriert, nicht gerade freundlich von ihm. Puh, die armen Schüler.

Gerade will ich mich von der Klasse entfernen, da wird die Tür erneut aufgerissen.

Vor Schreck taumle ich einige Schritte zurück. Ein blonder Lockenkopf erscheint vor mir, mit Augen so blau wie der strahlende Sommerhimmel.

»Hoppla«, meint der Kerl, der in etwa in meinem Alter sein muss.

»Nichts passiert«, krächze ich. Mir hat es doch glatt vor Schreck die Sprache verschlagen.

»Kann ich Ihnen helfen?«, fragt er mit einem breiten Lächeln.

»Nein«, sage ich hastig und fahre mir durchs Haar. »Das heißt … ich … suche Frau Professor Reuter.«

»Dann kommen Sie mal mit. Ich gehe ohnehin ins Teamzimmer.« Er blinzelt zweimal. »Frau Professor Reuter ist bestimmt dort zu finden.«

»Okay.« Sogleich wird mir wieder mulmig. Amelie hat mir viel zu wenige Infos gegeben. Was ist jetzt genau passiert?

»Sie sind Amelies Mutter, oder?« Der blondgelockte Herr sieht mich fragend an.

»J-ja«, stottere ich, denn ich habe keinen blassen Schimmer, mit wem ich es zu tun habe.

Unter dem Arm trägt er einen Stapel bunter Hefte, den er leicht anhebt. »Amelie hat eine herausragende Arbeit abgeliefert. In Englisch steht sie auf einer glatten Eins.«

»Ach ja?« Das ist ja eine gute Nachricht.

Nun fällt mir auch ein, wie Amelies Englischlehrer heißt, der anscheinend neben mir geht. Mr Fraser. »Gil hat doch vorhin seine Prüfung geschafft, nicht wahr?«

»So ist es. Ich denke, den guten Erfolg hat er Ihrer Tochter zu verdanken.«

Ich nicke. »Sie hat viel mit ihm gelernt.«

»Perfekt. Mich freut es immer zu hören, wenn sich Schüler gegenseitig unterstützen.«

Ich muss schmunzeln, denn sein Dialekt ist wirklich süß.

»Sind Sie aus England?«, rate ich.

»Exactly, hört man das so leicht?« Er lächelt verschmitzt.

»Ein wenig, ja«, gebe ich zu.

»Geht es Amelie wieder gut? Sie ist vorhin nicht in meiner Stunde gewesen, aber ich habe sie reinkommen sehen, als es geklingelt hat.«

Erwischt! »Genau … sie hatte kurzzeitig Kopfschmerzen, aber es geht schon wieder«, lüge ich.

»Also kann ich beruhigt sein«, meint er. »So kurz vor dem Abschluss der achten Klasse zu fehlen ist nicht gut. Oft stehen noch wichtige Prüfungen an.«

»Natürlich. Amelie gibt sich auch richtig Mühe«, kann ich reinen Gewissens sagen, denn meine Tochter lernt sehr viel und ist sehr ordentlich dabei. Umso unverständlicher, dass diese Projektarbeit verschollen ist.

»Keine Sorge«, er bleibt stehen und beugt sich ein wenig zu mir herunter. »Ihre Tochter schließt die achte Klasse bei mir mit ausgezeichnetem Erfolg ab. Und einen Teil der Abschlussprüfung will sie ja ebenfalls in Englisch ablegen, auch hier sehe ich keine Probleme.«

»Das ist ja … wunderbar«, keuche ich, denn Mr Frasers After Shave duftet einfach zu intensiv, sodass meine Sinne kurz vernebelt sind.

Erst jetzt bemerke ich, dass wir vor dem Teamraum angekommen sind. Mr Fraser holt seinen Schlüssel aus der Hosentasche und sperrt auf. Bevor er hineingeht, wendet er sich mir noch einmal zu. »Würden Sie hier warten? Ich gebe Frau Professor Reuter Bescheid.«

Ich nicke stumm, denn in Gedanken muss ich mir passende Worte zurechtlegen, wie ich möglichst neutral an die Sache herangehen kann. Amelies Lehrerin ist dafür bekannt, spitzfindig und immer im Recht zu sein.

Die Tür wird geöffnet und Frau Professor Reuter blickt mich mit verkniffenen Augen an. Sie trägt einen strengen Dutt, kein einziges Härchen steht dabei heraus.

»Guten Tag Frau Piringer. Kommen Sie herein!«

»Guten Tag«, erwidere ich und betrete den Raum. Er ist überschaubar klein, hat zwei riesige Fenster und einen abgetretenen Parkettboden. Mehrere Tische stehen in der Mitte des Zimmers beisammen und bilden eine Ablage- und Arbeitsmöglichkeit.

Außer mir und der Reuter ist noch Mr Fraser anwesend, der mit dem Rücken zu mir sitzt und seinen Kopf über Hefte gebeugt hält. Ich vermute, er leistet Korrekturarbeiten.

»Setzen Sie sich doch.« Sie deutet auf einen Stuhl.

»Danke.« Ich schlüpfe aus der Jacke, hänge diese über die Lehne und erstarre mit einem Mal.

Vorsichtig schiele ich zur Lehrerin, die mich mit missbilligendem Ausdruck ansieht. Ihre Stirn ist in ein Dutzend Falten gelegt.

»Tut mir leid … ich … habe ein Balloutfit ausgesucht …«, versuche ich mein Minikleid zu erklären. Mist, wie peinlich!

»Und dann sind Sie in Unterwäsche hergekommen, oder wie?«, fragt sie mich entrüstet.

Ich beiße mir nur auf die Lippen. Sieht die doofe Kuh denn nicht, dass das kein Nachthemd, sondern ein Ballkleid ist?

Nun bemerke ich, dass Mr Fraser sich halb zu mir dreht und amüsiert lächelt. »Das Kleid steht Ihnen, Sie sollten es unbedingt auf dem Abschlussball tragen.«

Verwundert blinzle ich. Hat er das eben wirklich gesagt, oder habe ich mir das eingebildet? Ich nicke ihm bloß stumm zu und lasse mich auf den Stuhl nieder.

»Wie kann ich Ihnen helfen?« Die Professorin tritt zu mir heran, setzt sich und schiebt sich die winzigen Gläser ihrer Brille weiter auf die Nase. An ihrem verzwickten Blick ändert das dennoch nichts.

»Also, Amelie hat gemeint, ihre Projektarbeit sei verschwunden.«

Schon plustert sich mein Gegenüber auf. »Sie hat sie wohl nicht abgegeben!«

»Na ja … meine Tochter sagt aber, sie habe die Arbeit fristgerecht eingereicht.«

»Hat sie nicht!« Die Reuter schüttelt den Kopf und tippt mit dem Zeigefinger auf den Tisch. »Sonst hätte ich ihre Arbeit ja zu Gesicht bekommen.«

Ich muss schlucken. Diese Frau ist ja schwer zu knacken. »Und wenn sie die Arbeit noch einmal ausdruckt und Ihnen überreicht?«

Dafür ernte ich ein böses Lachen, sodass ich richtiggehend zusammensacke.

»Also, wenn mir hier jeder so hinterlistig kommen würde … nichts da! Frist versäumt! Daher muss Amelie mit den Konsequenzen klarkommen.«

Beinahe traue ich mich nicht zu fragen, aber ich muss … »Und was passiert nun?«

»Tja … sie wird das Zeugnis der achten Klasse negativ abschließen und kann daher ihren Abschluss nicht im Frühsommer machen.«

Bei den Worten haut es mich beinahe vom Stuhl. »Ehrlich?« Ich bin richtig schockiert.

»Ich scherze nicht.« Sie erhebt sich und wartet wohl, dass ich es ihr nachtue. »Das wäre es dann. Wir sind fertig.«

»U-und die Projektarbeit?« Ich krächze nur noch. »Also, wie bekommt Amelie ihre Abschlussnote, wenn sie die Arbeit nicht nachbringen darf?«

»Ich werde mit ihr einen neuen Termin ausmachen«, erwidert Frau Reuter spitz. »Und mir überlegen, ob sie ein neues Thema bearbeiten muss.«

»Aber …«, beginne ich und stehe auf. Mir wird schwarz vor Augen, sodass ich mich am Tisch festhalten muss. Dieses blöde Kleid!, fluche ich, als ich wieder klarsehe. Es ist so eng, dass es mir die Luft abschnürt.

»Wir hätten das dann wohl geklärt«, schnattert Frau Professor Reuter und marschiert zur Tür. Ihre Stöckelschuhe produzieren dabei ein nerviges Klackern, das in meinen Ohren weh tut.

»Möchten Sie ein Glas Wasser?«

Völlig unbemerkt ist Mr Fraser neben mich herangetreten und mustert mich besorgt.

»Nein, nein. Geht schon …« Meine Augen kneife ich fest zusammen, um wieder klar im Kopf zu werden.

Mr Fraser erweist sich als hilfreiche Person, denn er stützt mich am Ellenbogen und geleitet mich zur Tür hinaus. Mein knappes »Auf Wiedersehen« ignoriert die blöde Kuh von Lehrerin und lässt stattdessen mit einem Knall die Tür hinter uns zufallen.

»Tut mir leid, dass Sie keinen Erfolg hatten.« Mr Fraser sieht mir in die Augen, dabei verbreitet sein Blick so ein angenehmes Gefühl in meiner Magengrube. Die Sorgen sind für eine Sekunde verflogen, kehren aber mit meiner Antwort zurück.

»Ich muss zugeben, dass ich mir ein wenig mehr Verständnis erwartet hätte.«

»Frau Professor Reuter ist wirklich eine harte Nuss«, meint mein Gegenüber und tätschelt meinen Arm.

»Was meinen Sie, reagiere ich besonders empfindlich?« Ich räuspere mich. »Es geht schließlich um meine Tochter und ihre Zukunft. Und glauben Sie mir, ich kenne Amelie. Wenn sie sagt, sie hat diese Arbeit abgegeben, dann stimmt das auch.« Ich spüre, wie mein Puls wieder steigt und ich schwerer Luft bekomme.

»Sie haben recht. Ich kenne Amelie auch einigermaßen gut, soweit man das als Lehrer eben kann. Und ich kenne sie als ehrliches Mädchen, die auch zugibt, wenn ihr ein Fehler passiert.«

Auf meinen schiefen Blick reagiert er sofort.

»Was so gut wie überhaupt nicht vorkommt.«

»Dann bin ich ja beruhigt.« Tatsächlich fühle ich mich erleichtert. Bis jetzt hat Amelie noch nie Probleme in der Schule gehabt.

»Hören Sie, wir werden bestimmt eine Lösung finden. Am besten ist, wenn Sie versuchen, die Situation nicht als aussichtslos zu betrachten.«

Ich nicke schwach. »Versuchen … ja … obwohl ich erst seit einer knappen halben Stunde davon weiß, bin ich mehr als beunruhigt. Und Amelie ist am Durchdrehen.«

»Das ist auch verständlich, es wird aber so sein, dass sie sogar im schlimmsten Fall den Abschluss noch rechtzeitig erlangen wird, ehe das Studium beginnt.« Er lächelt mir aufmunternd zu.

»J-ja, das ist gut zu hören.« In Wahrheit bin ich noch verwirrter. Studium … Gerade wird mir bewusst, wie wichtig der Schulabschluss für mein Mädchen ist. Ihre Zukunft hängt davon ab. Ich weiß, dass sie unbedingt auf die Uni gehen will. Meine Kehle trocknet aus. Langsam tauchen die Erinnerungen an meinen Schulabschluss wieder auf. Gerne wäre ich danach auch auf die Uni gegangen, aber es war mir durch die Schwangerschaft nicht möglich …

Mir ist es gesundheitlich zu schlecht gegangen, also habe ich diesen Traum aufgeschoben und mit jedem Jahr auf ein weiteres verlegt. Heute ist meine Tochter achtzehn und ich bin nie auf der Uni gewesen, ja habe nicht einmal eine Berufsausbildung erlernt. Dafür schäme ich mich.

»Frau Piringer?« Mr Fraser wedelt sanft mit der Hand vor meinem Gesicht. »Ist wirklich alles in Ordnung bei Ihnen? Sie sehen sehr blass aus.«

»Das ist mein natürlicher Hautton, fürchte ich«, antworte ich gequält. »Bleich wie ein Geist.«

»Nein, nein, so meine ich das nicht. Ich finde, Ihre Haut hat normalerweise einen sehr schönen Roséton, aber im Augenblick sieht man Ihnen den Schreck an.«

»Das kann durchaus sein«, erwidere ich erschöpft.

Mittlerweile sind wir beim Schuleingang angekommen. Ich will in die Jacke schlüpfen und Mr Fraser hilft mir dabei.

»Ich danke Ihnen vielmals«, meine ich und versuche, ein aufrichtiges Lächeln zustande zu bringen. Ob dies recht gelingt, weiß ich nicht, auf jeden Fall schenkt mir der Lockenkopf einen warmen Blick.

»Das Kleid steht Ihnen wirklich ausgezeichnet. Good bye.«

Über seine Worte muss ich schmunzeln. »Auf Wiedersehen!« Bevor ich rot werden kann, drehe ich mich um und eile aus dem Schulgebäude.

# Kapitel 6

Nach Hause ist es nicht weit. Eigentlich habe ich damit gerechnet, dass Amelie mit mir kommt, aber sie ist doch wieder in den Unterricht gegangen.

Der Schnee, der gestern gefallen ist, liegt nur noch zum Teil am Rand der Gehsteige sowie auf den Wiesen. Straßen und Wege sind soweit frei und es ist auch eine Spur milder geworden.

Trotzdem ist mir kalt. Erstens wegen diesem viel zu kurzen Kleid und zweitens liegen mir die Neuigkeiten schwer im Magen. Selbst wenn meine Tochter ihren Abschluss nur wenige Wochen später – also nach dem Sommer – machen könnte, es ist eine Belastung für uns und ganz besonders für sie. Zudem finde ich das einfach nur unfair. Ob die Reuter die Projektarbeit verschlampt hat? Anders kann ich mir nicht erklären, wie diese abhandengekommen sein soll.

Zum Glück sind die Schwiegereltern nicht da, als ich beim Haus ankomme. Zumindest fehlt ihr Auto, daher nehme ich an, dass sie noch unterwegs sein werden. Es ist ja auch noch nicht dreizehn Uhr.

Auf unserem Eichenbaum sitzt ein Eichkätzchen. Mir ist es ja nicht unbekannt, da es fast täglich zu Besuch kommt. Ich habe das Tier »Karli« genannt. Warum genau, kann ich nicht einmal sagen. Es war einfach der erste Name, der mir damals eingefallen ist, als Karli mich mit einer Nuss beworfen hat. Das ist letzten Frühling gewesen. Wobei, sicher bin ich mir nicht, ob Karli die Nuss geworfen hat oder diese ihm bloß hinuntergefallen ist. Das Tier hat mich mit riesigen Augen angesehen. Seitdem richte ich ab und zu einige Nüsse her, die Karli sich dann schnappen kann.

Ich finde das Eichkätzchen sehr sympathisch. Wenn ich es sehe, zaubert es mir immer eine gute Laune.

Selbst Purple scheint sich mit ihm angefreundet zu haben, denn sie sitzt ziemlich oft unter dem Baum und beobachtet ihn. Manchmal, wenn ich die Tiere vom Wohnzimmerfenster aus betrachte, kommt es mir so vor, als würden die beiden sich unterhalten. Das ist natürlich völliger Blödsinn, aber ich könnte es schwören, wenn es nicht unmöglich wäre. Jedenfalls produzieren beide Tiere unheimlich viele Laute, wenn sie aufeinandertreffen.

»Na, hast du was zu fressen?«, frage ich das Eichhörnchen jetzt und ernte so etwas wie ein Nicken. Vermutlich bilde ich mir das auch nur wieder ein, aber ich freue mich trotzdem.

»Fein«, erwidere ich und gehe ins Haus. Vor der Eingangstür liegen meine Klamotten. Lisa hat sie dort abgelegt.

Drinnen kümmere ich mich gleich wieder ums Mittagessen, das ja schon so gut wie fertig ist und ich nur noch warm machen muss.

Als das Backrohr sich aufgeheizt hat und ich den Salat abmache, höre ich die Tür knallen.

»Mariella, bist du da?«

Die schrille Stimme meiner Schwiegermutter bringt mich dazu, mit den Augen zu rollen, aber direkt alles liegen und stehen zu lassen und zu ihr zu eilen.

»Na endlich!« Sie schnauft. »Nimm mir das ab.«

Ich tue natürlich, was sie mir aufträgt und beäuge die Einkaufstüten neugierig. Hat sie sich schon wieder neue Schuhe und eine neue Handtasche gegönnt? Es sieht ganz danach aus.

Schwerfällig zieht sie ihren Mantel aus und hält ihn mir hin. Zwar sind meine Arme voll, aber ich nehme ihn ihr trotzdem ab und hänge ihn an die Garderobe.

»So viel Stress«, jammert sie und schlüpft aus den Stiefeln.

»Ja«, stimme ich ihr zu und bin bloß froh, dass ich ihr auch nicht noch aus den Schuhen helfen muss.

Jetzt stapft mein Schwiegervater zur Tür rein. »Sauwetter!«, brummt er.

Ich verstehe nicht, weshalb er sich aufregt. »Die Sonne scheint doch?«

»Eben! Der Schnee schmilzt und alles ist nass.« Er schüttelt den Kopf, zieht seinen Anorak aus und hängt diesen auf. Nachdem er die Schuhe ausgezogen hat und diese auf die Schmutzmatte stellt, dreht er sich zu mir um. »Die kannst du dann putzen! Sind total vollgematscht.«

Ich nicke nur, denn ich verstehe nicht, wo er sich damit herumgetrieben hat. Auf den Gehwegen ist kein Matsch und auf den Straßen sowieso nicht.

»Gibt es Essen?«, fragt er. »Ich habe Hunger.«

»Es steht sofort auf dem Tisch.« Ich husche davon, um die Tüten zu verstauen und mache mich sogleich wieder auf dem Weg in die Küche.

Keine zehn Minuten später serviere ich das Essen.

»Nanu, keine Soße?« Entrüstet blickt mich Rudolf an.

»Tja … ich dachte, Fleisch, Kartoffeln und Salat würden reichen«, antworte ich. Dass ich für weitere Kochkünste keine Zeit mehr gehabt habe, erwähne ich lieber nicht.

»Du lässt nach!«, schimpft Gerhild sofort und ich fühle mich plötzlich ganz klein.

»Tut mir leid«, murmele ich. »Soll ich noch schnell etwas zubereiten?«

»Das dauert doch viel zu lange!«, tadelt Gerhild mich.

»Ich hoffe, du hast an eine Nachspeise gedacht!«, brummt Rudolf und legt sich zwei dicke Scheiben vom Hackbraten auf den Teller.

Schuldbewusst senke ich den Kopf und denke gar nicht daran, mich zu den beiden zu setzen, sondern gehe zurück in die Küche.

Ein Blick in den Vorratsschrank verrät mir, dass es höchste Zeit wird, wieder einmal einkaufen zu gehen. Das hatte ich zwar gestern Abend schon bemerkt, aber bis jetzt bin ich nicht dazugekommen. Notgedrungen bereite ich ein fixes Trifle mit den letzten Oreos zu.

Als ich es serviere, verzieht Rudolf zunächst sein Gesicht, probiert aber davon und nickt mir zu. »Ganz passabel.«

»Die schmutzigen Teller kannst du abservieren«, kommandiert Gerhild dann.

Die Worte wären gar nicht nötig gewesen, denn ich hätte so oder so damit begonnen, die verwendeten Teller zu stapeln und das Besteck oben drauf zu legen.

Mein unbenutztes Gedeck räume ich bei der nächsten Runde ab. Bisher hatte ich noch keine Gelegenheit, um zu essen.

Den restlichen Hackbraten verfrachte ich zurück ins Backrohr, damit er warm bleibt, bis Amelie nach Hause kommt.

In der Hoffnung, dass wir dann gemeinsam essen können, richte ich schon einmal alles, was wir benötigen, am kleinen Essplatz in der Küche an.

Fünfzehn Minuten nach Schulschluss poltert Amelie zur Hintertür rein.

»Hi Mama!« Ihren Rucksack schleudert sie in die Ecke, streift sich die Schuhe von den Füßen und entledigt sich ihrer Jacke.

»Hallo, mein Schatz! Wie ist es dir noch ergangen?«, erkundige ich mich und mustere sie.

Eigentlich sieht sie recht erfrischt aus und ihre Wangen haben einen rosigen Ton angenommen. Bestimmt, weil es draußen so kalt ist.

»Ganz okay. Hast du was bei der Reuter erreicht?« Sie wäscht sich die Hände beim Waschbecken.

Ich muss schlucken. Wie soll ich das Ganze meiner Tochter erklären? »Nur indirekt.«

Amelie dreht sich entrüstet um. »Was soll das heißen?«

»Tja, es sieht wohl so aus, als müsstest du eine weitere Arbeit machen und diese nachreichen.«

»Was?« Sie schüttelt den Kopf. »Ich habe die Projektarbeit hundertprozentig abgegeben!«

»Ich glaube dir ja«, versuche ich sie zu besänftigen. »Aber die Reuter hat einen sturen Schädel und sitzt am längeren Hebel.«

»Ja, und was soll ich nun tun?« Hektisch wirft sie ihre Arme in die Luft. »In der kurzen Zeit schaffe ich nicht noch einmal so eine Arbeit. Der Abschluss naht! Die Prüfungen …«

Ihr verzweifelter Blick bohrt sich direkt in mein Herz. Mein armes Mäuschen! Ich muss ihr die Wahrheit schonend beibringen und trete an sie heran. »Amelie, es ist so, dass du … den Sommertermin nicht einhalten kannst.« Tröstend halte ich sie an den Armen und drücke sie an mich, aber sie lässt es nicht zu, sondern schiebt mich weg.

»Wie meinst du das? Welchen Termin soll ich denn bitte sonst wahrnehmen?« Ihre Stimme hört sich schrill an und ich muss zugeben, ich bin für einen Moment überfordert.

»Du musst ja eine neue Projektarbeit schreiben … das dauert … und deshalb kannst du erst im Herbst deinen Abschluss machen.« Es fällt mir selbst schwer, diese Worte auszusprechen.

Meine Tochter sieht mich stumm an, klappt ihr Kinn nach unten, aber sagt nichts.

»Hast du gehört?«, erkundige ich mich.

»Was soll der Scheiß?« Wütend zieht sie ihre Brauen zusammen. »Die denkt doch nicht ernsthaft, dass ich später antrete als alle anderen!«

»D-das ist nur halb so wild …«, beeile ich mich zu sagen.

»Sagst du!« Amelie faucht mich an. »Ich werde den Abschluss nicht im Herbst machen! Dann eben gar nicht!«

»Was soll das bedeuten?« Mein Herz bleibt eine Sekunde stehen. Ich versuche mich selbst zu beruhigen, bestimmt meint meine Tochter nicht, was sie sagt.

»Dass ich auf die Schule pfeife!« Mit einem Schluchzer dreht sie sich um und stürmt aus der Küche.

Zwar überlege ich, ob ich ihr hinterhereilen soll, entschließe mich aber dagegen. Sie soll erst einmal zur Ruhe kommen, dann spreche ich mit ihr über ihre voreiligen Schlüsse.

Wobei ich zugeben muss, dass ich selbst etwas neben mir stehe. Aber ich komme nicht zum Weitergrübeln, denn Rudolf schlurft herein.

»Gibt es nachher noch Kaffee und Kuchen?« Suchend schaut er sich um.

Ich sinke zusammen. »Es hat doch schon extra Nachtisch gegeben …«

»Na und? In zwei Stunden habe ich einen kleinen Hunger und bestehe auf den Snack!« Er plustert sich auf. »Immerhin wohnt ihr unter meinem Dach, da kann ich ja wohl erwarten, dass du dich zumindest minimal revanchierst.« Mit einem Satz dreht er sich um und lässt mich stehen.

Ich bin gar nicht fähig, ihm etwas hinterherzurufen, denn ich muss erst einmal meine Sorgen sortieren.

Dass ich seit über achtzehn Jahre hier lebe, ist gerade das geringere Übel. Ich muss meine Tochter aufmuntern.

Der Appetit ist mir vergangen, ich suche aber nach Keksen und gieße ein Glas voll Milch ein. Damit gehe ich nach oben und klopfe an Amelies Zimmertür.

»Lass mich in Ruhe!«, ruft sie.

# Kapitel 7

Ich seufze. Mit dieser Reaktion habe ich schon fast gerechnet.

»Ich habe ein paar Kekse und Milch für dich.«

»Mag ich jetzt nicht …«

»Dann lasse ich es dir da. Für später?«

Meine Hoffnung erfüllt sich, denn ich höre, wie Amelie durchs Zimmer geht. Tatsächlich öffnet sie die Tür einen Augenblick später. Ihr Gesicht sieht verheult aus. Sie schnieft auch.

»Danke«, murmelt sie und nimmt mir beides ab.

»Soll ich reinkommen?«

Sie schüttelt bloß den Kopf und verschwindet wieder im Zimmer.

Na gut, denke ich mir, komme ich eben nachher wieder und richte zuerst den Kaffee und etwas Süßes für die Schwiegereltern.

Gedacht, getan.

Sie beauftragen mich auch noch damit, dass ich aus dem Schuppen Feuerholz hole und nachlagere. Wieder einmal wünsche ich mir einen Fernwärme-Anschluss. Davon werde ich aber noch lange träumen, denn meine Schwiegereltern sind solche Geizhälse, dass sie selbst die Ölheizung nur auf ein Minimum laufen lassen. Zusätzlich soll ich den guten alten Holzofen befeuern, der zumindest Teile des unteren Stockwerks warmhält.

Als ich damit fertig bin, ist einiges an Zeit vergangen und ich versuche es erneut bei Amelie. Diesmal bittet sie mich hinein, wirft sich aber sogleich wieder aufs Bett.

»Wie geht es dir jetzt?«, will ich wissen und setze mich an den Rand ihrer Matratze.

Sie zuckt nur mit den Schultern.

»Ich verstehe ja, dass du geschockt bist, aber wenn du nachdenkst, wirst du merken, dass da nur wenige Wochen zwischen den Terminen liegen.«

»Ich lerne aber nicht den Sommer über«, entgegnet sie trotzig. »Und überhaupt verhunzt mir diese Reuter gerade mein ganzes Leben.«

Ich suche nach einer passenden Erwiderung, aber mir fällt partout nichts ein, als zu sagen: »Na, komm! So schlimm ist das nicht.«

Meine Tochter blickt mich böse an. »Und ob! Ich gehe einfach überhaupt nicht mehr zur Schule.«

Mir wird schwer ums Herz. Das wird ja ein schwieriges Unterfangen. »Das kann doch auch keine Lösung sein. Denk mal nach: Du stehst kurz vor dem Abschluss! Hast alle Schuljahre hinter dich gebracht … sehr erfolgreich sogar.«

»Ja, aber du siehst, dass man von hinten bis vorne nur vereiert wird! So dringend habe ich das Abschlusszeugnis nicht nötig!«

»N-nicht?« Irgendwie beginne ich zu schwitzen. Mir fällt meine Vorahnung wieder ein: dass Amelie schwanger ist. Augenblicklich wird mir übel. Hatte ich etwa doch recht? Blödsinn.

»Nö. Ich gehe dann einfach nicht auf die Uni. Mir wird schon etwas anderes einfallen. Und du bist auch nie auf der Uni gewesen.«

Ehe ich etwas erwidern kann, redet Amelie weiter.

»Paps hat ja auch nicht studiert. Vielleicht kann er mir bei der Jobsuche helfen.«

Das sitzt. Mir ist richtig übel und schwindelig. »Wir reden später weiter«, meine ich und stehe auf. Ich muss kurz für mich sein, denn die Erinnerungen an Amelies Vater – meinen Ex-Partner – überrollen mich einfach.

# Kapitel 8

Ich stürze aus dem Zimmer, sause die Treppe hinunter und schnappe meine Jacke. Kaum bin ich in die Schuhe geschlüpft, reiße ich die Tür auf und wirbele hinaus in den Garten.

Ein gigantisches Flashback holt mich ein, kaum dass ich unter der Linde stehe und in den Himmel blicke.

Soll ich lachen oder weinen, dass meine Tochter nicht meinen Weg nachgeht? Sie ist immerhin nicht schwanger, was mich durchatmen lässt. Dafür nimmt sie sich ihren Vater als Vorbild! Das ist mehr als unerträglich … Poldi und ich waren zwar in unserer Anfangsphase recht glücklich, daran lässt sich nichts rütteln. Aber es hätte bei einer Jugendliebe bleiben sollen. Wie viele Pärchen gibt es denn, die seit der Schule zusammen sind? Ich persönlich kenne niemanden. Auf jeden Fall ist uns sowieso etwas dazwischengekommen: nämlich Amelie. Na ja, eher ein Grund, dass man doch länger als bis zum Schulende zusammenbleibt. Bei uns ist das aber nicht unbedingt so gewesen.

Poldi ist nach dem Abschluss arbeiten gegangen, statt wie geplant zur Uni. Uns ist ja nichts anderes übriggeblieben, ich als Schwangere hatte nicht mehr so viele Möglichkeiten, um an Geld zu kommen, daher musste Poldi ran. Er hat mehrere Aushilfsjobs angenommen, auch noch bei seinem Vater in der Trafik gearbeitet … Um genau zu sein, war er die meiste Zeit des Tages außer Haus und ich allein. Wobei Rudolf und Gerhild mich eingeteilt haben, so lange ich irgendwie konnte. Nur rund um die Geburt haben sie mich in Frieden gelassen.

Und nun will Amelie auch nicht auf die Uni gehen … ich glaube es ja nicht! Ich muss unbedingt noch einmal eindringlich mit ihr reden. Was will sie denn sonst machen? Schulabschluss hat sie auch keinen … Denn ich und auch Poldi haben den zumindest gemacht. Und ich muss zugeben, dass mein Ex sich durch hartes Arbeiten entfaltet hat. Vom Trafikanten zum Kellner, über Imbissverkäufer zum Requisiten-Aufbauer im Theater, bis fast zum Kostümbildner. Immerhin hatte er dort so oft ausgeholfen, dass man ihm eine bessere Stelle angeboten hatte. Mit der Zeit schneiderte Poldi immer mehr Kleidungsstücke, nicht mehr nur für das Theater, sondern verkaufte diese auch privat. Das führte so weit, dass er sich in der Szene einen richtigen Namen gebildet und sich selbst zur Marke gemacht hatte. Aus Poldi Lechner wurde Pierre Lizzard. Man hörte von ihm auch im Ausland und es dauerte nicht lange, bis Poldi die ersten Aufträge dort annahm.

Amelie und ich blieben bei seinen Eltern zurück. Irgendwie war es vorhersehbar, dass es mit Poldi und mir so nicht mehr weitergehen konnte. Mit einem Mal war Schluss. Wir hatten einen riesigen Streit und seither wollte ich kaum mehr in Kontakt mit ihm treten.

Ich hatte keine Ahnung, wo ich mit Amelie hin hätte sollen. Poldis Eltern waren so gütig, uns weiterhin hier wohnen zu lassen. So sind die Jahre vergangen. Tja, wo wir wieder im Hier und Jetzt wären.

Von Poldi – oder Pierre wie er sich als Künstler nennt – haben wir nur selten etwas gehört. Gesehen haben wir ihn noch seltener, was ich natürlich für Amelie sehr schade finde. Für mich hingegen passt es so.

Manchmal kann ich es selbst kaum glauben, wie unser Leben verlaufen ist.

Ich meine, wer wohnt schon bei seinen ehemaligen Fast-Schwiegereltern?

Und wenn Amelie auch durch die weite Welt reist? Was mache ich dann? Alleine bei Rudolf und Gerhild wohnen? Mich durchfährt ein Schauer. Das würde ich nicht aushalten, oder? Doch eine andere Möglichkeit sehe ich gar nicht, denn ich habe ja keine Ausbildung gemacht. Nur Tabakwarenladen, also unserer Familien-Trafik, gearbeitet. Ich kann mich ja kaum selbst erhalten … Selbst wenn ich einen anderen Hilfsjob finden würde. Das ist schrecklich! Zum ersten Mal seit Langem habe ich das Gefühl, so gut wie alles im Leben falsch gemacht zu haben. Jetzt sitze ich mit Mitte dreißig einfach fest.

»Mariella!« Gerhilds schrille Stimme hallt durch den Garten. »Die Batterien der Fernbedienung sind leer!«

Mit einem Seufzen bewege ich mich zurück ins Haus und kümmere mich darum.

»Vergiss nicht, dass du noch einkaufen musst!« Rudolf nimmt ein Stück Kuchen in den Mund.

»Natürlich«, erwidere ich freundlich.

Ich will bald los, denn ich möchte später noch mit Amelie sprechen. Mit dem Korb unterm Arm gehe ich aus dem Haus und zu unserer Nachbarin Frau Fairgut.

Die gutgelaunte, rundliche Frau öffnet die Tür und lächelt breit. »Mariella! Das ist ja schön, Sie zu sehen. Möchten Sie hereinkommen?«

Ich schüttle den Kopf. »Nein, danke. Ich wollte fragen, ob Sie etwas vom Einkauf brauchen?«

»Tatsächlich fehlt mir so manches. Würdest du mir wieder was mitbringen?« Sie blickt mich mit ihren winzigen Augen an.

»Sicher, wie immer.« Es wäre nicht das erste Mal, dass ich Frau Fairgut etwas mitbringe.

Für mich macht es keine Umstände. Sie hingegen ist schon älter und nicht mehr so fit zu Fuß.

»Dann bitte Dinkelmehl, Butter, etwas aufgeschnittenen Käse und grünen Salat.«

»Alles klar.«

»Merken Sie sich das alles?«

»Auf jeden Fall. Käse und Salat kaufe ich ja fast jedes Mal für Sie.« Ich lächle amüsiert.

»Da haben Sie recht«, stimmt sie mir zu. »Ich gebe Ihnen gleich das Geld.« Sie verschwindet in ihrem Haus und reicht mir kurz darauf einen Geldschein.

»Dann geh ich mal los«, meine ich.

Der Weg zum Supermarkt ist nur kurz und die Sachen habe ich schnell beisammen.

Als ich wieder bei Frau Fairgut läute, ist sie ganz erstaunt, dass ich so flink zurück bin.

»Eine Tasse Tee?«

Ich beiße mir auf die Lippen. Eigentlich bin ich mit Arbeit eingedeckt, aber die paar Minuten kann ich wohl erübrigen. »Gerne.«

»Wunderbar.« Sie macht eine einladende Handbewegung und blickt plötzlich neben mir auf den Boden. »Und wie ich sehe, bringen Sie noch einen Gast mit.« Sie lächelt, während ich im ersten Moment nicht weiß, was oder wen sie meint. Dann erblicke ich aber Purple, die vor mir ins Haus schwänzelt. Also trete ich auch ein und schlüpfe aus Schuhen und Jacke. Im ganzen Haus duftet es nach Lavendel.

Ich folge Frau Fairgut in ihre Küche, wo sie den Tee zubereitet und ich ihre Einkäufe ausräume. Der Raum verströmt eine wohlige Wärme und ich fühle mich sofort besser. Die Einrichtung ist uralt und besteht aus dunklem Holz.

»Danke, dass Sie sich um Purple kümmern«, sage ich, als meine Nachbarin dem Tier eine Schale Wasser und ein Blatt Schinken gibt.

»Sehr gerne doch. Sie kommt mich manchmal besuchen, ich hoffe, das ist Ihnen recht?« Frau Fairgut bückt sich und streichelt Purple übers Fell.

»Natürlich, ich bin sehr froh darüber. Wissen Sie, wenn ich nicht zu Hause bin, ist auch Purple ungern dort …« Ich räuspere mich, denn fast wäre mir herausgerutscht, dass die Katze meine Schwiegereltern nicht ausstehen kann. Und umgekehrt. Purple flüchtet daher äußerst gern, wenn sie Gerhild oder Rudolf erblickt.

»Wunderbar! Und ich freue mich immer über solch nette Gesellschaft.«

»Das ist ja schön.« Innerlich atme ich auf.

»Wie geht es Ihnen, Herzchen?« Mit ihrem gutmütigen Blick schaut meine Nachbarin mich an. Sie trägt wie immer ein freundliches Lächeln auf dem Gesicht.

»Oh … ganz okay.« Ich versuche, nicht allzu verzwickt auszusehen. Ob mir das gelingt, weiß ich nicht. Auf jeden Fall möchte ich nicht, dass Frau Fairgut sich um mich sorgt.

»Na, na! Das wirkt mir aber nicht so. Ihre Stirnfalte ist heute deutlich zu erkennen.«

Verblüfft hebe ich meine Augenbrauen. »Wie bitte?«

Frau Fairgut lacht. »Herzchen, ich kenne Sie seit … ungefähr achtzehn Jahren. Das ist eine lange Zeit. Ich habe Sie glücklich gesehen, nachdenklich und traurig. Und jedes Mal, wenn Ihre Stirnfalte so deutlich zum Vorschein gekommen ist, haben Sie an einem Problem geknabbert.«

»Sie erstaunen mich«, sage ich und atme tief durch. »Meine Tochter bereitet mir zurzeit ein wenig Sorgen.« Nun ist es doch raus.

»Ach, das ist ganz normal, dass man sich sorgt. Sie werden sehen, dass alles gut gehen wird.« Aufmunternd zwinkert sie mir zu.

»Das sagt sich immer so leicht«, erwidere ich und nehme einen Schluck von dem heißen Getränk.

»Ich bin mir dabei ganz sicher. Amelie ist so ein liebes Mädchen, da wird eine gute Fee auf sie achtgeben.«

Ich nicke zwar, finde aber Frau Fairgut doch ein wenig schrullig. Glaubt sie etwa wirklich an Feen? Ich mustere meine Nachbarin und muss zugeben, dass ich ihr Alter kaum einschätzen kann. Irgendetwas zwischen siebzig und hundert. Bei dem Gedanken muss ich schmunzeln. So ein Unsinn! Aber Frau Fairgut hat unzählige Fältchen im Gesicht und ihre weiße Haarpracht steht kraus in allen Richtungen ab. In ihrer Jugend muss sie wohl ziemlich peppig ausgesehen haben, denke ich.

»Machen Sie sich nicht so viele Gedanken«, meint sie und tätschelt mir fürsorglich den Arm. »Amelie wird das Schuljahr bestimmt meistern und mit all ihren Klassenkameraden abschließen. Diese verschollene Arbeit wird schon noch auftauchen.«

Ich schüttle meinen Kopf. »Woher wissen Sie davon?«

Frau Fairgut zupft an ihrem grauen Wollkleid. »Och, ich glaube, Sie haben es vorhin erwähnt …«

»Ehrlich?« Ich kann mich nicht daran erinnern.

»Oder war es Amelie selbst?« Sie blickt auf und wiegt den Kopf hin und her. »Um ehrlich zu sein, weiß ich es nicht mehr so genau. Sie wissen ja, ich bin alt …« Sie zwinkert Purple zu, die daraufhin miaut und um Frau Fairguts Beine schmiert.

Ich grüble. Amelie hat nichts davon gesagt, dass sie unsere Nachbarin getroffen hat. Aber das muss ja nichts heißen, denn meine Tochter war ja heute so richtig aufgebracht. Apropos … ich sollte besser mal nach ihr sehen. Deshalb trinke ich den Tee aus, stelle die Tasse in die Spüle und verabschiede mich von Frau Fairgut.

»Machen Sie es gut und lieben Dank für den Einkauf!« Sie geleitet mich zur Tür. Purple eilt uns voraus und zischt los, sobald ich hinausgehe.

»Keine Ursache, wenn ich wieder zum Supermarkt gehe, läute ich bei Ihnen.« Ich nicke ihr zu und gehe die paar Schritte bis zu unserem Haus, sperre auf und verstaue gleich einmal den Einkauf.

Dann will ich nach Amelie sehen und klopfe an ihre Zimmertür. Nichts passiert. Ich klopfe also noch einmal. Als sich weiterhin nichts bewegt und sie auch keinen Ton von sich gibt, beschließe ich nachzusehen. Doch im Zimmer ist niemand. Keine Spur von meiner Tochter.

»Amelie?«, rufe ich durchs Haus, bekomme aber keine Antwort.

»Was veranstaltest du so einen Lärm?« Rudolf erscheint auf dem Treppenabsatz. »Amelie ist nicht da.«

»Oh … wo ist sie hin?« Und wieso weiß mein Schwiegervater Bescheid, aber ich nicht?

»Keine Ahnung … sie ist von diesem hageren Kerl abgeholt worden. Auf dem Moped.« Er schüttelt den Kopf. »Es könnte nicht schaden, wenn du etwas strenger wärst.«

»Ja … meinst du Gil?«

»Was weiß ich, wie der Lulatsch heißt. Der, der sie täglich hier abholt mit seinem lauten Gefährt.« Er kräuselt die Stirn und blickt mich abwartend an.

»Das muss dann Gil sein, da bin ich beruhigt!« Ich atme auf und will nach unten.

Rudolf murmelt nur etwas Unverständliches in seinen Bart. Ich weiß ja, es passt ihm nicht, dass Amelie einen Freund hat. Doch mir ist es lieber, sie ist bei Gil, als alleine wo unterwegs.

Als ich in der Küche auf mein Handy schaue, stelle ich erleichtert fest, dass sie mir eine Nachricht geschickt hat. »Bin mit Gil unterwegs. Komme erst spät!«

Ich schreibe schnell zurück, dass das in Ordnung ist und bin erst mal erleichtert. Gil wird meine Maus sicher dazu überreden, vernünftig zu sein.

In aller Ruhe bereite ich nun das Abendessen zu, das Rudolf und Gerhild zusammen im Speisezimmer einnehmen. Für mich gibt es wie üblich genug zu tun, sodass ich erst später einen Happen essen werde.

Ehe ich dazukomme, klingelt mein Telefon. Ich rechne mit meiner Tochter, es ist aber Lisa dran.

»Hey Süße! Ich wollte nachfragen, wie es gelaufen ist?«

»Oh, tut mir leid, ich wollte mich schon früher bei dir melden.« Mir kommt eine Idee. »Weißt du was, ich könnte schnell bei dir vorbeikommen, denn ich habe etwas Zeit.«

»Wow, klasse Einfall! Bis gleich!« Sie legt auf und ich richte einen Abendsnack für meine Freundin und mich, den ich mitnehmen werde.

Amelie hat sowieso gemeint, sie käme erst spät, also kann ich den Feierabend bei meiner besten Freundin verbringen und mich ablenken lassen.

Keine halbe Stunde später stehe ich bei Lisa auf der Matte, die mich freudig erwartet. Nachdem sie mich hineingebeten hat, bemerkt sie die Tüte in meiner Hand.

»Was hast du denn mitgebracht?«

»Ein bisschen was zum Mampfen«, antworte ich und gehe voraus in Lisas Küche, wo ich die Tüte abstelle und die Vorratsdosen heraushole.

Neugierig öffnet meine Freundin die Dosen. »Boah, das sieht alles super aus. Welch Glück, dass ich noch nichts gegessen habe.«

»Ich auch nicht«, erwidere ich und schnappe mir zwei Teller. In Lisas Küche kenne ich mich aus, es ist nicht das erste Mal, dass ich etwas mitbringe.

Wie immer machen wir es uns auf dem Sofa gemütlich. Lisa schaltet das Radio an.

»Was war bei Amelie los?«, will Lisa wissen.

»Das wirst du kaum glauben«, beginne ich und erzähle das ganze Malheur.

»Wie ich Schule hasse!« Meine Freundin verzieht ihr Gesicht. »Jeder Lehrer glaubt ständig, dass sein Fach das Wichtigste ist und dass er oder sie unfehlbar ist.«

»Du sagst es«, stimme ich ihr zu.

»Amelie hat die Arbeit bestimmt abgegeben, nicht wahr? Sie ist ja so eine fleißige Schülerin.« Genüsslich steckt Lisa einen Bissen Hackbraten in den Mund.

»Normalerweise schon.« Auf Lisas merkwürdigen Blick hin spreche ich weiter. »Du weißt ja, mit Teenagern hat man es nicht immer leicht.«

»Das kannst du laut sagen. Wir waren ja auch keine braven Lämmchen. Ich bin ständig fortgewesen und du bist gleich mal schwanger geworden.« Sie kichert unverschämt.

»Hast ja recht.« Ich seufze leise. »Trotzdem mache ich mir ein wenig Sorgen um Amelie. Was ist, wenn sie ... mit Gil ...« Ich stottere, denn ich will nicht sagen, was mir auf der Zunge liegt. Was ist, wenn sie mit Gil den gleichen Fehler begeht wie ich damals? Wobei ... kann man das als Fehler bezeichnen? Immerhin liebe ich meine Tochter und kann mir ein Leben ohne sie überhaupt nicht vorstellen.

»Süße!« Lisa ergreift meinen Oberarm und drückt sanft zu. »Du hast aus deiner Situation das Beste gemacht, was gegangen ist. Es hätte viel schlimmer kommen können! Und dass du mit Poldi nicht ewig zusammenbleibst, hätten dir auch hundert Wahrsager prophezeit.«

Ich muss schlucken. »Ach ja?«

»Natürlich. Jugendlieben sind nämlich in den meisten Fällen vergänglich.« Sie zwinkert. »Schau mich an.«

Da muss ich schmunzeln. Soweit mir bekannt ist, hatte Lisa einen unheimlichen Verbrauch an Jungs in der Schule, auch danach noch eine Ewigkeit. Vor einer Weile ist sie ruhiger geworden, um nicht zu sagen zu ruhig.

»Hab zwar keinen Mann an meiner Seite, dafür bin ich fett geworden.«

»Na, hör mal!« Ich richte mich auf. »Sag doch so etwas nicht. Du siehst wunderhübsch aus!«

»Ja, ja ... Bloß, dass ich kaum in Klamotten passe.« Sie macht eine wegwischende Handbewegung. »Aber weißt du was? Mir ist das egal. Also nicht, dass ich ewig so dick bleiben möchte. War wohl zu viel Frustgefresse nach meiner Trennung von Wolfi. Irgendwie habe ich mich danach nie mehr eingekriegt.«

Ich nicke. »Das war schon eine harte Nummer damals.«

»Und heute bin ich drüber weg.« Sie lächelt großspurig. »Aber eines habe ich gelernt: Mir nie wieder von einem Mann sagen zu lassen, wie ich aussehen soll und wie ich mich zu benehmen habe.«

»Genau!«, pflichte ich ihr bei.

»Aber du siehst ja, mit Dauerfutterei löst man auch keine Probleme.« Sie seufzt. »Ich muss zusehen, dass ich überhaupt in mein Balloutfit passe!«

Ich zucke zusammen. Mist! Ich habe ja nichts anzuziehen.

»Du hingegen wirst supersexy aussehen!« Sie hebt ihre Augenbrauen einige Male hintereinander und zieht ein fröhliches Grinsen.

Stimmt, das pinke Unterkleidchen habe ich völlig vergessen.

»Sieh es als Geschenk an, ich habe es schon bezahlt!« Jetzt kichert Lisa wie ein Kleinkind und ich blicke wohl fassungslos drein. Zumindest fällt mir im Moment überhaupt kein Wort ein, das ich sagen könnte.

»Du musst deswegen nicht sprachlos sein«, sagt Lisa gackernd. »Aber die Männer werden es sein!«

»Hast du nicht eben gesagt, wir pfeifen auf Kerle?« Unwohl rutsche ich auf dem Sofa hin und her. Ich kann dieses winzige Stückchen Stoff unmöglich am Ballabend tragen.

»Nicht so direkt. Ich meine, dass wir uns von ihnen nichts vorschreiben lassen müssen. Aber wenn wir sexy aussehen wollen, dann steht uns das in jedem Fall zu.« Sie beugt sich zu mir. »Vor allem, wenn man so einen rattenscharfen Körper wie du hat!«

»Hör auf«, erwidere ich leicht peinlich berührt.

Ich frage mich, ob meine Freundin schon vor unserem Treffen mit Alkohol trinken angefangen hat, oder ob sie wirklich so verrückt geworden ist. »Denk mal lieber über dein Kleidungsproblem nach.«

»Alles längst geplant!« Sie hebt das Glas Prosecco in die Luft. »Das hier wird meine Galgenmahlzeit werden!«

»Wie bitte?« Fassungslos starre ich Lisa an.

»Richtig gehört! Bis zum Ball faste ich!« In einem Zug leert sie das Glas und schenkt es direkt wieder voll.

»Das ist keine gute Idee«, sage ich vorsichtig, weil ich meine Freundin nicht verletzen will.

»Klar doch! Bei Tilda hat das auch geklappt.« Sie nickt mir bestätigend zu. »Immerhin hat sie in zwei Wochen ganze sieben Kilo abgenommen.«

Ich muss schlucken. »Das ist echt viel.« Da Lisa so einen ernsten Gesichtsausdruck macht und ich weiß, dass sie ein Sturkopf ist, versuche ich erst gar nicht, ihren Einfall schlechtzureden. Sorgen mache ich mir aber doch.

Ich weiß ja, dass unsere Frisörin Tilda damals in ihrem Urlaub gefastet hat. Sie hatte keinen Stress und konnte das in Ruhe angehen. Aber Lisa wird bis zum Wochenende arbeiten. Ob das gut gehen wird? Außerdem wage ich es nicht zu sagen, dass Tilda diese sieben Kilos in zwei Wochen abgenommen haben mag, aber bis zum Ball sind es nur wenige Tage. Ob sich das ausgeht?

»Guck nicht wie ein Schaf! Ich krieg das hin! Geballte Frauenpower!« Sie präsentiert mir ihren Bizeps, der zugegeben recht trainiert aussieht.

»Bestimmt!«, sage ich schnell, obwohl ich mir da nicht zu hundert Prozent sicher bin.

Wir quatschen noch eine Weile, dann mache ich mich auf den Weg zurück nach Hause.

Überrascht stelle ich fest, dass Amelie bereits in ihrem Bett liegt und schläft, oder so tut, als würde sie schlafen. Ob das ein gutes Zeichen ist?

# KAPITEL 9

Am nächsten Tag lässt sie sich nicht aufwecken. Ich versuche es mehrmals, doch sie rührt sich nicht. Zugegeben, langsam bin ich am Verzweifeln. Irgendwo habe ich mal gehört, dass jemand seiner Teenager-Brut einfach einen Kübel Wasser drüber geleert hat, aber mit dieser Idee kann ich mich nicht ganz anfreunden.

»Amelie, du wirst die erste Stunde verpassen!« Ich zupfe an ihrer Bettdecke.

»Ist doch egal, ist eh nur Sport«, grummelt sie mir entgegen.

Ich beginne leicht zu schwitzen. Hat sie das gestern doch ernst gemeint? Wird sie überhaupt noch zur Schule gehen? »Und Gil?«

»Den treffe ich später.«

Ich weiß nicht, ob ich sauer oder verständnisvoll sein soll. »Dafür hast du dann schon Zeit, oder wie?«

»Klar!« Sie öffnet ein Auge und beobachtet mich.

Vielleicht ist sie ja bestechlich? »Wie wäre es, wenn du aufstehst und zur Schule gehst? Ich bringe nach der Arbeit Kuchen mit, dann machen wir es uns vor der Glotze gemütlich.«

»Keine Lust.«

»Okay …« Ich verschränke meine Arme und grüble. Dann muss ich sie eben anders dazu zwingen. »Wenn du nicht gleich fertig bist, dann … darfst du Gil auch nicht treffen.«

»Echt?« Sie gackert. »Mama, du hast mich noch nie bestraft.«

»Das ist keine Strafe, das ist Konsequenz«, behaupte ich. Irgendwie fühle ich mich unwohl.

Bisher war das Leben mit meiner Tochter recht unkompliziert. Das ändert sich gerade.

»Wie du meinst, dann wird er eben bei uns vorbeikommen, wenn ich nicht ausgehen darf.« Beleidigt dreht sie sich zur anderen Seite und verstummt.

»Darüber reden wir nachher«, gebe ich mich vorerst geschlagen, weil ich einsehe, dass Amelie es unmöglich zur ersten Stunde schaffen wird. Und ich muss mich schnellstens um das Frühstück für die Schwiegereltern kümmern, ehe die zu jammern beginnen. Ich bin mächtig in Verzug, obwohl ich das Gebäck schon in aller Frühe in den Ofen gegeben habe.

Rudolf und Gerhild sitzen bereits ungeduldig beim Tisch.

»Das dauert aber«, brummt Rudolf.

»Was ist nur los mit dir? Mir kommt es so vor, als würdest du von Tag zu Tag langsamer und schlampiger werden.« Gerhild wirft mir einen spitzen Blick zu und ich presse meine Lippen aufeinander. Mich jetzt zu erklären kann ich nicht, mir liegt das Problem mit Amelie zu sehr im Magen. Deshalb mache ich gute Miene und serviere meinen Schwiegereltern das restliche Frühstück.

Die Situation beruhigt sich wieder. Rudolf liest die Tageszeitung und Gerhild blättert in einem Modemagazin.

Kein Wort darüber, dass Amelie zu Hause bleibt. Aber vielleicht wissen sie das einfach nicht. Meine Tochter ist ja morgens oft schon außer Haus, wenn sie aufstehen. Manchmal geht es sich aber aus, dass die Schwiegereltern sie zumindest irgendwo im Haus umherflitzen sehen.

Während ich die ersten Vorbereitungen für das Mittagessen treffe, speisen die Herrschaften im Esszimmer in aller Seelenruhe fertig.

Manchmal finde ich diese Aufteilung ein bisschen unfair. Dann wische ich diesen Gedanken gleich beiseite, denn ich muss froh sein, dass es mir überhaupt so gut geht, wo ich weder eine Ausbildung habe noch eine richtige Arbeitsstelle. Apropos, ich muss mich bald für die Arbeit fertigmachen. Heute starte ich in der Trafik wieder durch. Zum Glück wird Rudolf an meiner Seite sein. Zwar rechne ich mir keine großen Chancen aus, aber ich würde zu gerne erst später bei der Arbeit auftauchen und davor noch einmal mit Amelie sprechen. Um diesen Gefallen muss ich Rudolf bitten und gehe zu ihm. Der hebt nur fragend eine Augenbraue.

Statt ihm antwortet Gerhild antwortet. »Wenn, dann allerhöchstens dreißig Minuten. Mein lieber Ehemann kann nicht mehr so viele Stunden stehen, das weißt du doch. Und heute kommt frische Ware, wie soll er das alles allein bewerkstelligen?«

»Oh ... richtig ...« Schnell überlege ich. »Ich werde die Angelegenheiten mit Amelie rasch klären.«

»Ist sie etwa zu Hause?«

»J-ja ...« Das wollte ich zwar gar nicht erzählen, aber vermutlich würde sie es ohnehin rausfinden, falls sie am Vormittag das Haus nicht verlässt.

»Was hat sie? Ist sie krank?« Tatsächlich sieht Gerhild einen Moment lang besorgt aus, was mir wiederum zeigt, dass ihr Amelie etwas bedeutet. Zwar ist sie zu ihr ohnehin viel netter als zu mir und verlangt auch keine persönlichen Dienste, aber so ein richtig empathischer Mensch ist meine Schwiegermutter eben nicht.

»N-jaa?«, bringe ich nur heraus, denn ich will nicht die Schulgeschichte erzählen. Lügen möchte ich aber auch nicht.

»Das arme Mädchen! Mach ihr einen Bananen-Toast!«, schafft Gerhild an.

»Bitte was?« Das klingt ja schräg.

»Eine Scheibe Toast mit zerquetschter Banane bestreichen«, erklärt Gerhild und nimmt endlich ihre Lesebrille ab. »Schmeckt hervorragend, hat Vitamine und Ballaststoffe. Da wird Amelie bestimmt wieder gesund.«

»Braucht sie Hustensaft?«, fragt Rudolf plötzlich.

»Ich denke nicht«, erwidere ich schnell. Himmel, seit wann sind meine Schwiegereltern so engagiert? In sämtlichen Haushaltsbelangen sind sie das jedenfalls nicht.

»Gut, aber falls doch, kaufe ich einen in der Apotheke«, meint mein Schwiegervater eifrig.

»Okay, ich gebe dir Bescheid ...« Ich muss hier raus, ehe sie mich noch festnageln.

»Vergiss nicht, Fieber zu messen!«, ruft mir Gerhild hinterher.

Kopfschüttelnd steige ich die Treppe hoch. In Amelies Zimmer ist es weiterhin dunkel. Sie rührt sich nicht, aber ich kann sehen, dass das Display ihres Handys leuchtet. Vermutlich hat sie mich kommen gehört, aber keine Lust auf eine weitere Diskussion.

»Na, bist du wach?«, frage ich sie.

Zur Antwort kommt nur ein Murren.

»Wie stehen die Chancen, dass du heute doch noch zur Schule gehst?« Ich schiebe die Vorhänge beiseite und ziehe das Rollo hoch.

Amelie schlägt sich die Decke über den Kopf. »Lohnt sich nicht mehr.«

»Aber sicher lohnt sich das noch«, widerspreche ich und mache eine gute Miene, obwohl ich eigentlich enttäuscht bin. So miesepetrig kenne ich meine Tochter gar nicht.

»Ich bleibe zu Hause. Hab Kopfweh.«

»Wirklich?« Ich werde nachdenklich, weil ich ihr eigentlich glaube, aber mir gleichzeitig vorstellen kann, dass das einfach nur ein Vorwand ist, damit ich sie in Ruhe lasse. Beweisen kann ich das natürlich nicht.

»Du weißt ja, dass ich heute arbeiten muss …«

»Ja, ja. Ich komme schon allein zurecht!« Plötzlich lugt sie mit einem Auge unter der Decke hervor.

Ich ahne schon, dass sie ziemlich happy darüber sein wird, wenn sie das Haus für sich allein hat und ich nicht weiter nerven kann. Eine Lösung fällt mir auch gerade nicht ein. Oder? »Du kannst auch in die Arbeit mitkommen.«

Amelies unterdrücktes Lachen nehme ich genau wahr. »Aber ich habe doch Kopfschmerzen …«, sagt sie in einem vorwurfsvollen Ton.

Meine Tochter kennt mich anscheinend zu gut. Ich erwidere: »Dann ruhe dich lieber mal schön aus. Vielleicht geht es dir mittags besser. In der Pause sause ich nach Hause.«

»Mhm, nur keine Mühen wegen mir.« Selig lässt sie ihren Kopf in das Kissen sinken und schließt sogleich die Augen.

Von unten höre ich Rudolf nach mir rufen. »Mariella! Beeil dich mal!«

Mit einem Seufzen verlasse ich den Raum. Meine Tochter und meine Schwiegereltern haben mich ganz schön im Griff, aber wehren kann ich mich dagegen nicht, also werde ich wohl weiterhin gute Miene machen.

Unten im Flur kommt mir Gerhild entgegen und schaut grimmig drein.

»Was ist los?«, frage ich im Vorbeigehen, da Rudolf an der offenen Haustür wartet.

Eigentlich habe ich ja ausgemacht, dass ich später zur Arbeit komme ... aber mit Amelie lässt es sich aktuell ohnehin nicht reden. Vielleicht tut mir die Abwechslung gut.

»Mein Kaffeekränzchen ist abgesagt. Ludmilla hat einen Infekt«, berichtet mir Gerhild.

»Oh, das tut mir aber leid.« Ich nehme meine Jacke von der Garderobe und schlüpfe hinein.

»Ob sie sich bei Amelie angesteckt hat?« Grübelnd tritt Gerhild neben mich.

»Wer? Ludmilla etwa?« Meine Mundwinkel gehen nach oben. »Die beiden haben sich doch überhaupt nicht gesehen.«

»Wer weiß ... So ein Virus kann ja überall herumschwirren. Vielleicht war Amelie schon ansteckend, bevor die Krankheit ausgebrochen ist, hat die Viren auf mich übertragen und ich habe meine liebe Freundin angesteckt.« Sie sieht schockiert aus, während ich mir Mühe geben muss, nicht gleich loszulachen. Einfälle hat Gerhild ja ... Wenn sie mal sonst auch so besorgt wäre!

Außerdem ist Amelie überhaupt nicht krank, aber ich werde mich hüten, das zu erwähnen. Stattdessen habe ich eine geniale Idee. »Weißt du, es ist viel verlangt, aber könntest du mal nach Amelie sehen? So ab und an ... Ich mache mir Sorgen, nicht dass sie fiebrig wird oder so.« Mit bittendem Augenaufschlag schaue ich meine Schwiegermutter an. »Dann könntest du ihr vielleicht ein paar Geschichten aus deiner Kindheit erzählen. Das mag sie ja so gerne.« Ich muss aufpassen, dass meine Nase vor lauter Lügen nicht rot wird. Normalerweise bin ich nicht so gemein, aber ich finde, meine Tochter hat wegen ihrem Benehmen nichts anderes verdient.

Gerhild rudert zunächst zurück. »Nun, ich möchte mich aber nicht auch noch anstecken ...«

»Das wirst du bestimmt nicht! Du bist ja so fit und vital. Das sieht man schon von Weitem!«

»Ja?« Sie richtet sich auf und zieht ihr Kleid glatt.

Ich nicke ihr bestätigend zu. »Außerdem hättest du dich längst angesteckt ... stattdessen hat dich der Virus übersprungen!« Himmel, ich hoffe, ich werde für diesen Unfug nicht bestraft.

»Das stimmt allerdings«, meint sie.

»Und wenn ihr euch so einen schönen Vormittag macht, könntest du Amelie auch direkt dein Bananen-Sandwich kredenzen. Davon wird sie bestimmt gesund!«

Endlich hellt sich Gerhilds Gesicht auf. »Das ist eine hervorragende Idee. Ich freue mich, endlich mal wieder ein wenig Zeit mit Amelie zu verbringen.«

»Das wird euch guttun!« Ich nicke ihr aufmunternd zu und mache mich dann bereit, um mit Rudolf in die Arbeit zu fahren.

# KAPITEL 10

Mit einem Grinsen auf dem Gesicht ziehe ich die Tür hinter mir zu. Wenn das so läuft wie geplant, wird das für Amelie kein schöner freier Vormittag werden.

Gut gelaunt steige ich zu Rudolf ins Auto. Der Weg zur Trafik ist nicht weit, aber mein Schwiegervater beharrt darauf, nicht zu Fuß zu gehen, sondern sich im besten Fall führen zu lassen.

»Du bist ja so gut aufgelegt«, meint er und schaut mich schief von der Seite an.

Als ich in den Rückspiegel gucke, bemerke ich, dass ich unaufhörlich lächeln muss. Ist es etwa möglich, dass ich zum ersten Mal zur Gegenwehr ausgeholt habe? Wobei ich zugeben muss, dass meine Tochter bislang zur pflegeleichten Sorte gehört hat und mich dieses eigenwillige Verhalten doch leicht verstört hat.

»Ich glaube, heute wird ein guter Tag.«

Mein Schwiegervater brummt nur.

In der Trafik ist es kalt, Rudolf heizt ausschließlich, wenn wir geöffnet haben. Einiges an Ware ist bereits geliefert worden und muss einsortiert werden. Das darf natürlich ich übernehmen. Mein Schwiegervater hat ja angekündigt, dass er keine schweren Lasten tragen kann.

Ich habe alle Hände voll zu tun, deshalb vergeht die Zeit bis zum Mittag wie im Fluge. In der Pause düsen wir nach Hause, schließlich warten Gerhild und Amelie auf das Mittagessen. Zwar denke ich mir, dass die beiden eigentlich ja für sich selbst sorgen könnten, aber im Endeffekt ist dieser Umstand egal, denn Rudolf und ich brauchen ja auch etwas zwischen die Zähne.

Welch Glück, dass ich morgens einen Eintopf aufgestellt habe, der den ganzen Vormittag vor sich hinköcheln konnte. Natürlich im Slow Cooker, nicht auf dem Herd. Das wäre mir zu gefährlich, selbst wenn ich wüsste, dass jemand im Haus ist. Aber bei den anderen weiß man nie – plötzlich haben sie etwas vor und schwirren aus, während der Topf auf dem Herd steht. Das haben auch meine Schwiegereltern eingesehen und mir zum fünfunddreißigsten Geburtstag den Slow Cooker geschenkt.

Bevor ich das Essen serviere, will ich nach Amelie sehen. Ob Gerhild wie versprochen bei ihr geblieben ist?

Meine Tochter finde ich wieder im Bett vor. Sie guckt auf ihr Handy. Wohl YouTube, wie ich ausmachen kann.

»Hi! Wie geht es dir jetzt?«, frage ich.

»Geht so …«, bekomme ich zur Antwort.

Eigentlich habe ich auch nichts anderes erwartet. »Wo ist denn Oma?«

Amelie zuckt mit der Schulter. »Sie musste weg.«

»Okay …« Ich kenne meine Tochter zu gut, um zu wissen, dass ich sie gar nicht weiter löchern muss. Sie wird wieder einmal nur mit einem Ohr zugehört haben. Typisch Teenager … Da Gerhild nicht da gewesen ist, wird auch aus meinen geschmiedeten Plänen nichts geworden sein. Ich merke, dass ich leicht frustriert bin. In letzter Zeit will aber auch gar nichts klappen.

Ich wende mich wieder Amelie zu. »Das Essen wäre gleich so weit. Bitte komm runter!«

»Ja.« Tatsächlich steht sie auf. Immerhin hat sie sich heute schon mal umgezogen, selbst wenn es bloß ihre Freizeithose ist. Auch das frische T-Shirt notiere ich als positiv.

Wenige Minuten später sitzen wir zu viert am Esstisch, was man als Ausnahme ansehen könnte.

Meist bin ich doch in der Küche und habe alle Hände voll zu tun. Die Mittagspause ist nicht so lang, dass ich für mich selbst ausreichend Zeit hätte. Ich muss ja zusehen, dass ich die Nachmittagsjause für die anderen parat habe und Vorbereitungen für den Abend treffen.

Dennoch nehme ich mir heute einfach die Zeit. Immerhin ist Amelie zu Hause, meist kommt sie erst später. Außerdem will ich versuchen, meinen Plan doch noch umzusetzen. Meine Schwiegermutter ist vor wenigen Minuten heimgekehrt.

»Hattest du am Vormittag doch einen Termin?«, frage ich Gerhild.

Sie nickt. »Rosalinde hat angerufen, sie wollte sich auf eine Tasse Kaffee treffen.«

Ich verschlucke mich fast. Deshalb ist sie weg? Eigentlich typisch. Gerade als ich sie weiter ausfragen will, kommt sie mir zuvor.

»Amelie wollte ohnehin schlafen und hat daher gemeint, ich solle mich ruhig meinem Freizeitvergnügen widmen.«

Daher weht also der Wind! Ich werfe meiner Tochter einen strengen Blick zu, die diesen aber völlig ignoriert und seelenruhig ihren Eintopf löffelt.

»Ich glaube, ich fahre mit Amelie später noch zum Arzt«, gebe ich kund, was mir direkt erstaunte Blicke von den anderen einbringt. Auch Amelie dreht ihren Kopf in meine Richtung.

»Aber es geht ihr doch besser, nicht wahr?« Gerhild nickt ihr aufmunternd zu.

»Schon …« Amelie sieht mich überrascht an.

»Nun, besser vorsorgen als nachsorgen, nicht wahr?« Ich lächle triumphierend, da ich annehme, dass meine Tochter schneller in der Schule ist, als der Wind ums Haus pfeift.

»Und wer soll statt dir arbeiten?«, murrt Rudolf. Eine Falte bildet sich an seiner Stirn, da er seine Augen zusammenkneift.

»Oh, es wäre allzu freundlich von dir, wenn du meine Nachmittagsschicht übernehmen kannst …« Ich hoffe einfach, dass mein Schwiegervater so lieb ist. Die Bitte ist ja nicht für mich, sondern indirekt wegen meiner Tochter und ihm liegt etwas an ihr.

»Wenn es sein muss … Aber du kommst mich direkt ablösen, sobald du Amelie nach Hause gebracht hast.« Schon löffelt er den Eintopf weiter.

Nach dem Essen serviere ich ab und trage alles in die Küche. Heute habe ich es mal nicht allzu eilig, denn Rudolf muss ja statt mir zurück in die Trafik. Zwar habe ich mir noch nicht genau überlegt, was ich denn beim Arzt sagen soll, aber das wird sich bestimmt weisen. Zudem will ich ja mit Amelie nur hingehen, damit sie sich den Schulstreik aus dem Kopf schlägt. Es sei denn, sie ist klug genug, um mir direkt zu sagen, dass sie morgen doch am Unterricht teilnehmen wird. Dann ersparen wir uns den Arzt natürlich.

Ich bereite eine Apfelmus-Zimt-Creme vor, die es später zum Kuchen geben wird und rühre diese emsig.

Mit einem Mal höre ich einen Schrei. Rudolf!

Erschrocken lasse ich alles stehen und will nachsehen, was passiert ist. Ich finde ihn vor der geöffneten Haustür. Er liegt auf dem Asphalt und jammert vor sich hin.

# Kapitel 11

Ich stürze zu ihm. »Hast du dich verletzt?«

Er nickt. »Mein Bein …« Mit schmerzverzerrtem Gesicht zeigt er auf seinen Knöchel.

Ich zögere nicht und taste diesen vorsichtig ab. Zwar kann ich nichts Ungewöhnliches feststellen, aber das muss ja nichts heißen.

»Hilf mir auf!«

Sofort reagiere ich und gebe mir alle Mühe, seiner Aufforderung nachzukommen.

Es ist aber doch recht aufwändig, Rudolf hochzubekommen.

Mittlerweile ist auch Gerhild bei uns angelangt. Als sie Rudolf humpeln sieht, wird ihr Gesicht käseweiß.

»Um Himmels Willen! Was ist denn passiert?« Sie eilt zu ihrem Gatten und fasst ihn am Arm.

»Bin ausgerutscht«, presst er hervor.

»So etwas Blödes«, meint Gerhild. »Aber ich habe mir so etwas schon gedacht!« Sie wirft mir einen bösen Blick zu, über den ich mir aber keinen Reim machen kann.

»Ich habe doch gesagt, es gehört besser geschaufelt!«

Daher weht der Wind also! Natürlich bin ich an Rudolfs Sturz schuld. Am besten, ich schweige einfach.

Wir kommen dem Hauseingang näher. Gerhild fängt an, wild mit der Hand zu fuchteln. »Da! Der Schnee, den du hier liegen hast lassen, ist geschmolzen und dann wieder gefroren!«

Nun schlucke ich doch. Trage ich etwa doch die Schuld an dem Unfall?

Ich schaue genau hin, die Eisfläche hat sich vermutlich gebildet, weil die Sonne, die ab und zu herauskommt, in diese Ecke nicht hin scheint und die Nässe nicht getrocknet ist. Aber dass Rudolf genau da draufgetreten ist?

»Entschuldige dich!« Gerhild sprüht vor Wut. Ihre Wangen haben wieder Farbe bekommen. Und was für eine! Kirschrot!

»E-es tut mir leid«, sage ich, ohne davor überhaupt nachzudenken. Es rutscht einfach so aus mir heraus. Aber vielleicht ist es auch richtig so. Ich weiß es nicht.

Jedenfalls scheinen meine Worte Gerhild ein wenig zu besänftigen. Sie kümmert sich wieder um Rudolf und geht voraus ins Wohnzimmer.

»Er soll sich gleich aufs Sofa setzen!«, ruft sie uns zu. Wir haben nämlich erst den Flur erreicht. Mein Schwiegervater kommt nur langsam voran.

Alarmiert von den Rufen erscheint auch Amelie im Flur. »Opa, was ist passiert?«

»Bin ausgerutscht«, murmelt er.

Endlich kann ich ihn auf die Couch setzen lassen.

»Wir müssen einen Arzt rufen!«, kreischt Gerhild und eilt zum Telefon.

Da kommt mir eine Idee. »Amelie kann direkt mit! Sie hat ja Kopfschmerzen.« Eindringlich schaue ich meine Tochter dabei an, die einen Schritt zurücksetzt und abwehrende Bewegungen mit den Händen macht.

»Bloß keine Umstände wegen mir!«

Eine Minute später kehrt meine Schwiegermutter zurück ins Zimmer. »Die Rettung kommt gleich!«

Erstaunt sehe ich sie an. »Hast du den Notruf gewählt?«

»Natürlich, was denkst du denn?« Sie tätschelt ihrem Mann die Schulter. »Oder sieht das für dich etwa nach einer Lappalie aus?«

»Natürlich nicht.« Dass meine Schwiegereltern sowieso alles übertreiben, behalte ich lieber für mich. Aber es steht mir auch nicht zu, Rudolfs Gesundheitszustand zu beurteilen.

»Du musst in die Trafik!« Rudolf kramt in seiner Hosentasche nach dem Schlüssel und reicht ihn mir.

»Soll ich nicht auf die Sanitäter warten?«

»Auf keinen Fall dürfen wir verspätet öffnen!« Er deutet eine fortscheuchende Bewegung an. »Auf, auf!«

Ich gebe mich direkt geschlagen, widersprechen hat ohnehin keinen Sinn. »Dann wünsche ich dir alles Gute!«

»Wird schon werden«, erwidert er. Seine Gelassenheit wundert mich zwar ein wenig, aber beruhigt mich gleichzeitig.

»Wir hören uns«, meint Gerhild knapp.

»Auf jeden Fall! Ich werde zwischendurch mal anrufen.«

Schnell werfe ich einen Blick in meine Tasche, ob ich alles beisammen habe. Dann wende ich mich Amelie zu.

»Brav bleiben«, mahne ich sie noch, ehe ich mich auf den Weg mache. Ich bin so aufgewühlt, dass ich mich schwer konzentrieren kann und zu Fuß gehe. Es ist ja nicht weit. Zudem muss ich meinen Kopf auslüften. Ich will gar nicht daran denken, was passiert, wenn Rudolf einen Gips bekäme. Wahrscheinlich müsste ich ihn Tag und Nacht betüdeln. Deshalb hoffe ich mal das Beste!

In der Trafik wartet die Arbeit schon. Ich muss Regale sortieren, Kunden bedienen, Lottoscheine für sie aufgeben und komme daher auf andere Gedanken. Als sich eine Arbeitslücke auftut, rufe ich schnell zu Hause an.

Amelie geht ans Telefon. »Ja?«

»Bei Piringer wäre zum Beispiel ein guter Start, wenn du an das Festnetz gehst. Dann weiß der andere in der Leitung, ob er richtig gewählt hat oder nicht«, sage ich fast schon ruppig, weil ich noch immer auf sie sauer bin.

»Erstens hast du selbst keinen Gruß gesagt und zweitens müsste die richtige Aussage *bei Piringer und Lechner* heißen.«

Meine Tochter, die Besserwisserin. Ich muss aufpassen, nicht zu lachen. »Du hast ja recht«, gebe ich zu. »Weshalb ich überhaupt anrufe: Wie geht es Opa?«

»Er ist ein bisschen angeschlagen, aber ansonsten geht es ihm gut.«

»Was heißt das genau?«, will ich wissen. »Ist der Knöchel heil?«

»Soweit ich das verstanden habe, hat er eine Überdehnung oder so … und soll sich schonen.«

»Das klingt ja mal nicht so schlecht«, sage ich beruhigt. »Also ist er zu Hause?«

»Er liegt auf dem Sofa. Oma betüdelt ihn.«

Wie ich mir bereits gedacht habe. »Und wie geht es dir?«

»Gleich«, antwortet Amelie knapp.

Ich seufze leise. Also kein Fortschritt wie es sich anhört. »Kümmere dich doch auch ein wenig um Opa mit«, schlage ich vor.

»Jetzt telefoniere ich erst mal mit Gil«, erwidert sie. »Bis später dann!«

»Wir sehen uns«, sage ich noch, ehe meine Tochter auflegt.

Eigentlich hätte ich mich gerne bei meiner Schwiegermutter nach dem Befinden von Rudolf erkundigt, da ich Amelie nur zu gut kenne. Für sie nicht Relevantes geht in ein Ohr rein, beim anderen direkt wieder hinaus.

Da sie gemeint hat, es gehe ihrem Opa nicht zu schlecht, werde ich es aber vorerst dabei beruhen lassen. Ich bin mir nämlich auch ziemlich sicher, dass mich sonst Gerhild bestimmt schon angerufen hätte und mir ihre Sorgen aufgebrummt hätte.

Kaum stelle ich mich wieder hinter den Verkaufstresen, kündigt das Türknarzen einen neuen Kunden an.

»Hallo, was kann ich …« Mir bleiben die Worte im Hals stecken, als ich erkenne, wer hier eintritt. »Mr Fraser?«

»Oh, hi.« Er schenkt mir ein aufmerksames Lächeln. »How do you do?«

»Ah ja …« Ich kann zwar Englisch und weiß, dass ich gerade irgendeinen Schwachsinn von mir gebe, welcher nicht die passende Antwort auf seine höfliche Frage gewesen ist, aber in meinem Hirn flattern tausend Gedanken umher. Wieso ist Amelies Englischlehrer hier? Weil Amelie gefehlt hat? Oh, ich wüsste, das würde direkt Ärger geben. Soll ich ihm sagen, dass sie krank ist? Oder dass ich sie nicht in die Schule bringe? Beides ist doof …

»Das ist ja nett, dass ich Sie treffe!« Er tritt an die andere Seite des Tresens. »Wie geht es Amelie?«

»S-sie liegt zu Hause …« Immerhin keine Lüge!

»Sie wird doch nicht krank werden?« Eine Falte an seiner Stirn kündigt seine Besorgtheit an. »Der Abschlussball steht schon vor der Tür.«

»Bitte?« Ich muss ein paar Mal blinzeln und stelle dann fest, dass ich tatsächlich in Richtung Tür schaue, obwohl ich genau weiß, was Mr Fraser gemeint hat. »Bis dahin hat sie sich wieder erholt. Prüfungen hat sie aktuell keine mehr offen.«

Immerhin weiß ich ganz genau, dass Amelie alles dransetzen wird, auf den Ball zu gehen. Selbst wenn sie wirklich die Schule abbrechen wollen würde.

Mr Fraser sieht mich abwartend an, dabei fallen mir seine weichen Gesichtszüge auf. Er sieht richtig niedlich aus. Ein bisschen so wie der *Mentalist* aus der Fernsehserie, nur viel jünger. Aber die Frisur ist beinahe dieselbe und er hat auch dasselbe breite Lächeln wie der Hauptdarsteller. Nur die Nase ist kleiner. Seine strahlenden Augen sind silbergrau-blau. »Gibt es sonst noch etwas?«, frage ich dann, weil er keine Anstalten macht zu gehen.

Er nickt. »Zwei Packungen Zigarillos, bitte.«

»Ja?« Ich hätte ihn gar nicht als Rauchertyp eingeschätzt und schon gar nicht als Zigarillo-Paffer.

»Einmal für den Abschlussball und einmal zum Üben davor.« Er lacht und ich fixiere seine Grübchen, die sich links und rechts neben den Wangen bilden.

Ich reiße mich zusammen, drehe ihm den Rücken zu, um ihm eine Auswahl zusammenzusuchen und zu präsentieren. Aus irgendeinem Grund beginnen meine Hände zu schwitzen. Muss das jetzt sein?

»Diese hätten wir im Angebot«, richte ich das Wort an ihn.

Er zeigt direkt auf die bekannteste Marke. »Und von den blauen da nehme ich noch eines zusätzlich, zum Ausprobieren.«

Ich nicke freundlich, packe alles zusammen und nenne den Preis, der zu bezahlen ist.

Mr Fraser zückt einen Schein, reicht ihn mir und lächelt. »Der Rest ist für Sie.«

»Ja?«, frage ich ungläubig. »Dankeschön, sehr lieb.« Ich nehme die Rechnung, lege sie zu den Zigarillos und überreiche das Säckchen dem Englischlehrer meiner Tochter.

Als er es übernimmt, berühren sich unsere Hände ganz kurz. Ich habe das Gefühl, dass meine Fingerspitzen zu vibrieren beginnen.

»Danke. Ich wünsche Ihnen einen schönen Tag. Und besonders liebe Grüße an Amelie.« Er schenkt mir noch ein breites Lächeln, das mich weiter zum Schwitzen bringt, und wendet sich dann von mir ab, um an die Tür zu gehen. Er öffnet sie und ist schon am Hinausgehen, als er sich noch einmal halb umdreht. »Sie sollten wirklich in Betracht ziehen, das pinke Kleid auf dem Ball zu tragen.« Er zwinkert mir zu und ist zur Tür raus.

Ich bleibe verdutzt zurück. Erstens, weil der Mann meine Hormone durcheinander zu bringen scheint und zweitens, weil mir mein Hauptproblem wieder einfällt: Ich habe nichts zum Anziehen für den Ball, außer diesem Hauch von nichts, von dem Mr Fraser so begeistert ist.

# Kapitel 12

Da während der restlichen Arbeitszeit nicht mehr so viel los ist, nehme ich mir die Freiheit, um in so mancher Illustrierten zu blättern. Vor allem halte ich Ausschau nach Abendmode. Das Ergebnis ist leider ernüchternd, was mich aber nicht wundert, schließlich ist die eigentliche Ballsaison längst zu Ende und die Mode stellt sich voll auf den Frühling ein.

Gefrustet lege ich die letzte Zeitschrift beiseite und beginne mit den Vorkehrungen fürs Schließen der Trafik.

Ich hoffe, dass die anderen sich um das Abendessen gekümmert haben, denn mein Tag ist ja komplett durcheinandergeraten.

Zu Hause angekommen, sehe ich zuerst mal nach Rudolf. Er sitzt auf dem Sofa und hat ein Bein hochgelagert.

»Hallo!«

Er wirkt fast erfreut mich zu sehen, denn er lächelt mich an, was er normalerweise nicht tut. Ob er Medikamente bekommen hat?

»Wie geht es dir?«, will ich wissen.

»Bescheiden«, antwortet er sofort. »Mein Fuß ist beleidigt.«

»Oje, das tut mir leid. Was hat der Arzt gesagt?«

»Dass ich mich schonen soll. Also musst du meine Schichten in der Trafik übernehmen.«

Ich schlucke. Das bedeutet ja, dass ich kaum noch Freizeit haben werde. Oder besser gesagt, keine Zeit, um mich um den Haushalt, das Einkaufen und Kochen zu kümmern. Wie soll sich das alles ausgehen?

»Und ich soll mich wenig bewegen«, tut Rudolf kund. »Aber ich hätte schon Hunger …«

Es dauert einige Sekunden, bis ich registriere, was er damit andeuten will. »Wo sind denn die anderen?«

Er zuckt mit der Schulter. »So genau weiß ich das nicht. Ich glaube, Gerhild ist im Bad und Amelie steckt bestimmt in ihrem Zimmer.«

»Okay.« Leise stöhnend drehe ich mich um. Das hört sich ja nicht so an, als wäre das Abendessen gleich fertig. Um das zu überprüfen, gehe ich in die Küche. Alles so, wie ich es verlassen habe. Na toll!

Dann klopfe ich an die Schlafzimmertür meiner Schwiegereltern. »Herein!«, tönt es von drinnen, weshalb ich die Tür öffne.

»Hallo, ich bin vom Arbeiten zurück. Was hat der Arzt zu Rudolfs Fuß gesagt?« Ich trete ein und erstarre. Gerhild sitzt mit schwarzem Gesicht vor ihrer Schminkkommode.

»Dass der Fuß nur wieder wird, wenn sich Rudolf schont. Also musst du all seine Aufgaben übernehmen!« Sie dreht sich mir zu und schwingt den Zeigefinger. »Und wehe, er ist bis zum Abschlussball nicht fit!«

Was kann ich denn dafür? Diese Frage stelle ich natürlich nicht laut, aber es kommt mir so vor, als würde Gerhild mir die Schuld an Rudolfs Sturz geben. So etwas hat sie ja auch schon erwähnt ...

»Beeil dich besser mit dem Essen!« Sie betrachtet sich wieder im Spiegel. »Meine Schönheitsmaske zieht noch zwei Minuten, dann wasche ich alles ab und bin so gut wie bereit für das Abendmahl!«

Ich sage brav »Aber sicher doch!«, statt den Worten, die ich mir denke. Diese schlucke ich nämlich brav hinunter. Ich kann mir keinen Streit leisten, schließlich brauche ich die Unterkunft und auch die Arbeit. Und im Endeffekt glaube ich immer noch an das Gute im Menschen.

Meine Schwiegermutter weiß es eben nicht besser und denkt vermutlich, sie tut mir etwas Gutes, wenn sie mich kräftig einteilt. Was ja auch irgendwie stimmt … Ich fühle mich gebraucht und das ist wichtig. Apropos … mir fällt Amelie ein. Eilig steige ich die Treppe hoch und klopfe an. Es rührt sich nichts, also versuche ich es ein weiteres Mal. Vorsichtig öffne ich die Tür einen Spalt und kann meine Tochter auf dem Boden liegen sehen. Sie zeichnet mal wieder. Und den Grund, weshalb sie nicht auf mein Klopfen reagiert, kann ich auch erkennen. Sie hat sich nämlich die Ohren zugestöpselt.

Statt etwas zu sagen, trete ich einfach ein und stelle mich neben sie.

Mit einem Mal zuckt sie zusammen und reißt sich prompt einen Kopfhörer aus dem Ohr. »Mensch, Mama! Musst du mich so erschrecken?«

»Tut mir leid … du hast nicht reagiert, als ich angeklopft habe«, erkläre ich. »Wie geht es dir jetzt?«

Sie hebt eine Schulter und wendet ihren Blick von mir ab. »Gleich wie vorhin, wie heute Mittag und heute Morgen …«

Ich seufze innerlich. »Also hast du noch Kopfschmerzen?«

Amelie wiegt den Kopf hin und her. »Mal mehr, mal weniger.«

Gut, dass sie mich nicht ansieht, sonst würde sie bemerken, wie ich genervt mit den Augen rolle. Was ist nur mit meinem Kind los? Amelie ist doch bisher immer pflegeleicht gewesen. Oder liegt es an dem Abschlussball und daran, dass sich ihr Vater bisher nicht gemeldet hat? Ein mulmiges Gefühl beschleicht mich.

»Sag mal, ist heute wieder Tanzkurs?«

Sie antwortet nicht, was mich in meiner Annahme bestätigt.

»Du hast doch erzählt, dass ihr an den Tagen vor dem Ball noch besonders oft üben wollt …«, versuche ich es weiter.

»Ich kann schon alle Schritte«, antwortet sie prompt.

»Ach so?« Ich erinnere mich nur allzu gut an meinen Abschlussball zurück. Zwar habe ich sehr gerne getanzt und auch schon davor einen Tanzkurs besucht, aber die ganze Klasse war vor dem Event so aufgeregt, dass wir ohne Ende geprobt haben.

»Und Gil kann auch schon alles?«, bohre ich weiter.

»Ja. Außerdem übt er mit seiner Mutter …«

Mir kommt vor, als würde Amelie sich auf die Lippen beißen. »Wieso das denn?«

Sie zuckt nur mit der Schulter und kritzelt gedankenverloren auf dem Blatt weiter.

Mir wird alles klar. »Oweia, der Mutter-Sohn Tanz. Oder Vater-Tochter!« Deshalb ist Amelie so niedergeschlagen.

»Kann man nichts machen«, murmelt sie bloß. »Ich bin ja nicht die Einzige, deren Papa nicht kommen wird.«

»Echt?« Ich weiß nicht, ob mich diese Nachricht aufmuntern oder traurig stimmen soll.

»Na ja, ich weiß nicht so genau«, gibt sie zu. »Es sind zwar einige Eltern getrennt, aber die meisten kommen doch zum Ball.«

»Ich verstehe«, erwidere ich. »Hast du deinen Vater mal versucht zu erreichen?«

Sie sinkt weiter in sich zusammen. »Sehr oft in letzter Zeit.«

Obwohl mein Magen ohnehin schon schwer wie ein Stein ist, kann ich nicht anders, als mich zu erkundigen. »Habt ihr miteinander gesprochen?«

»Schon, aber nur ganz kurz. Immer musste er zu einer wichtigen Show oder hatte einen ultrastressigen Termin vor sich. Bla, bla, bla …«

Da liegt also die Ursache. »Vielleicht gibt es ja eine andere Möglichkeit«, überlege ich laut.

»Na ja, ich hätte heute Opa gefragt, ob er einspringt. Aber er hat sich ja das Bein verletzt«, erklärt Amelie. Den traurigen Unterton in der Stimme nehme ich natürlich wahr.

Langsam weiß ich auch nicht mehr weiter. Zurzeit scheint alles schief zu laufen.

»Ich muss jetzt mal schnell das Abendessen machen, sonst dreht Oma durch.«

»Ist okay …« Amelie ist längst wieder in ihrer Zeichnung versunken und ich beschließe, mich fürs Erste zurück zu ziehen und mir beim Kochen den Kopf weiter darüber zu zerbrechen, wie ich sämtliche Probleme meiner Tochter lösen kann. Die sind nämlich vorrangig.

In der Küche streift Purple um meine Beine.

»Na, du Süße! Wartest du auch schon auf dein Mahl?«

Ein inbrünstiges Miau ist die Antwort, sodass ich schmunzeln muss. Schnell öffne ich eine Dose von ihrem Lieblingsfutter und kann gar nicht so schnell schauen, wie Purple sich über den Futternapf beugt, um die ersten Happen zu erwischen.

»Ist ja schon gut, ich beeile mich ja«, sage ich und lache. Die Gier von dieser Katze ist ja manchmal unverständlich.

Das Abendessen ist schnell zubereitet. In all den Jahren, seit ich hier wohne, bin ich eine Meisterin des Improvisierens geworden. Auch heute gibt es ein Fertigmenü, aufgepeppt mit frischen Zutaten. So fällt es kaum auf, dass ich die Gnocchi gekauft habe. Ein bisschen Schinken und Gemüse angebraten. Fertig. Darüber noch etwas Parmesan und mir läuft selbst das Wasser im Mund zusammen.

Meine Schwiegereltern warten auf dem Sofa. Heute serviere ich ihnen das Abendessen mal hier. Erstaunlicherweise gibt es kein Gemecker.

Amelie ist nicht zum Herunterbewegen, aber ich will mich auch nicht hinreißen lassen und ihr das Essen aufs Zimmer servieren. Das würde in einer Dauerschleife enden.

Ich selbst habe keinen großen Hunger, die Sorgen füllen meinen Magen. Die Probleme werden immer mehr statt weniger. Was soll ich nur tun?

Wie so oft, verdränge ich den Kummer und tummle mich in der Küche. Da ich ab sofort ganztags in der Trafik arbeiten muss, will ich einiges vorkochen und backen. Jetzt habe ich die Energie dafür.

Ich erstelle einen Essensplan für die nächsten Tage. Dabei fällt mir ein, dass der Abschlussball immer näher rückt. Ojemine! Noch so viel zu tun bis dahin …

Damit ich ein wenig Unterhaltung habe, schalte ich das Radio ein und lausche der Musik, während ich gleichzeitig das Chili con Carne aufsetze, Maisbrot backe und einen Kuchenteig anrühre.

Zwischendurch sehe ich nach den Schwiegereltern, die noch immer auf dem Sofa verweilen. So wie es aussieht, wird das auch die nächsten Tage so sein.

Ich erfülle ihre Wünsche nach Bier, Schnaps und Knabbergebäck, schüttle die Zierkissen auf, hole ein weiteres Kissen aus ihrem Schlafzimmer, da Rudolf sich über Kreuzschmerzen beschwert.

Als ich zurück in die Küche komme, stelle ich fest, dass Amelies Portion vom Abendessen fehlt. Stattdessen steht ein leerer Teller in der Spüle.

Na super, dann habe ich meine Tochter auch wieder verpasst! Verärgert mache ich mich daran, eine Fuhre Muffins zu backen, für den Abschlussball, wo jede Familie Kuchen oder Ähnliches mitgeben soll und friere diese ein.

# Kapitel 13

Am nächsten Morgen spüre ich die stundenlange Arbeit in der Küche vom Vortag. Mir tun sämtliche Gliedmaßen weh, aber ich muss mich ums Frühstück kümmern.

Etwas später versuche ich, meine Tochter aus dem Bett zu kriegen, damit sie heute wieder in die Schule geht. Doch es spielt sich das gleiche Szenario wie gestern ab, sodass ich genervt ihr Zimmer verlasse.

Die Schwiegereltern haben am Sofa Platz genommen. Rudolf hat ja bereits angekündigt, dass er sich schonen soll und dass sein Bein hochgelagert werden muss. Deshalb sage ich keinen Ton, als er von mir verlangt, das Kissen, auf dem sein Fuß liegt, aufzuschütteln und noch eine weitere Tasse Kaffee vollgeschenkt haben möchte.

»Ich habe eine Liste angefertigt«, erklärt mir Gerhild und zupft an ihrer Bluse.

»Ach ja?« Ich halte inne und ahne Schreckliches. »Was soll ich denn alles erledigen?«

»Vorerst ist es eine Einkaufsliste. Wir benötigen mehr Vorräte.« Sie schiebt mir einen Zettel über den Tisch. Ich nehme ihn und lese kurz darüber. Von Fleisch über Milchprodukte und Mehl soll alles aufgestockt werden. »So viel?«, erkundige ich mich.

»So ist es.« Sie reicht mir ein Kuvert. »Das sollte genügen. Den Rest des Geldes legst du zurück in die Haushaltskasse.«

Ich schlucke. »Natürlich.« Wenn ich mir vorstelle, was für ein tolles Kleid ich dafür kaufen könnte, wenn ich nicht unnötig Zusatzvorräte besorgen müsste. Aber den Gedanken schiebe ich beiseite, das Geld gehört so oder so nicht mir.

»Nimm den Wagen und fahr am Abend nach der Arbeit zum Großhandel. Dort bekommst du alles und der hat auch lange offen.« Gerhild macht eine fortscheuchende Handbewegung und ich verstehe nur zu gut.

Da ich später einen Großeinkauf erledigen soll, will ich jetzt noch schnell bei Frau Fairgut läuten.

Sie öffnet nach wenigen Sekunden, als hätte sie mich kommen sehen.

»Tagchen! Heute schon so früh unterwegs?« Sie lächelt mir freundlich zu.

»Hallo Frau Fairgut! Ich werde abends zum Großhandel fahren, um Einkäufe zu erledigen. Vielleicht benötigen Sie ja auch etwas von dort?«

Sie nickt. »Das wäre wunderbar. Fährst du mit dem Wagen?«

»Natürlich.«

»Also mein Waschpulver neigt sich dem Ende zu. Auch der Weichspüler …« Sie sieht mich bittend an.

»Klar, das ist kein Problem. Welche Marke soll es sein?«

Sie zuckt mit der Schulter. »Egal, vielleicht gibt es ja ein Angebot.«

»Ich werde Ausschau halten«, verspreche ich ihr. »Darf es sonst noch etwas sein? Milch, Brot, Salat?«

Sie blickt verlegen drein. »Also, wenn es nichts ausmacht, dann das Übliche.«

Ich muss schmunzeln. »Sehr gern!«

»Soll ich Ihnen das Geld gleich geben?« Sie zückt einen Geldschein aus ihrem weiten Rock und reicht ihn mir.

Verblüfft nehme ich ihn entgegen und stecke ihn ein. »Danke, die genaue Abrechnung machen wir, wenn ich zurück bin. Okay?«

»Sicher doch!« Sie nickt. »Ich wünsche Ihnen einen angenehmen Tag!«

»Ihnen auch! Bis am Abend!«

Ich eile zurück ins Haus, erledige die Wäsche und mache mich auf den Weg zur Trafik.

Heute ist relativ viel los und ich bin froh, dass ich mittags eine Pause habe. Wobei das eigentlich keine richtige ist, denn ich sause nach Hause und schalte den Herd an, um das vorgekochte Essen zu wärmen. Welch Glück, dass ich gestern Abend so viel vorbereitet habe.

Amelie zeichnet schon wieder, als ich nach ihr sehen will.

»Wie geht´s?«, frage ich sie.

»Scheiße«, antwortet sie.

Das klingt ja nicht berauschend und meine Hoffnung, dass sie ihre Meinung bezüglich Schule ändert, verpufft auch im Nichts.

»Kommst du runter zum Essen?«

»Nein, keinen Hunger …«

Ich stöhne genervt auf. »So kann das aber nicht weitergehen …«

Amelie schweigt und ich verlasse ihr Zimmer schließlich. Unten warten schon die Schwiegereltern und lassen sich bedienen.

»Ich hatte heute solche Schmerzen im Knöchel«, jammert Rudolf, als ich den Teller vor ihn hinstelle.

»Das tut mir leid«, sage ich.

»Was ist denn mit Amelie?«, erkundigt sich Gerhild. »Ist sie noch krank?«

»Ja genau!« Ich packe meine List wieder aus, die gestern nicht klappen wollte. »Schaust du später nach ihr?«

»Wenn ich dazu komme«, lautet die knappe Antwort meiner Schwiegermutter. »Immerhin muss ich mich um Rudolf kümmern.

Wenn der Fuß nicht bald aufhört wehzutun, müssen wir noch einmal ins Krankenhaus.«

»Oje.« Ich blicke ihn betroffen an. Dass es so schlimm ist, hätte ich nicht gedacht, eher das Gegenteil. »Ist der Knöchel denn mehr angeschwollen als gestern?«

»Kann ich nicht sagen«, brummt er.

»Ich schaue ihn mir später gleich an«, meint Gerhild fürsorglich und rückt sich ihre Frisur zurecht, die mir auffällig schick aussieht.

»Bist du heute beim Frisör gewesen?«

»So ist es.« Sie schenkt mir ein großzügiges Lächeln. »Sieht die Dauerwelle nicht perfekt aus?«

»Ja, natürlich.« Die Locken liegen in Reih und Glied. »Wolltest du nicht Rudolf betüdeln?« Und Amelie, füge ich im Kopf hinzu.

Sie winkt ab. »Ach was! Zunächst habe ich ihn verhätschelt, aber dann ist er eingeschlafen.« Sie holt tief Luft. »Und falls du denkst, ich hätte mich nicht gern um Amelie gekümmert: Als ich bei ihr ins Zimmer geschaut habe, hat sie geschlafen. Das arme Ding. Ihr Kopf muss wirklich schmerzen.«

Augenblicklich erstarre ich in meiner Bewegung. Meine Tochter hat hier jeden manipuliert. Sie hat´s einfach drauf, das muss man ihr lassen.

Mir bleibt kaum Zeit, dass ich neben der Bügelwäsche einen Happen esse, dann muss ich zurück zur Arbeit. Unterwegs klingelt das Telefon. Es ist Lisa.

»Hi!«, sage ich kurzatmig, da ich zügig marschiere.

»Was treibst du denn? Du hörst dich an wie eine Dampflok!« Sie lacht in den Hörer. »Stör ich?«

»Ach wo! Ich bin unterwegs zur Arbeit.«

»Heute? Hast du nachmittags nicht frei?«

»Normalerweise schon, aber mein Schwiegervater hat sich den Fuß verletzt«, erkläre ich knapp.

»So ein Schmarren! Und du musst einspringen? Was ist mit diesem Studenten?«

»Den habe ich nicht erreicht«, lüge ich. In Wahrheit habe ich es nicht einmal versucht. Ich weiß ja, dass Rudolf das Geld gern in der Familie hat, wobei selbst das gedehnt gesehen werden kann. Auf meinem Konto landet kein Cent mehr, als ich ohnehin bekomme. Egal, wie viele Überstunden ich schiebe.

»Dann schau zu, dass er dich so oft wie es geht ablöst. Du wirst ja noch länger für das Schwiegermonster einspringen müssen, oder?«

»Ich fürchte schon.«

»Eben. Du überarbeitest dich noch komplett!«, schimpft sie. »Oder ist es etwa so, dass du jetzt zu Hause weniger tun musst?«

Ich lache stumm. »Nicht doch …«

»Wusste ich es doch!«, sagt Lisa triumphierend. »Und was ist mit Amelie? Alles geklärt?«

»Leider nicht, eher das Gegenteil … Ich hab ein weiteres Problem …«

»Spuck´s aus!«

»Na ja, sie hat niemanden für den Vater-Tochter-Tanz.«

»Das gibt`s heutzutage noch? Krass … hätte gedacht, dass sie das längst abgeschafft hätten. Ist ja total veraltet.«

»Aber an und für sich eine schöne Tradition«, beharre ich.

»Wie man´s nimmt. Und die verschollene Aufgabe?«

»Tja, ich habe von der Professorin nichts mehr gehört. Also wird es wohl dabei bleiben, dass sie eine weitere Arbeit schreiben muss und erst im Herbst den Abschluss machen kann. Das verweigert Amelie aber … und somit ist das Chaos perfekt.«

»Das hört sich alles nach großen, fetten Problemen an! Und apropos, wo wir beim Thema sind: Ich habe den mega Kohldampf! Dieses Fasten macht mich noch ganz verrückt!«

Meine Schritte werden langsamer. Ich habe ganz vergessen, mich nach dem Befinden meiner Freundin zu erkundigen, obwohl sie letztens doch gesagt hat, dass sie Fasten möchte. »Du Arme! Und wenn du etwas isst?«

»Niemals!«, erwidert sie aufgebracht. »Ich muss bis Samstag abnehmen. Koste es, was es wolle.«

»Okay …«, sage ich gedehnt, denn Widerspruch würde Lisa sowieso keinen dulden.

»Ich mache mal eine Meditation, um auf andere Gedanken zu kommen. Sehen wir uns abends?«

»Sorry, muss Besorgungen machen …«

»Shoppen? Klingt gut, bin dabei!«

»Hey, warte mal lieber ab, was ich einkaufen muss«, sage ich grinsend. »Nämlich Lebensmittel und Haushaltswaren.«

»Urks, klingt langweilig. Aber ich bin dennoch dabei. Ich tue alles, was mich vom Essen ablenkt.«

»Gut«, sage ich zufrieden. »Ich hole dich ab. Wir fahren nämlich mit Rudolfs großem Wagen.«

»Cool! Bin bereit.«

»Perfekt. Ich rufe an, wenn ich losfahre.«

»Passt. Bis dann!« Sie legt auf.

Genau in diesem Moment erreiche ich die Trafik und sperre auf.

Es ist bis zum Feierabend so viel los, dass ich beinahe die Zeit übersehe und ich schnell schließen muss.

Zu Hause lege ich einen kurzen Zwischenstopp ein und werfe schnell einige Würste in den Topf, dazu gibt es frisches Gebäck und Senf.

Gerhild schaut schief, als ich auftische, aber Rudolf reibt sich den Bauch. »Super sieht das aus!«

»Danke.« Ich nicke ihm zu und ehe meine Schwiegermutter sich beschweren kann, erkläre ich, dass ich zum Einkauf fahre.

»Tu das«, meint sie sichtlich besänftigt. »Ich war vorhin übrigens bei Amelie und habe ihr gut zugeredet.«

»Ach so?« Ich bin erstaunt, aber erfreut. »Was sagt sie denn?«

»Das Übliche … kennst du ja … sie fühlt sich genervt und gedrängt.« Sie macht eine Sprechpause. »Von dir!«

Peng, das sitzt!

# Kapitel 14

Ich bin so sauer, dass ich nicht mal nach oben zu meiner Tochter gucken will, sondern meine Handtasche schnappe und zur Tür raus eile.

Das wird ja immer schlimmer! Jetzt beschwert sich Amelie schon bei meiner Schwiegermutter!

Mit quietschenden Reifen fahre ich aus der Garage und düse rüber zu Lisa. In der Hektik habe ich vergessen, sie vorher anzurufen. Aber sie ist ohnehin schon fertig und steht vor dem Haus.

»Hi, spring rein!«, rufe ich ihr bei heruntergelassenem Fenster zu.

»Na, so jung bin ich auch nicht mehr, dass ich mich wie ein Reh bewegen könnte!« Betont langsam schreitet sie auf das Auto zu und steigt ein.

»Sorry … heut ist nicht mein Tag.«

»Und gestern auch nicht … vorgestern auch nicht …«, sagt Lisa. »Soll ich weitere Tage aufzählen?«

»Lass mal«, meine ich. »Ich weiß, dass mein Leben scheiße ist!«

»Na, so krass hätte ich es zwar nicht ausgedrückt, aber irgendwie hast du wohl recht.« Sie knufft mir in den Arm, sodass ich das Lenkrad zu weit nach links drehe und ausschere. Sofort hupt der Wagen hinter uns.

»Upsi!« Lisa kichert. »Weißt du was, alles ist nur halb so wild. Denn man kann sein Leben um dreihundertsechzig Grad drehen, wenn man will.«

»Ja?«, frage ich zweifelnd.

»Aber sicher doch!« Sie lächelt selig.

Ich frage mich, ob sie in der Zwischenzeit etwas gegessen hat, oder wieso ihre Laune mit einem Mal so gut ist, aber ich hüte mich, nachzufragen.

Am Ende kommt sie noch drauf, dass sie vor Hunger sterben könnte und dann haben wir ein echtes Problem. Wobei ich mich ernsthaft frage, ob das eine gute Idee ist, wenn Lisa mit zum Großhandel fährt.

Der Parkplatz ist fast leer. Wir stellen uns in die Nähe des Eingangs hin und nehmen einen riesigen Einkaufswagen, der auch ohne Beladung schwer zu schieben ist.

Drinnen schlängeln wir uns von Regal zu Regal, die Liste von Gerhild abarbeitend. Und natürlich denke ich auch an Frau Fairguts Bestellung. Lisa packt ab und an etwas für sich ein. Bei der Frischwarenabteilung werden ihre Augen immer größer.

»Oweia, ich kann mich jetzt echt nicht beherrschen!« Sie greift einen Sack voller Orangen, Bananen, Äpfel, eine Kiste grünen Salat und was ihr noch so alles unterkommt.

»Du sag mal …«, beginne ich vorsichtig, »hast du nicht gemeint, du fastest bis Samstag?«

»So ist es und ich ziehe das durch auch wenn mir bei dem herrlichen Anblick der Magen bis zu den Knien hängt.«

»Okay, ich wollte mich nur mal vergewissern. Das Obst und Gemüse hält sich ja lange, wenn du es gut lagerst.«

»So ist es. Und aus so manchem bereite ich mir einen Smoothie zu. Den kann ich auch beim Fasten trinken.«

»Ach ja? Ist ja interessant.« Ich muss zugeben, ich habe mich noch nie mit diesem Thema befasst.

»Ja. Grüner Salat hat zum Beispiel kaum Kalorien. Ist echt genial!«

»Wenn du das sagst …« Ich nehme einen Sack voller Nüsse. »Für Karli.«

»Wer ist das?« Lisa wird neugierig. »Ein heimlicher Verehrer?«

»Haha! Was du immer denkst … Karli ist unser Gartengast.«

Lisa runzelt die Stirn.

»Ein Eichhörnchen!«

»Ach du liebe Güte! Bald hast du einen ganzen Zoo bei dir versammelt!«

»Tiere sind einfach lieb«, erkläre ich. »Und herzensgut.«

Mittlerweile habe ich die Tiefkühlabteilung vor Augen und soll laut der Liste gleich mehrere Großpackungen querbeet kaufen.

»Sag mal, wer frisst denn so viel?« Angeekelt zeigt Lisa auf den Haufen tiefgekühlter Ware, der sich nun im Wagen stapelt.

»Tja, wenn du wüsstest, was meine Schwiegereltern so speisen … oder besser gesagt wie oft … aber ich muss zugeben, dass ich ansonsten nicht so viel einkaufe.« Ratlos blicke ich den bereits gefüllten Einkaufswagen an. Viel passt nicht mehr hinein, besser ich beginne die Sachen zu stapeln. »Wie gut, dass wir eine große Gefriertruhe im Keller haben.«

»Das kannst du laut sagen.« Lisa packt für sich haufenweise Chipstüten ein, sodass der Einkaufswagen fast randvoll ist.

»Und was hast du? Einen Chips-Schrank, oder wie?«, frage ich sie belustigt.

»Was?« Sie starrt auf ihren Vorrat. »Oje, ich fürchte, ich bin einfach unverbesserlich. Aber ich schwöre, dass ich die erste Packung erst öffne, wenn der Ball vorbei ist.«

»Ist schon gut. Mir musst du nichts beweisen.« Wir gehen weiter und kommen am Tierfutter vorbei. »Du, ich werde hier gleich einiges für Purple mitnehmen.«

»Ist gut, und wohin willst du das noch einlagern?« Sie zeigt auf den Einkaufswagen, der zum Platzen voll ist.

»Gute Frage …« Auch stapeln würde nicht mehr viel helfen.

»Weißt du was, ich hole schnell einen zweiten Wagen!« Schon eilt sie zurück in Richtung Ausgang und kehrt gleich darauf wieder. Mit Schwung schmeißt sie ihre Chipstüten in den leeren Wagen und auch das Obst und Gemüse, das sie für sich mitgenommen hat. »Na bitte, sieht doch gleich besser aus.«

Tatsächlich habe ich nun Platz für Katzenfutter. Und selbst die Sachen für Frau Fairgut haben Platz.

An der Kasse muss ich aufpassen, dass ich alles richtig sortiere. Ich brauche drei Rechnungen, da ich Frau Fairguts Ware extra bezahlen muss und auch das Katzenfutter und die Nüsse zahle ich selbst, damit die Schwiegereltern nicht jammern, dass die Tiere so viel Geld verschlingen.

»Wahnsinn, was das für Summen sind«, meint Lisa, als sie nach dem Bezahlen zu mir aufschließt.

»Du sagst es. Ich bin auch immer ganz verwundert, aber wir haben große Mengen eingekauft.« Ich blicke in Lisas Einkaufswagen, der doch auch ziemlich voll scheint. »Sag mal, hast du da Schoko eingeladen?« Muss mir wohl entgangen sein …

»Ja.« Sie lacht auf. »Die Süßwarenabteilung lag direkt hinter dem Tierfutter … während du Katzenfutter geguckt hast, habe ich mich mit Schoko eingedeckt.«

»Krass!« Ich staune. Meine Freundin kann man keine zwei Sekunden außer Augen lassen.

Wir ächzen vor Anstrengung, als wir das Auto beladen. »Himmel! Ob das alles reinpasst?« Langsam habe ich wirklich Sorgen.

»Geben wir doch mein Zeug einfach auf den Rücksitz!«

»Gute Idee!«

Einige Minuten später haben wir alles geschafft, setzen uns völlig außer Puste in den Wagen und fahren zu Lisa nach Hause, um ihre Sachen auszuladen.

»Boah, das war echt hart!« Lisa schnauft richtiggehend und lehnt sich an die Hauswand.

»Alles in Ordnung?« Besorgt gucke ich sie an. Ihr Kopf ist rot geworden und sie atmet schnell und flach.

»Ja, ja …« Sie stöhnt leise auf. »Ich fürchte, ich habe mich ein wenig übernommen … Sorry …«

Ich schüttle den Kopf. »Was entschuldigst du dich denn bei mir? Vielleicht hätten wir weniger kaufen sollen …«

»Quatsch! Ich war einfach zu gierig.« Sie rollt mit den Augen. »Bei Süßigkeiten und Knabbergebäck kann ich nicht widerstehen.«

»Soll ich dir beim Reintragen helfen?«

»Bitte.« Sie sperrt auf und genau in diesem Moment geht oben eine Tür zu. Schritte auf der Treppe sind zu hören und der Nachbar erscheint.

»Hi!«, grüßt er uns und betrachtet neugierig Lisas Einkauf. »Macht ihr eine Party?«

»Nein, das gehört alles mir«, sagt Lisa verlegen. Ihr Gesicht wird gleich dunkelrot.

»Diese Chips mag ich auch gern, nur komme ich leider selten dazu, sie zu kaufen. Beim Laden um die Ecke gibt´s die nicht.«

»Stimmt! Deswegen habe ich sie aus dem Großhandel mitgenommen.«

»Ach, da komme ich leider nie hin.« Der großgewachsene Kerl blickt von mir zu Lisa. »Soll ich euch beim Reintragen helfen?«

»Das wäre prima«, erwidere ich, ohne Lisas Antwort abzuwarten. »Ich bin mir sicher, Lisa gibt dir dann eine Tüte Chips ab. Vielleicht auch zwei.« Ich zwinkere meiner Freundin heimlich zu.

»Mache ich total gern. Ich bin übrigens Izmael«, sagt der Nachbar.

»Freut mich, wir haben uns ja schon ab und zu hier gesehen, als ich Lisa besucht habe. Ich bin Mariella.« Schon schnappe ich einige Tüten Chips und trage sie hinein. Die anderen folgen mir.

Als wir fertig sind, verabschiede ich mich von den beiden. »Ich muss leider los. Wenn ich zu spät komme, kriege ich Ärger …«

»Ist schon gut. Danke, dass ich mitdurfte.« Lisa klingt immer noch außer Atem, aber nicht mehr so schlimm wie vorher.

»Geht es dir halbwegs gut?« Ich schaue sie besorgt an. »Iss mal was …«

Lisa wirft mir einen vernichtenden Blick zu und macht fortscheuchende Handbewegungen.

»Ich ruf dich an!«

»Tu das! Tschüss ihr zwei.«

»Ciao, hat mich gefreut!«, ruft Izmael mir nach.

Ich springe in den Wagen und düse nach Hause, lade zuerst Frau Fairguts Sachen aus, da ich bei unseren Lebensmitteln länger brauchen werde. Noch lagern die tiefgekühlten Sachen in mehreren Kühlboxen, die ich vorsorglich eingepackt habe.

Ich läute bei unserer Nachbarin an, die gleich öffnet. »Hallöchen, ich habe Sie vom Wohnzimmerfenster kommen sehen!« Frau Fairgut zwinkert mit beiden Augen. »Schön, dass Sie mir alles vorbeibringen. Ich danke Ihnen vielmals!«

»Sehr gerne. Soll ich es reintragen?«

»Das wäre lieb.« Sie macht mir Platz, damit ich hineingehen kann. Am Ende des Flurs bleibe ich stehen. »Wo soll ich das Waschpulver abstellen?«

»Direkt im Bad.« Sie führt mich hin.

»Und die Lebensmittel?«

»In der Vorratskammer.« Sie zeigt zu einer Tür links von mir und schlurft hin, macht das Licht an und sagt. »Bitte hierher.«

Ich hole die Sachen, die ich vor der Tür abgestellt habe, gehe damit zu Frau Fairgut, betrete die Vorratskammer und schaue mich verwundert um. »Wow, da haben Sie ja alles top sortiert.« Um ehrlich zu sein habe ich noch nie so eine volle Kammer gesehen. Regale bis zur Decke und jedes davon ist zugestellt. Dazu hängen zahlreiche Kräuter von der Decke. Der Großteil davon ist mir unbekannt.

»Da staunen Sie, was.« Frau Fairgut schlurft mir hinterher. »Das sind uralte Kräuter und Stauden mit magischer Wirkung.«

Interessiert drehe ich meinen Kopf in ihre Richtung. »So?« Meine Mundwinkel zucken, ob die alte Dame an Märchen glaubt?

»Natürlich, denken Sie etwa, ich lüge?« Ihr Gesicht legt sich in noch mehr Falten, als es ohnehin schon hat.

»Nicht doch«, beschwichtige ich sie. »Magie ist etwas Wunderbares.«

»Das finde ich auch.« Sie schlurft an mir vorbei und deutet auf ein lilafarbenes Kraut. »Das hier wirkt stimmungsaufhellend.«

»Cool.« Mit Phytotherapie kann ich etwas anfangen. Schon im Mittelalter hat man Pflanzen als Heilkräuter eingesetzt. Nur Frauen mussten aufpassen, dass sie nicht erwischt wurden, sonst konnte es passieren, dass sie als Hexe beschimpft wurden und auf dem Scheiterhaufen landeten.

»Aber ich habe auch stärkere Zauberpflanzen wie Mieswurzenkraut oder Mirellipfänderich.«

Das klingt so lustig, dass ich lachen muss.

»Wirklich, die Kräuter heißen so.«

»Ich glaube Ihnen ja, aber diese Namen hören sich echt schräg an.«

Frau Fairgut dreht sich um und pflückt irgendetwas, das ich nicht erkennen kann.

»Bitte sehr. Einfach zerkleinern und in den Tee geben, oder übers Essen streuen. Schmeckt leicht süß. Man kann sie aber auch so verspeisen.« Sie reicht mir eine Handvoll getrocknete, violette Beeren. »Bliseniusbeeren.«

»Ah ja …« Mir sagt der Begriff gar nichts und ich weiß auch nicht, was ich damit anstellen soll.

»Hilft Wünsche zu erfüllen.« Sie zwinkert verschwörerisch und reicht mir eine Papiertüte.

»Danke«, sage ich verwirrt. Ist das ihr Ernst? Auf jeden Fall stecke ich die Tüte mit den Beeren in meine Jackentasche. »Ich fürchte, ich muss wieder rüber.«

»Natürlich, Herzchen!« Sie begleitet mich zur Haustür. »Vielen Dank für alles. Und denken Sie an die Beeren, ich bin mir sicher, dass Sie sie nutzen können.«

»Ich werde es versuchen«, sage ich höflich, denke mir aber, dass ich die Beeren erst genau untersuchen muss, bevor wir sie verspeisen werden. An Zauber glaube ich nicht, will aber Frau Fairguts Fantasie nicht zerstören.

Jetzt habe ich es eilig, ansonsten drohen die Tiefkühlsachen aufzutauen. Vorher lege ich Karli noch einige Nüsse auf den Gartentisch, die er sich nachher holen wird.

Im Hause verstaue ich alles und bin ziemlich erledigt, als ich mit der ganzen Arbeit fertig bin.

Dann esse ich schnell etwas und mittendrin fallen mir diese magischen Beeren ein. Ich hole sie und will danach googeln. Wenn ich bloß den Namen noch wüsste, den Frau Fairgut genannt hat. Mir fällt er nicht ein und gebe es auf, danach zu suchen. Bei den Bildern tauchen zwar ähnliche Exemplare auf, aber diese speziellen violetten Beeren sind nicht dabei.

Ich schiebe das Handy weg und entscheide mich, diese exotischen Früchte auf jeden Fall zu verkosten. Für mich und Amelie richte ich einen Becher Vanilleeis. Ich zerhacke drei der Beeren und verstreue die Kleinteile über dem Eis. Sieht jedenfalls toll aus.

Mit den beiden Bechern gehe ich hoch zu meiner Tochter. Wie so oft zeichnet sie schon wieder.

Ich setze mich zu ihr auf den Boden. »Na, gibt´s was Neues?«

»Eigentlich nicht«, sagt sie und macht bei dem Anblick des Eisbechers große Augen. »Ist der für mich?«

Ich nicke und reiche ihn ihr.

»Danke Mama.« Amelie beginnt konzentriert zu löffeln.

Ich tue es ihr nach. Die Beeren haben einen leicht säuerlich-süßen Geschmack, kann man gar nicht genau differenzieren. »Ich wünschte, du würdest wieder zur Schule gehen«, murmle ich mittendrin.

Amelie hält inne und sieht mich prüfend an. »Du weißt doch, was los ist Mama …«

»Natürlich.« Es hätte ja einfach leicht sein können. Aber meine Tochter ist ein Sturkopf, was ihr nicht passt, macht sie nicht. Genau wie ihr Vater. »Sag, hast du dir wenigstens das mit dem Tanzkurs überlegt?«

»Nein.« Sie senkt ihren Blick und ich kann ihren Kummer direkt fühlen. Manchmal ärgert es mich, dass Poldi so ein schlechter Vater ist.

Ob ich ihn noch einmal kontaktieren soll und ihn fragen, ob er nicht doch für den Vater-Tochter-Tanz herkommen kann? Aus Paris ist es ein weiter Weg … Grübelnd knabbere ich an meinen Lippen, komme aber zu keinem Entschluss.

»Was zeichnest du da Schönes?«, wechsle ich das Thema.

»Einen Ballabend …« Sie stellt die Eisschale beiseite und wendet das große Blatt. »Hier sind einige Tanzpärchen und in der Mitte kommt dann noch Ballkönig und Ballkönigin. So weit bin ich aber noch nicht.«

»Das sieht toll aus!« In der Tat wirken die Figuren detailreich und lebensnah und dass, obwohl sie bisher nur Skizzen angefertigt hat.

»Danke. Ich male später mit Aquarell aus …«, erklärt sie.

»Wirkt bestimmt super.« Ich bin stolz auf mein Mädchen. Ihre kreative Ader ist wirklich unglaublich. »Du solltest etwas mit Kunst studieren.«

»Mama!«, sagt sie streng. »Ich weiß ja überhaupt nicht, ob ich je studiere. Jedenfalls geht das ohne Abschluss schlecht.«

Ich will schon erwähnen, dass man auch ohne Schulabschluss auf die Uni gehen kann, indem man eine Eignungsprüfung macht, verkneife mir dies aber. Vielleicht überlegt sich meine Tochter ihre Meinung ja doch noch. So leicht will ich nicht aufgeben. »Du hast ja auch nur noch wenig Pflichten zu erfüllen und dann hast du auch den Schulabschluss …«

Ihre Miene verfinstert sich sofort. »Ich dachte, das wäre geklärt.« Schweigend nimmt sie sich den Eisbecher und löffelt weiter.

Ich sehe ein, dass ich mein Pülverchen verschossen habe, erhebe mich und will noch kurz Lisa anrufen, da ich zu neugierig bin, wie es mit Izmael weitergegangen ist. Obwohl ich bei meinen Gedanken den Kopf schüttle, denn ich bin ja eigentlich nicht an Izmael interessiert, falls Lisa das wieder denken würde. Immerhin will sie mich dauernd mit ihm verkuppeln …

In aller Ruhe löffle ich das Eis aus. Doch die Neugierde siegt und ich wähle ihre Nummer.

»Hi!«, quiekt sie ins Telefon.

»Hallo, na wie geht´s dir?«, erkundige ich mich.

»Prima. Ich habe mich wieder erholt.«

»Sehr gut. War Izmael denn noch länger bei dir?«

»Nicht so lange.« Sie kichert. »Hast du etwa doch Interesse an ihm?«

»Nein«, platzt es aus mir. Ich wusste, dass Lisa darauf herumreiten würde. »Ich will nur wissen, ob dein Kreislauf okay ist.«

»Ja, alles bestens. Izmael hatte einen super Trick, dass es mir wieder besser geht, denn ich wollte ja schon eine Tüte Chips aufreißen, weil ich solchen Kohldampf hatte.«

»Klingt ja interessant. Was hat er gemacht?«

»Mir eine Cola-light gegeben. Die habe ich zügig getrunken, das hat den Kreislauf aufgepeppt und den Heißhunger etwas reguliert. Danach hat er mir einen Apfel in die Hand gedrückt.« Sie gluckst. »Ich muss sagen, es hat tatsächlich geholfen.«

»Das freut mich.«

»Was ist los? Du klingst so bedrückt.«

Meine Freundin bringt es mal wieder auf den Punkt. »Nichts Besonderes, ich knabbere eben noch immer an den gleichen Problemen.«

»Ach, du Arme! Kann ich dir helfen?«

»Nicht wirklich. Ich wünschte nur, Amelie hätte jemanden, der mit ihr den Vater-Tochter-Tanz tanzt.« Ich seufze schwer. »Aber Rudolf hat ja sein Bein verletzt und Poldi … puh, ist schwierig.«

»Hast du versucht, ihn zu erreichen?«, will Lisa wissen.

»Noch nicht, aber Amelie hat ihn einige Male kontaktiert. Es ist immer dasselbe, er hat nie Zeit.«

»Dann ruf du ihn an und mach ihn mal zur Sau!«, rät meine Freundin mir. »Er soll sich gefälligst um seine Tochter kümmern. Einmal wenigstens!«

»Hast recht!« Ich atme tief durch. »Ich werde gleich bei ihm durchklingeln.«

»Super! Gib mir nachher Bescheid. Du schaffst das! Bis später.«

Ich lege auf und wähle direkt Poldis Nummer. Somit bleibt mir überhaupt keine Zeit, darüber nachzudenken, was ich genau sagen soll. Gut so, sonst würde ich mich ohnehin nicht trauen, mit ihm zu sprechen, wie es in der Vergangenheit oft der Fall gewesen ist.

Es läutet. Noch einmal.

Mir zieht es den Magen zusammen. Notdürftig versuche ich mir, einige Worte zurechtzulegen. Es klappt nicht.

»Bonjour! Sie sind auf meiner Mailbox gelandet. Bitte sprechen Sie nach dem Piep.«

Ich glaube es nicht! Schnell lege ich auf. Wieso hebt er nicht ab? Mistkerl! So beschäftigt kann er wohl nicht sein. Immerhin ist es abends … Nun gut, vermutlich ist er wieder mal bei einer Veranstaltung. Ich atme tief durch und wähle seine Nummer erneut. Wieder dasselbe Spiel. Auch ein dritter Versuch bringt keine Änderung. Mir wird es zu bunt.

»Hör mal, ich wünsche mir von dir, dass du dich um unsere Tochter kümmerst! Es geht ihr nicht gut und sie braucht dich. Melde dich und komm gefälligst zu ihrem Abschlussball am Samstag!« Ich schreie schon fast in den Hörer, lege dann auf und muss die aufkeimende Aggression loswerden. Am besten, indem ich etwas backe. Brownies!

Nach einer halben Stunde klingelt das Telefon. Ich schrecke zusammen. Hat Poldi meine Nachricht abgehört und meldet sich? Schielend erkenne ich, dass es nicht mein Ex ist, sondern Lisa. Erleichtert gehe ich ran.

»Und wie ist es gelaufen?«, fragt sie neugierig.

»Ich habe ihn nicht erreicht.«

»So ein Mist, aber irgendwie habe ich mir das fast gedacht.« Sie keucht leise. »Aber ich habe fantastische News!«

»Ja?«

»Das Tanzproblem ist gelöst«, quiekt sie.

»Ach so? Wie denn das?« Verwundert warte ich auf ihre Antwort.

»Izmael würde den Tanzpartner übernehmen.«

»Dein Nachbar?«, frage ich ungläubig nach.

»Klar, oder kennst du noch jemanden, der so heißt?«

»Nein«, murmle ich. »Hör zu, ich weiß nicht, ob Amelie das so recht wäre. Sie kennt ihn ja gar nicht.«

»Doch, doch, die beiden kennen sich.«

»Woher?«

»Als Amelie mir letztens ein paar Cupcakes vorbeigebracht hat, ist Izmael gerade im Garten gewesen. Sie haben ein paar Worte gewechselt und Amelie hat ihm einen Cupcake geschenkt.«

»Oh, okay, das wusste ich gar nicht.« Oder ich habe es schlichtweg vergessen, was auch möglich wäre.

»Also, was sagst du?«

»Keine Ahnung«, gebe ich zu. »Ich muss wohl Amelie fragen.«

»Mach das! Ich bin gespannt, was sie sagt.«

»Ich auch«, murmle ich. »Okay, ich melde mich, wenn ich etwas weiß! Tschau!«

Da die Zeit eigentlich drängt, will ich das gleich erledigen. Ich gehe hoch und erzähle Amelie von dem Vorschlag. Zwar bin ich mir sicher, dass sie ihn ausschlagen wird, so wie alle Vorschläge, die ich in den letzten Tagen unterbreitet habe, aber ich will nichts unversucht lassen.

»Izmael?« Sie blickt von ihrem Zeichenblatt auf. »Der ist ganz nett.«

»Glaub ich auch«, stimme ich ihr zu.

»Also gut, wenn er mit mir tanzen würde, dann bin ich dabei.« Sie steht auf.

»Ja?« Ich kann´s gar nicht glauben.

»Wir haben nur ein Problem«, gibt sie zu Bedenken.

»Welches?«

»Der zweite Teil des Tanzkurses mit den Eltern startet gleich …«

»Jetzt?« Ich kriege die Krise. Wieso ist eigentlich alles so kompliziert?

»Ja, also frag mal bitte, ob Izmael Zeit hat und ob er das wirklich machen würde.« Sie scheucht mich nach unten und zieht sich in der Zwischenzeit um.

Mit einem mulmigen Gefühl rufe ich Lisa zurück. Ich denke, die Aktion wird sicher viel zu kurzfristig sein. Zu meinem Erstaunen geht aber alles klar. Als Lisa ihren Nachbarn gefragt hat, ruft sie mich zurück, erteilt mir die guten Nachrichten und meint: »Hey, Izmael und ich holen euch gleich mit dem Wagen ab. «

»Okay.« Ich bin völlig verdattert. Was ist hier los?

# Kapitel 15

Amelie und ich warten vor dem Gartentor. Schon sehe ich, wie Lisas Auto um die Ecke kurvt und quietschend vor unserem Haus hält.

Lisa und Izmael grinsen breit und winken aus dem Wagen.

»So was«, murmle ich vor mich hin und steige dann ein.

Wir begrüßen uns gegenseitig und Lisa steigt wieder aufs Gas.

»Du willst das echt durchziehen?«, richtet Amelie das Wort an Izmael.

Er dreht seinen Kopf zu uns nach hinten. »Klaro! Ich tanze sehr gerne und außerdem wäre es mir eine Ehre.«

»Super!« Amelie strahlt.

Ich sinke erleichtert in die Rückenlehne. Das ist das erste Mal seit Tagen, dass meine Tochter so freudig wirkt. Ich hoffe, das klappt wirklich mit dem Tanzen.

Die Schule haben wir nach wenigen Minuten erreicht. Auf dem Parkplatz ist einiges los.

»So, und nun?«, frage ich, als Lisa den Motor abstellt.

»Na, wir gehen rein!«, kommandiert Amelie. »Und ihr beide?«

Lisa und ich blicken uns ratlos an.

»Wie lange dauert das ungefähr?«, erkundigt sie sich.

»Keine Ahnung«, meint Amelie und öffnet schon die Tür.

Ich rolle mit den Augen, versuche aber mich nicht über meine Tochter zu ärgern. Sie nimmt eben alles nicht so genau.

»Gut, dann schauen wir auch mit«, erwidert Lisa und steigt auch aus. »Hab keine Lust stundenlang im Auto zu sitzen und zu einer Frostbeule zu werden.«

»Hast recht«, stimme ich ihr zu. »Und wer weiß, vielleicht bekommen wir ja etwas Interessantes zu sehen.« Ich beiße mir auf die Lippen. Letzteres wollte ich gar nicht sagen, es ist mir so herausgerutscht. Doch Lisa grinst mir schelmisch zu und murmelt: »Meinst du jemanden Bestimmten?«

»Scht! Sei leise, ich habe nur gedacht, wir können schon einen Einblick in die Tanzkünste erhaschen.«

»Alles klar.«

Ich weiß, dass mir Lisa kein Wort glaubt. Aber das ignoriere ich.

Geprobt wird im Turnsaal. Die Musik ist bis in den Flur zu hören.

Gespannt betrete ich nach den anderen den Saal. Überall sind tanzende Paare zu sehen. Jung und Alt oder zumindest älter gemischt. Die Stimmung scheint gut zu sein, es wird viel gelacht.

»Hi!« Einige Mädchen stürmen quiekend auf Amelie zu und umarmen sie. Der neueste Tratsch wird in Windeseile verbreitet und dann stehen Amelie und Izmael schon aufgereiht mit den anderen in Tanzhaltung. Zwei Tanzlehrer geben Anweisungen. Alle wirken höchst konzentriert.

Lisa und ich stehen an der Wand des Saals und schauen den Tänzern zu. Ich bin gerührt, meine Tochter so erleben zu dürfen. Und plötzlich erinnere ich mich wieder an meinen Abschlussball und die Proben der Tanzchoreos. Ich liebte es, über das Parkett zu schweben. Damals hatten Poldi und ich extra mehrere Tanzkurse gebucht. Es war unsere Leidenschaft gewesen.

Auf unserem Abschlussball haben wir geglänzt. Aber das liegt alles schon mehr als achtzehn Jahre zurück.

»Wollen Sie nicht auch mitmachen?« Der junge Tanzlehrer ist vor Lisa und mir stehengeblieben und mustert uns neugierig.

»Wir?« Ich hebe überrascht die Augenbrauen.

»Wieso denn nicht?« Der hagere Kerl mit der engsitzenden Hose lächelt galant. »Es gibt viele gleichgeschlechtliche Pärchen, die eine heiße Sohle aufs Parkett legen wollen.«

Es braucht einige Augenblicke, bis ich schnalle, was der Typ denkt. Lisa und ich ein Paar? Ich schmunzle amüsiert und schiele zu meiner besten Freundin. Sie muss sich ebenfalls zurückhalten, um nicht laut loszulachen.

»Tja dann … wagen wir es«, meint Lisa und zieht mich an der Hand mit.

»Hey, was tust du denn da?« Völlig überrumpelt stolpere ich ihr hinterher.

»Na tanzen!« Sie grinst verschmitzt.

»Das geht doch nicht«, widerspreche ich.

»Warum?« Meine Freundin blickt mich empört an. »Hast du noch nie zwei Weiber zusammen abshaken sehen?«

»Sicher …« Nun gut, so oft ist das bisher noch nicht gewesen. Ich überlege. Damals in den Tanzschulen mussten oft Mädchen miteinander tanzen, denn junge Männer waren Mangelware. Aber das Tanzen mit Lisa macht mir keine Sorgen, sondern etwas ganz anderes. »Und wer übernimmt die Herrenschritte?«

»Die brauchen wir doch nicht, nehmen wir einfach die Frauenschritte. Wir sind ja taffe Ladies!« Sie stellt sich vor mich hin und hält die Arme nach oben.

Zwar tue ich es ihr gleich und beziehe ebenfalls Position, aber muss doch noch etwas anmerken. »Du, wenn jede von uns den Frauenschritt macht, dann kommen wir nie zusammen. Herren tanzen ja spiegelverkehrt.«

»Hoppla, daran habe ich nicht gedacht«, erwidert sie vergnügt. »Ich fürchte, ich bin ein Tollpatsch, was spiegelverkehrte Übungen betrifft.«

»Ich kann es ja versuchen, aber lass uns langsam machen!«

Die Tanzlehrer geben längst die nächsten Anweisungen. »Ein Trick ist, dass man mit der Melodie mitschwingt! Hört genau zu!«

Sanfte Töne eines Walzers erklingen. Nicht mein favorisierter Tanz, besonders nicht, wenn es ein schneller Walzer ist. So wie dieser. Ehe wir loslegen muss ich mir erst in Erinnerung rufen, wie die Fußstellung ist. Zwar haben die Tanzlehrer gerade endlos lange darüber gesprochen, aber ich war ja in meinen Tagträumen gefangen und habe nicht zugehört.

»Findet selbst den Takt!« Der Tanzlehrer schwebt durch den Saal. Nach und nach steigen die einzelnen Pärchen ein. Bloß Lisa und ich stehen doof da.

»Ich starte mit rechts nach vorne«, sage ich eher zu mir selbst als zu meiner Freundin. Dann schaue ich ihr in die Augen und versuche, den richtigen Einstieg in die Melodie zu finden und loszustarten.

Was soll ich sagen? Das pure Chaos. Lisa hat den Einsatz verschlafen und schon sind wir aus dem Takt geraten. Beim nächsten Versuch ebenso und alle weiteren scheitern auch. Zum Verzweifeln!

Endlich gibt es eine Pause. Lisa organisiert etwas zu trinken, während ich mich in die nächste Ecke stelle und mich schäme. Was ist los mit mir?

Ich kann doch querdenken! Und tanzen kann ich auch. Darin war ich mal richtig gut. Halt! Das ist es.

Ich *war* gut. Früher. Vor ewigen Zeiten. Davon ist anscheinend nichts mehr übriggeblieben.

Eine Schande!

Amelie und Izmael finden mich. Sie sind völlig außer Atem.

»Was für ein schneller Walzer!«, gluckst Amelie.

»Eine Runde Wasser für alle«, sagt Lisa und reicht jedem eine Flasche.

»Ist der Übungsabend nicht klasse?« Amelie wirkt ganz aufgeregt. Sie muss am Tanzen ja wirklich Spaß haben.

»Und ob! Ich hätte nicht gedacht, dass ich so schnell wieder in den Rhythmus finde.« Izmael sieht von Amelie zu Lisa und zu mir.

»Du warst spitze!« Lisa applaudiert ihm.

Die Pause geht viel zu schnell vorbei. Erneut stehen Lisa und ich uns gegenüber.

»Zur Einstimmung ein langsamer Walzer«, erklärt der Tanzlehrer.

Diesmal schaffen wir beide den Einstieg und drehen uns schwingend im Kreis, sodass mir bald schwindelig ist.

»Ich kann mich nicht erinnern, dass das Tanzen je so anstrengend gewesen ist«, stöhne ich.

»Du wirst halt auch älter«, antwortet Lisa frech.

»Haha!«

Schon nach einem Tanz geht mir die Puste aus. Erleichtert stelle ich fest, dass es Lisa genauso ergeht.

»Noch ein schneller Walzer und dann beenden wir die erste Übungsphase«, lässt der Tanzlehrer uns wissen.

»Das geht ja schneller als gedacht!« Mir kommt es so vor, als wäre der Teil bis zur Pause deutlich länger gewesen.

Aber mir soll es recht sein, ich bin ohnehin ausgepowert.

Den schnellen Walzer versemmeln wir natürlich wieder.

Nachdem die letzten Takte verklingen, stehen wir erschöpft da und warten, dass Amelie und Izmael zu uns kommen.

»Wollen wir los?«, frage ich.

»Aber Mama! Jetzt geht doch noch der allgemeine Übungsteil los.« Amelie lächelt amüsiert.

»Wie bitte? Das war noch nicht alles?« Entsetzt stöhne ich leise auf.

»Nein. Du kannst deine Tanzkenntnisse auffrischen. Nicht nur den Walzer«, erklärt mir meine Tochter und verschwindet zu Gil.

Schon erklingt ein neues Lied und ich beobachte, dass sich nach und nach Paare in der Saalmitte einfinden, die sich von den Tanzlehrern Tipps geben lassen.

»Dich stört es hoffentlich nicht, wenn wir auch eine flotte Sohle aufs Parkett legen?!« Lisa schaut mich abwartend an.

»Nicht doch …«, antworte ich. Schon zieht sie mit Izmael los und ich fühle mich wie das fünfte Rad am Wagen. Nicht lange, denn ein groß gewachsener Mann mit graumeliertem Haar steht vor mir. »Darf ich bitten?«

Augenblicklich steht mir der Schweiß auf der Stirn. Will der mich echt zum Tanzen auffordern? Dann werde ich mich bis auf die Knochen blamieren. Das mit Lisa hat ja eben überhaupt nicht geklappt.

Aber der Herr bittet mich erneut und ich lasse mich breitschlagen.

Gerade ertönt ein neues Lied. Welcher Tanz wird wohl dazu passen? Ach du Schreck! Das klingt nach einem Tango. Mir bleibt die Spucke weg.

Erstens habe ich seit Ewigkeiten nicht mehr mit einem Mann getanzt und zweitens der Supergau schlechthin: Tango zählt zu den erotischsten Tänzen überhaupt! Man hat so viel Körperkontakt und muss dem anderen ständig im Auge behalten und auf die Bewegungen angemessen reagieren. Ich will mich schon verdrücken, da nimmt mein Gegenüber meine Hand und legt seine freie Hand an meine Taille. Ich bin verblüfft und schnappe nach Luft. Um etwas zu sagen bleibt mir keine Zeit, denn der graumelierte Herr setzt zum Tanzen an und ich muss mitziehen, dabei habe ich nicht einmal mehr genau im Kopf, wie die Schritte gehen.

»Ich bin Miguel«, schnurrt mein Gegenüber.

»Okay …«, murmle ich nur, denn mir ist egal, wie der Typ heißt. Ich will bloß weg.

»Bist du Amelies Mutter oder Schwester?«

»Ersteres«, antworte ich knapp und habe Mühe, ihm in die Augen zu schauen, die meine fixieren.

»Kaum zu glauben.« Jetzt rückt er noch näher an mich heran, sodass mir die Luft zum Atmen fehlt. »Ich bin Rauls Vater.«

Bei einer Drehung, bei der ich beinahe über meine eigenen Füße stolpere, bemerke ich einen blonden Haarschopf unweit von uns. Sofort steigt mein Puls rasant in die Höhe. Das ist doch Mr Fraser. Was tut er hier? Mein Blick schweift von diesem Miguel ab. Ich schaue seitlich an ihm vorbei und in Mr Frasers Richtung. Er steht noch an gleicher Stelle, direkt neben der Stereoanlage. Interessiert mustert er die Tanzenden. Nun fällt sein Blick auf Miguel und mich. Selbst von der Entfernung aus bemerke ich, wie er seine Brauen hochzieht und mich belustigt anschaut.

Lacht er mich etwa aus? Bestimmt! Ich sehe vermutlich total lächerlich aus. Mein Magen wird schwer wie Blei. Da ist es auch schon passiert. Ich gerate aus dem Takt und steige meinem Tanzpartner auf den Fuß.

»Sorry«, murmle ich und merke, dass meine Wangen sich heiß anfühlen.

»Kein Problem, lass dich einfach von mir leiten.« Er zwinkert mir zu und drückt mich fester an sich heran.

Das ist mir eindeutig zu nah! Ich fühle mich bedrängt und bekomme kaum Luft. Erneut sage ich »Sorry«, drücke mich von ihm ab und will weglaufen. Allerdings bin ich völlig orientierungslos. Dieses Herumgewirbel hat mich ganz verwirrt. Wo ist der Ausgang? Ach, da vorne. Ich muss den halben Turnsaal durchqueren. Meine Beine fühlen sich unsicher an. Da passiert es. Ich stolpere, mache vor Schreck meine Augen zu und rechne mit einem harten Aufprall. Stattdessen lande ich in starken Männerarmen.

»Hoppla«, meint eine warme Männerstimme zu mir, die mir irgendwie bekannt vorkommt.

Als ich meine Augen öffne, erblicke ich in ein freundliches Gesicht.

Mr Fraser sieht mich mit einem wundervollen Lächeln an und hilft mir, mich aufzurappeln. Meine Beine beginnen zu zittern. Ich glaube, mein Herz rast. Der Beinahe-Sturz muss mich mehr erschrocken haben, als ich gedacht hätte.

»Ist alles in Ordnung?«, fragt mich mein Retter.

»Ich denke schon«, krächze ich. Ich bemerke, dass er mich noch an einem Arm festhält. »Danke fürs Auffangen.«

»Immer gerne.« Er zwinkert mir zu. »Sie haben toll getanzt.« Mr Fraser hat plötzlich einen eigenartigen Ton in seiner Stimme.

Nun komme ich mir veräppelt vor. Mir fällt sein Grinsen von vorhin ein. Er hat mich ausgelacht! Und jetzt will er sich bestimmt weiter über mich lustig machen. Mit Schwung drehe ich mich um und bemerke, dass er verblüfft meinen Arm loslässt.

Ohne ein weiteres Wort haste ich aus dem Turnsaal, nehme meine Jacke aus der Garderobe und schlüpfe beim Gehen hinein. Wenigstens finde ich den Ausgang auf Anhieb. Erst als ich auf dem Parkplatz bin, werde ich langsamer. Ich warte neben dem Auto und hoffe, dass die Tanzsession bald aus ist. Es ist eiskalt und ich friere. Wenigstens erfrischt die eisige Nachtluft mein vernebeltes Gehirn. Oh Mann, ich habe mich eben total zum Affen gemacht!

# Kapitel 16

Wieso musste ich auch zum Tanzabend mitfahren? Hätte ich nicht zu Hause bleiben können und kochen, backen oder putzen? Das tue ich doch sonst auch immer …

Ich muss ja wirklich lächerlich ausgesehen haben, wenn Mr Fraser mich ausgelacht hat. Das ist echt nicht nett und wirft ein ganz schlechtes Lehrerbild auf ihn. Apropos … Soeben verlässt er das Schulgebäude! Ich bekomme fast einen Herzinfarkt vor Schreck. Ohne auch nur einen Schimmer zu haben, was ich tue, ducke ich mich und hoffe, dass er mich nicht gesehen hat. Hoffentlich ist der Wagen neben Lisas Auto nicht der von Mr Fraser. Das würde mir noch fehlen.

Ich schleiche geduckt bis zur Motorhaube vor und versuche, den Englischlehrer zu erspähen. Ich sehe ihn aber nirgends, sodass ich mich traue, mich aufzurichten, aber dennoch zum Großteil hinter dem Wagen verborgen bleibe. Erleichtert atme ich auf. Er muss wohl wieder hineingegangen sein. Hoffentlich taucht er nicht gleich wieder auf.

Genau in diesem Moment sehe ich meine Meute aus dem Schulgebäude kommen und richte mich vollends auf. Jetzt kann ja nichts mehr schiefgehen.

Gut gelaunt gehen sie auf mich zu.

»Du warst ja schnell weg«, sagt Lisa und mustert mich. »Alles okay?«

»Klar. Mir ist es bloß zu stickig geworden.« Ich lächle gequält und hoffe, dass sie mir das abnimmt. Aber genau genommen ist es ja irgendwie wirklich so gewesen.

»Wir haben auch genug für heute. Lasst uns nach Hause düsen!«

Sie öffnet die Fahrertür und lässt sich auf den Sitz nieder. Wir anderen tun es ihr nach. Als wir losfahren drehe ich mich noch einmal zur Schule um und erschrecke. Mr Fraser steht wieder vor dem Eingang und schaut uns nach. Sofort ziehe ich den Kopf ein, denke mir aber, dass ich wohl überreagiere. Wieso sollte er nach mir Ausschau halten? Wobei mir gerade ein Grund einfällt. Ich wende meinen Kopf Amelie zu. »Gehst du morgen eigentlich wieder in die Schule?«

»Nein. Erst wenn die Reuter zugibt, dass sie meine Arbeit verschlampt hat.«

So ein Mist! Ich rutsche tiefer in den Sitz und überlege, wie ich meine Tochter umstimmen kann. Mr Fraser wollte bestimmt wissen, weshalb Amelie nicht in die Schule kommt, aber zum Tanzabend schon. Und ich könnte ihm auch keine Erklärung dafür liefern.

Was bin ich froh, dass dieser Tag bald Geschichte ist. Zu Hause angekommen, flüchtet Amelie vor mir in ihr Zimmer. Vermutlich will sie nicht noch mehr von mir genervt werden. Langsam weiß ich auch nicht mehr weiter. Es scheint eine aussichtslose Situation zu sein.

*\*\*\**

Am nächsten Morgen bin ich früher als sonst wach. Um genau zu sein, habe ich nicht mal wirklich viel geschlafen. Mich hat der Abend gestern zu sehr beschäftigt. Das kann doch nicht sein, dass ich so eingerostet im Tanzen bin. Oder? Ist das nicht so wie beim Fahrradfahren? Einmal gelernt, immer gekonnt. Jedenfalls habe ich mir meinen MP3-Player geschnappt, den ich ewig nicht verwendet habe. Ich war überrascht, dass er überhaupt noch funktioniert.
Dann habe ich einige Tanzlieder gesucht, was schwierig genug war. Meine Erinnerung lässt zu wünschen übrig.

Früher kannte ich einige Popsongs, zu denen man sogar Standard tanzen konnte. Irgendwie habe ich alle vergessen. Mit viel Mühe konnte ich einige zusammentragen. Diese Songs habe ich mir dann angehört und im Kopf versucht, die passenden Tanzschritte zu überlegen. Immer wieder bin ich dabei eingeschlafen und habe von Mr Fraser in einem Pinguinanzug geträumt, der mich pausenlos zum Tanzen aufgefordert hat. Jedes Mal habe ich mich breitschlagen lassen und nach drei, vier Tanzschritten, die ich natürlich allesamt falsch gemacht habe, hat er mich beiseitegestellt und mit einer blonden langhaarigen Tussi im Minikleid getanzt. Natürlich handelte es sich um ein pinkes Minikleid, genau dasselbe, das ich im Schrank hängen habe.

Ojemine, mir fällt ein, dass es nur noch drei Tage bis zum Ball sind und ich noch immer nichts Passendes zum Anziehen habe. Von diesem pinken Minikleid habe ich ja sichtlich Albträume. Ich muss mir schleunigst etwas einfallen lassen. Wegen dem ganzen Chaos der letzten Tage, habe ich wieder vergessen, mich nach einem Ballkleid umzuschauen. Wobei das so nicht ganz stimmt, ich habe ja sogar Zeitschriften durchgeblättert.

Und heute werde ich kaum Zeit haben, um in ein Geschäft zu gehen und mich dort umzusehen. Ich muss ja statt Rudolf arbeiten. Ganztags. Puh! Langsam bin ich gefrustet. Ich muss ständig für alles und jeden einspringen und gute Miene machen.

Zunächst richte ich mal die Sachen für das Frühstück. Nebenbei koche ich. Es gibt simples Reisfleisch mit Salat, den ich später frisch zubereiten werde.

Zu Amelie geh ich erst gar nicht hoch, als es Zeit wäre, sie für die Schule zu wecken, erst, als ich den Schwiegereltern alles serviert habe und mich gleich auf den Weg zur Arbeit machen muss.

»Ich komme erst gegen Mittag wieder«, erkläre ich Amelie, obwohl sie das ohnehin weiß. »Es wäre nett, wenn du mal etwas für die Schule machst. Du hast bestimmt genügend nachzuarbeiten, oder?«

»Ja, mache ich«, sagt sie gedehnt und ich bin mir ziemlich sicher, dass sie mir nur halb zugehört hat.

»Bis später.« Ich versuche aufmunternd zu klingen, schaffe es aber nicht.

Draußen ist es besonders frostig. Ich bin froh, als ich die Trafik erreiche und mache erst mal die Heizung an. Bis es spürbar wärmer wird, dauert es.

Heute ist wenig los, was mich nicht stört. Im Gegenteil. Ich nütze jeden Augenblick, um mich wieder an das Tanzen zu gewöhnen. Erstens möchte ich mir so eine Blamage wie gestern ersparen und zweitens hat mich das bisschen tanzen daran erinnert, welchen Spaß ich früher daran hatte. Ich muss zugeben, je länger ich übe, desto besser merke ich mir die einzelnen Schrittabfolgen. Wenn ich nicht weiterweiß, schaue ich mir eine Tanz-Anleitung aus dem Netz an. Ist ja verrückt, was alles im Internet zu finden ist.

So ist es beinahe Zeit zum Schließen, als ich das nächste Mal auf die Uhr schaue. Meine Tanzübungen sind bis dahin nur selten unterbrochen worden.

Als ich absperre, entdecke ich auf der anderen Straßenseite eine bekannte Gestalt, die Richtung Trafik geht. Vor ihm bin ich erst geflüchtet. Was will Mr Fraser schon wieder hier?

Ich drehe den Schlüssel um und eile hinten ins Magazin, wo ich mich verstecke.

Ganz vorsichtig schiele ich um die Ecke und erstarre, denn ich kann Mr Frasers blonde Locken erkennen. Der Englischlehrer meiner Tochter steht vor der Eingangstür und schaut herein.

Mein Herz klopft nervös. Er wird mich doch hier hinten nicht gesehen haben, oder?

Und wenn er bloß wieder Zigarillos kaufen will? Mir egal, ich kann ihm jedenfalls nicht vor die Augen treten. Der gestrige Abend lässt mich erschaudern und vermutlich bin ich für ihn ohnehin nur eine tanzende Witzfigur. Oder kommt er, damit er wegen Amelie nachhaken kann? Mir fällt ein, dass ich sie überhaupt nicht krankgemeldet habe. Zumindest offiziell. Normalerweise ist es so, dass man als Elternteil morgens in der Schule anrufen muss. Das habe ich nicht gemacht, denn irgendwie habe ich immer gehofft, dass Amelie doch noch hingehen würde. Oh Mann, ich bin eine schlechte Mutter! Zum Herzklopfen kommt auch noch Übelkeit hinzu. Ich muss all meine Probleme schleunigst lösen, sonst verstricke ich mich immer weiter darin. Das kann ja wohl nicht wahr sein!

Es dauert bestimmt fünf Minuten, bis Mr Fraser seine Position vor der Trafik beendet. Ich atme tief ein und warte zur Sicherheit noch weitere Minuten. Erst dann wage ich mich aus meinem Versteck und eile nach Hause. Etwas später als Üblicherweise, was mir weiteren Stress einbringt. Meine Schwiegereltern warten nämlich schon auf ihr Menü. Als ich das Reisfleisch und den Salat serviere, spricht mich Gerhild an. »Da ist vorhin so ein merkwürdiger Mann gewesen.«

Sofort läuten bei mir die Alarmglocken. »Was wollte er denn?«

»Keine Ahnung. Dich sprechen.« Sie klingt eingeschnappt. »Er hatte einen seltsamen Dialekt drauf.«

Meinen Puls spüre ich mittlerweile wild im Hals klopfen. »War er zufällig blond?«

»Ja genau. Und so wilde Locken hatte er. Äußerst ungepflegt, wenn du mich fragst. Männer sollten keine Locken tragen!« Sie schnauft. »Kennst du den Mann etwa?«

»Natürlich.« Ich stelle mich aufrecht hin. »Das muss Mr Fraser gewesen sein.«

»Ein Minister!« Rudolf verzieht das Gesicht. »Was will so ein hoher Herr bei uns?«

»Mister, nicht Minister«, versuche ich zu erklären. »Das ist Amelies Englischlehrer.«

»Wieso ist er zu uns gekommen?« Gerhild plustert sich auf. »Amelie wird wohl keine Probleme haben, oder?«

»Nein, keine Sorge.« Aber da bin ich mir gar nicht mehr so sicher. »Ist sie denn am Vormittag mal bei euch gewesen?«

»Wie denn, wenn das arme Ding krank ist!« Gerhild schüttelt den Kopf. »Also wirklich!«

»Na ja, vielleicht hast du ja auch mal nach ihr gesehen«, probiere ich es weiter.

»Natürlich!« Eifrig nickt sie. »Ich habe ihr den Toast mit Banane gebracht, so wie du es letztens vorgeschlagen hast. Rudolf hat auch einen bekommen. Hoffentlich heilt sein Fuß dadurch schneller.«

»Durch das Wundermittel Bananen-Toast?«, wage ich zu fragen. Ich muss aufpassen, dass ich nicht zu lachen beginne.

»Selbstverständlich! Wirkt fast wie ein Zauber«, sagt sie verschwörerisch.

Mit einem Mal muss ich an die Beeren von Frau Fairgut denken. Sie hat ihnen ja auch magische Fähigkeiten zugeschrieben. Bis jetzt merke ich nichts davon. Mein Leben ist genauso bescheuert wie sonst auch.

Na ja, abgesehen davon, dass Amelie wenigstens einen Ersatz für ihren Vater beim Tanzen gefunden hat. Das ist doch eine erfreuliche Nachricht.

»Hat Mr Fraser etwas ausrichten lassen?«, erkundige ich mich bei meinen Schwiegereltern.

»Nein«, meint Gerhild. »Nur, dass er dir etwas sagen wollte.«

»Na super«, murmle ich. Was das wohl sein mag? Bestimmt, dass Amelie weiteren Ärger hat, weil ich sie nicht krankgemeldet habe.

In diesem Moment vibriert es in meiner Hosentasche. Ich eile in die Küche und ziehe das Handy heraus. Die Schule! Augenblicklich würgt es mich.

# Kapitel 17

Ich traue mich gar nicht ranzugehen, überwinde mich dann aber doch.

»Hallo?«, krächze ich in den Hörer.

»Frau Piringer? Hier spricht Frau Martin, die Direktorin der Schule Ihrer Tochter.«

»G-guten Tag«, stottere ich. Gleich die Direktorin, das kann nur schlechte Nachrichten bedeuten.

»Ich muss Ihnen etwas mitteilen, bezüglich Ihrer Tochter. Könnten Sie vielleicht kurz vorbeischauen? Oder morgen?«

»Ich?« Oh Mann, ich könnte mir auf die Zunge beißen. Wer denn sonst? Amelies Vater vielleicht? Wenn der auch mal ein Problem übernehmen könnte … aber nein, ich muss jedes allein lösen. »Ich meine: Selbstverständlich. Und ich würde gleich vorbeikommen, wenn es recht ist.« Ärger aufschieben liegt mir nicht. Außerdem habe ich noch ein wenig Zeit, bis meine Nachmittagsschicht beginnt.

Anstatt selbst Mittag zu essen schnappe ich mir bloß eine dieser ominösen Beeren von Frau Fairgut. Sie schmecken ausgezeichnet und ich will sie demnächst fragen, wo sie diese Früchte herhat. Vielleicht kann ich ja so einen Busch im Garten ansetzen?

Bevor ich gehe, stürze ich noch die Treppe hoch und in Amelies Zimmer. Sie zeichnet noch immer am selben Bild.

»Ich sag es dir gleich«, beginne ich, »es gibt Ärger in der Schule!«

Verdutzt sieht sie mich an. »Wieso?«

»Nun ja, ich nehme an, weil ich vergessen habe, dich krank zu melden.«

»Hast du nicht angerufen?«

»Nein, ich dachte ja dauernd, dass du deinen Hintern doch noch rüber bewegst!« In meinem Magen beginnt es zu brodeln. Ich glaube nicht, dass mich hier die ganze Schuld trifft. »Du bist ja auch einfach zu Hause geblieben.«

»Ja«, sagt sie bloß.

»Und was soll ich dort erzählen?« Ich blicke meine Tochter prüfend an. Schlechtes Gewissen kann ich jedenfalls keines erkennen. Aber die Sorgenfalte erscheint auf ihrer Stirn.

»Keine Ahnung, Mama«, gibt sie zu. »Ich habe ja ohnehin gemeint, dass ich nicht mehr hingehe, wenn diese Reuter meine Arbeit nicht annimmt.«

»Hast du sie sicher abgegeben?« Mittlerweile zweifle ich sogar das an. So wie meine Tochter sich zurzeit benimmt, könnte ich ihr glatt den Kopf umdrehen.

»Na klar!«, faucht sie. »Glaubst du, ich lüge?!«

»Nein«, gebe ich zu. Zumindest hat sie mich bisher noch nie angelogen, also wieso sollte sie jetzt damit anfangen? Noch dazu, da ihr Abschluss in greifbarer Nähe ist. Das wäre ja lächerlich. Ich schnaufe durch. »Na gut, ich werde mal sehen, was mich in der Schule erwartet. Aber so einfach kommst du mir nicht davon!«

»Was soll das heißen?«

»Ich werde mich auf jeden Fall bei der Direktorin entschuldigen. Also, dass ich nicht angerufen habe. Von der Schule abmelden werde ich dich nicht.«

»Aber ich gehe nicht mehr hin!« Sie klingt beleidigt.

»Das musst du regeln. Immerhin willst du ja auch zum Abschlussball, nicht wahr?« Vielleicht habe ich ja doch einen Trumpf gefunden.

»Schon«, gibt sie zu.

»Eben. Und denkst du, du kannst mitmachen, wenn du von der Schule abgemeldet bist?«

Sie beißt sich auf die Lippen. »Keine Ahnung.«

»Siehst du! Also überleg dir das Ganze noch einmal.«

»Kannst du mich dann nur mal krankmelden?«, bittet sie kleinlaut.

»Mache ich«, antworte ich zufrieden. Vielleicht regelt sich das Problem ja doch noch. »Jetzt gehe ich mal rüber zur Schule. Kannst du dann für Oma und Opa Muffins richten?«

»Sicher.«

»Und dein Essen steht auch noch bereit …«

»Okay. Ich mache es mir dann warm.« Sie schnieft leise. »Danke Mama.«

Sofort ist mein Herz butterweich. Ich kann meiner Tochter eben nie lange böse sein. »Bis später!«

\*\*\*

Fünfzehn Minuten später bin ich bei der Schule. Den Weg zum Direktorat finde ich schnell, obwohl ich hierhin noch nicht oft gemusst habe.

»Ich wünschte, es würden sich alle Schulprobleme in Luft auflösen«, murmle ich vor mich hin und bleibe vor der Tür stehen. Dann klopfe ich und folge dem »Herein«.

»Hallo, ich bin Frau Piringer«, stelle ich mich artig vor.

Die Direktorin schiebt ihre Lesebrille von der Nase und sieht zu mir hoch. »Ach ja! Treten Sie nur näher!«

Die rundlichere Dame deutet auf einen freien Stuhl, der ihr gegenübersteht.

Unsicher lasse ich mich nieder und öffne den Zippverschluss meiner Jacke. Mir ist mit einem Mal wieder speiübel und meine Hände zittern.

Hoffentlich kann ich das mit der versäumten Entschuldigung geradebiegen. In der Schulordnung steht, dass man zu einem Anruf verpflichtet ist, ansonsten würde es Probleme geben. Das weiß ich, da ich die Schulordnung selbst unterschrieben habe. Amelie auch.

»Hören Sie, da gibt es eine Sache, über die wir sprechen müssen«, beginnt die Direktorin.

»Ja«, schneide ich ihr das Wort ab. »Es ist so, dass ich einfach vergessen habe, Amelie krank zu melden. Es tut mir so leid! Das ist keine böswillige Absicht gewesen.«

»Oh, natürlich.« Sie schenkt mir einen verständnisvollen Blick. »Geht es Amelie denn besser?«

Wumm, damit hat sie mich erwischt. Was soll ich antworten? »Nun ja, mal so, mal so …«

»Ich verstehe. Sie soll sich auskurieren, damit sie am Samstag fit ist!« Ein breites Lächeln zeigt sich auf Frau Martins Gesicht. »Ich freue mich schon sehr auf den Ball!«

»W-wir uns auch.« Ich weiß nicht, ob ich aufatmen soll oder nicht. Ist das Problem schon erledigt? Wieso musste ich wegen dem einen Satz herkommen? Ist es doch nicht so genau mit dem Krankmelden?

»Mr Fraser hat zu Beginn der Woche eingetragen, dass Amelie krank ist und dass Sie ihm Bescheid gegeben haben.«

»Ja?« Ist das so gewesen? Ich muss nachdenken. Zwar bin ich in der Schule gewesen und habe Amelie beruhigen müssen, als sie eigentlich Englisch gehabt hätte.

Aber ich habe sie da ja nicht mit nach Hause genommen.

Dann fällt mir ein, dass Mr Fraser sich erkundigt hat, weshalb Amelie nicht in seinem Unterricht gewesen ist. Aber deshalb hat er sie doch nicht seither krankgeschrieben? Oder doch?

»Nun, Mr Fraser hat mir noch etwas anderes mitgeteilt«, beginnt sie.

Mir schnürt es den Hals ab. Was denn? Dass ich ein Tanzclown bin? Dass ich Tanzverbot bekommen sollte?

»Es hat ein winziges Problem mit Frau Professor Reuter gegeben ...«, erklärt sie. »Oder besser gesagt, eine Drohung, dass Ihre Tochter eine weitere Arbeit schreiben müsse, weil sie die angebliche Projektarbeit nicht abgegeben hätte.«

»Ich erinnere mich.«

»Genau. Also es ist so, dass Mr Fraser zu mir gekommen ist und sich nach einer faireren Lösung erkundigt hat.« Sie schüttelt ihren Kopf, sodass der hohe Dutt hin und her wackelt. »Auf jeden Fall bin ich los, um mit Frau Professor Reuter zu reden. Sie muss Amelie auf jeden Fall die Möglichkeit geben, die Projektarbeit noch vor den Abschlussprüfungen einzureichen und zu bewerten.«

Ich glaube, ich höre nicht richtig. »Das klingt hervorragend!«

»Gut. Aber es ist etwas ganz anderes passiert ...«, sagt sie geheimnisvoll.

Meine Ohren werden immer größer. Ist das eine gute oder schlechte Andeutung?

»Kaum will ich mit der Kollegin die Sache besprechen, nimmt sie einen Stapel Mappen von ihrem Platz, damit wir uns setzen können.« Frau Martin lächelt triumphierend. »Und raten Sie, was sich dazwischen befunden hat!«

Mich beschleicht eine Ahnung. »Amelies Projektarbeit?«

»Exakt! Anscheinend muss diese Arbeit in einem anderen Stapel dazwischen gerutscht sein.« Sie zuckt mit der Achsel. »Das war noch einmal Glück im Unglück, nicht wahr? Ich meine, wir hätten das schon hinbekommen mit der Bewertung, aber nun ist mir auch wohler. Problem gelöst!«

Sofort ist dieses einengende Gefühl weg, das mich schon die ganze Zeit begleitet. »Kann Amelie also ganz normal zu den Abschlussprüfungen antreten?«

»Natürlich!« Frau Direktor Martin nickt eifrig. »Kann ich Ihnen sonst noch irgendwie behilflich sein?«

»Nein, ich denke nicht.« Langsam erhebe ich mich und beobachte mein Gegenüber genau. Ich bin mir nämlich nicht ganz sicher, ob das Gespräch beendet ist.

Doch die Direktorin steht ebenfalls auf, geht rund um den Schreibtisch und streckt mir die Hand hin. »Vielen Dank fürs Vorbeikommen. Es war mir wichtig, ihnen die Botschaft persönlich zu überbringen.«

»Und ich danke Ihnen. Sie haben unseren Tag gerettet.« Oder Amelies Zukunft, besser gesagt. Ich drücke ihre Hand und verabschiede mich dann.

Mit einem dicken Grinsen im Gesicht marschiere ich durch das Schulhaus Richtung Ausgang. Doch meine Miene friert ein, als ich nur wenige Meter vor mir einen blonden Wuschelkopf entdecke, der aus einem Klassenzimmer tritt. Ich bleibe sogar stehen, in der Hoffnung, dass mich Mr Fraser nicht entdeckt. Aber anscheinend habe ich heute das Glück wohl schon überstrapaziert.

»Hi Mr Fraser«, setze ich an, da er mich sowieso schon gesehen hat und sich zu mir umdreht.

»Na, so ein Zufall!« Er schaut vergnügt drein. »Sie habe ich heute schon gesucht.«

»Ach so?« Ich tue ganz unschuldig und hoffe, dass ich nicht rot werde. Immerhin habe ich mich schon in der Trafik vor ihm versteckt, ganz zu schweigen von gestern Abend.

Er nickt bestätigend. »Ich bin auch bei Ihnen in der Arbeit gewesen und auch zu Hause.«

»Tut mir leid, da haben Sie mich anscheinend immer verpasst.« Ich lächle und frage mich, was er denn so Dringendes wollte. Amelie hat gar keinen Ärger wegen der Fehlstunden und dem Nichtmelden.

»Ich wollte Ihnen mitteilen, dass die Projektarbeit gefunden wurde!«

»Das weiß ich schon«, rutscht es mir raus. »Trotzdem danke.«

»Oh, ich dachte, ich könnte Ihnen eine Freude mit der Neuigkeit machen.« Sein Gesicht wird ganz weich und er blickt mich treuselig an. »Wo Sie doch letztens solche Sorgen hatten.«

»N-natürlich«, stammle ich. Von dieser ehrlichen und liebenswerten Aussage bin ich verblüfft. Ich hätte eher mit doofen Sprüchen wegen meiner nicht mehr vorhandenen Tanzkünste gerechnet.

»Hatten Sie gestern Abend viel Spaß beim Tanzen?«, erkundigt er sich nun.

»Es geht so«, antworte ich.

»Sie haben großartig ausgesehen. Die Leidenschaft fürs Tanzen sieht man Ihnen an.«

Fast will ich fragen, ob er mich veräppeln will, aber ich halte mich zurück und mustere ihn kritisch. Doch seine Miene sieht lieblich aus, sodass ich glaube, dass er es ernst meint.

»Leider habe ich Sie dann aus den Augen verloren.« Er zieht die Mundwinkel leicht hinunter. »Dabei wollte ich Sie um einen Tanz bitten.«

Fast kippe ich aus den Latschen. »Mich?«

Er lächelt verlegen. »Nun ja, ich bin kein hervorragender Tänzer, aber ich habe den Impuls verspürt, Sie danach zu fragen.«

Mein Herz klopft unregelmäßig und ich werde nervös. »Es ... tut mir leid ...«, stammle ich. »Ich musste plötzlich weg.«

Er nickt verständnisvoll. »Sehr schade. Aber vielleicht reservieren Sie mir einen Tanz am Abschlussball?« Seine Augen beginnen zu leuchten und mir jagt ein Schauer über den Rücken.

»Selbstverständlich«, flöte ich und bin über mein Herzwummern erstaunt.

Reiß dich zusammen!, schimpfe ich mit mir still. Aber mir sind solch blitzende Augen noch nie untergekommen. Sie schimmern silbergrau-blau. Das hübsche Lächeln dazu macht den Mann vor mir fast unwiderstehlich. Aber ich räuspere mich und versuche, einen klaren Kopf zu bewahren. Immerhin ist das der Lehrer meiner Tochter! Auf keinen Fall darf ich mit ihm flirten, auch wenn er so smart aussieht. Bestimmt ist er nur ein äußerst freundlicher Mensch. Und wer weiß, vielleicht fragt er ja jede Mutter aus der 8A, ob sie mit ihm tanzt. Sofort vergeht meine Aufregung und ich werde ruhiger, ja bin eher enttäuscht.

»Wir sehen uns am Samstag«, sage ich in gleichgültigem Ton und mache einen Bogen um ihn.

»Auf Wiedersehen«, ruft er mir hinterher.

Schnell marschiere ich aus der Schule. Erst als ich die Tür nach draußen öffne, wage ich einen Blick über meine Schulter. Mr Fraser ist mir ein Stück hinterhergegangen. Nun steht er neben dem Kaffeeautomaten und winkt mir fröhlich zu.

Ich fühle mich ertappt und haste ins Freie. Erst als ich das Grundstück verlassen habe, werde ich langsamer. Puh, das waren ja Neuigkeiten!

Und was ich von Mr Fraser halten soll, weiß ich auch nicht. Aber ich weiß ja, dass Engländer irre freundlich sind. Ganz anders als wir Österreicher. Sie sind zwar insgesamt zurückhaltender, aber äußerst hilfsbereit, stets gut gelaunt und entschuldigen sich pausenlos, zum Beispiel, wenn jemand ihnen im Weg ist. Verrückt, oder? Das alles weiß ich nur, weil Amelie vor vier Jahren in London gewesen ist. Ein Sprachaufenthalt mit ihrer Schule ist das gewesen.

Bis ich zu Hause bin, grüble ich darüber.

Gerhild hat mich kommen sehen und erwartet mich im Flur. »Da bist du ja endlich! Wo warst du denn?«

»Ich musste schnell in die Schule«, sage ich knapp, denn ich muss unbedingt sofort mit Amelie reden, sonst platze ich.

»Ach so«, sagt sie gedehnt. »Hör zu, wir müssen uns unterhalten!«

Ich schiebe sie ein wenig beiseite, weil ich nach oben will. »Gleich! Muss noch was erledigen.«

Ich merke schon, dass sie sich aufplustert, bin aber schneller, als sie loslegen kann.

Ich klopfe fest an Amelies Zimmertür und trete ein, sobald ich das altbekannte »Herein« vernehme.

»Hi! Ich bin zurück!«, sage ich und keuche. »Stell dir vor …«

»Was ist los. Du siehst aus wie eine Dampflok!«

»Was soll denn das heißen?« Ich stelle mich vor ihren Spiegel und bemerke entsetzt, dass sie recht hat. Mein Haar steht in allen Richtungen ab, sieht unfrisiert aus und meine Wangen sind knallrot. Muss wohl an der Kälte draußen liegen.

»Sag schon, was los ist. Hast du mich bei der Direktorin entschuldigt?« Neugierig stellt sie sich hinter mich.

»Nein«, antworte ich und muss über Amelies entsetzten Blick lachen. »War nicht nötig. Mr Fraser hat das am Anfang der Woche erledigt.«

Amelie runzelt ihre Stirn. »Wieso das denn? Er wusste doch gar nicht, dass ich krank bin. Oder hast du ihm etwas gesagt?«

»Nicht direkt ...«, erwidere ich. Mir fällt das Zusammentreffen vor der Klasse wieder ein und sein Blick, als er mich im pinken Kleid gesehen hat. War das vielleicht auch nur ein Scherz gewesen, dass es mir gut stünde? Ich bin mir überhaupt nichts mehr sicher, was diesen Mann betrifft. Er verwirrt mich einfach. Muss daran liegen, dass er Engländer ist.

Meine Tochter rüttelt an meinem Arm. »Hallo! Sag schon, was passiert ist.«

Ich nehme ihre Hände in meine und erkläre ihr, dass die Projektarbeit aufgetaucht ist.

»Echt?« Ihr Gesicht beginnt zu leuchten. »Das ist ja Zauberei!«

Für einen Moment halte ich inne. Ist es das tatsächlich?

# Kapitel 18

Mir fallen die Worte von Frau Fairgut wieder ein. Alles, was man sich wünscht wird wahr, sobald man die Beeren isst. Amelie hat doch von den Beeren gegessen und ich habe mir gewünscht, dass sie wieder in die Schule geht. Seltsam, oder?

Wobei mir auch einfällt, dass ich mir gewünscht habe, dass Vater-Tanz-Problem würde sich lösen. Hat es auch. Aber Izmael hat keine Beere gegessen.

Was für alberne Gedanken! Frau Fairgut hat mich anscheinend verzaubert, sodass ich beinahe an ihre Worte geglaubt hätte.

»Mama! Das ist ja megakrass!« Amelie lässt mich los und hüpft durchs Zimmer. »Ich bin so erleichtert!«

Und ich erst, denke ich. »Ich freue mich für dich. Es wird doch alles gut.«

»Und ob!«

»Hör mal, ich muss gleich wieder in die Trafik. Kannst du Oma und Opa dann einen Kaffee zubereiten?«

Amelie bleibt stehen. »Erstens habe ich überhaupt keine Zeit, ich muss alle versäumten Schulsachen aufholen. Aber pronto! Und zweitens sollst du doch zu Hause bleiben und alles für Cousine Elsegret und Irmengard vorbereiten.«

»Wie bitte?« Mit riesigen Augen schaue ich meine Tochter an.

»Hat Oma dir nichts gesagt?«

Mit einem Mal wird mir alles klar. Das wollte sie also so dringend besprechen. »Ich glaube, sie hatte es eben vor …« Mit einem tiefen Seufzer lasse ich Amelie allein und mache mich auf die Suche nach Gerhild.

Ich finde sie im Wohnzimmer bei Rudolf. Die beiden lesen irgendein Papier, im Hintergrund läuft der TV.

»Hallo«, melde ich mich zu Wort. »Ich wollte euch nur Bescheid geben, dass ich wieder arbeiten gehe.«

Beide sehen mich an als würde ein Alien vor ihnen stehen. »Das tust du nicht«, sagt Rudolf beinahe bissig.

Verblüfft verharre ich an Ort und Stelle. »Nicht?«

Ein überdeutliches Augenrollen meines Schwiegervaters ist die Folge.

»Muss man alles zehn Mal sagen?«

»N-nein«, stottere ich und frage mich, was ich nun wieder falsch gemacht habe. »Geht es dir etwa besser und du fährst selbst hin?«

»Also Mariella … was fantasierst du schon wieder vor dich hin?«, mischt sich Gerhild ein. »Wir haben längst Mark angerufen, dass er die Nachmittagsschicht übernimmt.«

»Ach ja?« Ich fühle mich wie ein Pudel, der im Regen stehengelassen wurde.

»Meine Nichten kommen. Elsegret und Irmengard.« Gerhild kneift ihre Augen zusammen. »Das habe ich dir längst auf diese Mailingdingsbox gesprochen.«

»Tut mir leid … ich bin noch gar nicht dazugek…«

Schon schneidet sie mir das Wort ab. »War ja klar! Auf jeden Fall sitzen Rudolf und ich seit einer Weile an den Listen.«

»In Ordnung«, sage ich, obwohl ich überhaupt nichts verstehe. Und wieso muss überhaupt Mark in der Trafik einspringen? Brauchen mich meine Schwiegereltern etwa zum Servieren? »Möchtet ihr, dass ich etwas zu essen vorbereite? Bleiben die beiden zum Abendessen?«

Rudolf schaut mich fassungslos an, während Gerhild entsetzt auflacht.

»Natürlich sollst du etwas vorbereiten!« Sie schüttelt den Kopf. »Was denkst du, für wen die Listen hier sind?« Mit einigen Blättern in der Hand wedelt sie umher. »Hier!«

Zögerlich trete ich an sie heran und nehme das Papier. Ich überfliege die einzelnen aufgelisteten Punkte.

»Boden wischen, neue Handtücher besorgen, Kuchen backen, Schlafzimmer vorbereiten …« Stirnrunzelnd blicke ich von der Liste hoch und frage: »Übernachten Elsegret und Irmengard bei uns?«

»Selbstverständlich«, brummt Rudolf. »Was denkst du denn? Immerhin wollen sie zum Ball mitgehen.«

Mir rutscht das Herz in die Hose. Ist das sein Ernst? Ich will schon sagen, dass die beiden eigentlich nicht eingeladen sind, beiße mir aber auf die Lippe. So unhöflich kann ich nicht sein und irgendwie gehören sie ja zur Familie …

»Du musst meine Schätzchen auch vom Flughafen abholen. Also schau nach, wann sie landen und bereite bis dahin alles vor. Sie sollen sich wie in einem Palast fühlen!« Gerhild macht aufscheuchende Bewegungen.

Ich will schon los, da fällt mir etwas ein. »Wo sollen die beiden schlafen?«

Gerhild macht große Augen. »Na, in Amelies Zimmer. Was denkst du denn? Etwa hier auf dem Sofa?«

»Natürlich nicht …«

»Amelie hat bestimmt nichts dagegen, bei dir in der Dachkammer zu schlafen, nicht wahr? Sie ist doch so ein liebes Mädchen.«

»Ich sage es ihr gleich«, gebe ich kund.

»Fein und dann nichts wie ran an die Arbeit! Du weißt ja, was du zu tun hast.« Sie zeigt auf die Liste.

Ich ziehe mich zurück und gebe meiner Tochter Bescheid. Sie nimmt es mit Fassung auf.

»Irgendwie habe ich mir das schon gedacht«, gesteht sie.

»Macht es dir etwas aus, dass du oben schlafen musst?«

»Nicht wirklich. Ich will nur meine privaten Dinge gut verstaut wissen.«

»Ich danke dir für dein großes Herz! Und ich werde zusehen, dass wir für oben eine dickere Decke finden. Es ist eiskalt.«

»Und du hältst das sonst immer aus?« Sie schüttelt den Kopf. »Mama, du musst echt mehr auf dich Acht geben!«

»Ich werde es versuchen«, meine ich gutmütig. Aber an erster Stelle steht bei mir meine Tochter. »Unten im Wohnzimmer wäre es wärmer, aber da hast du dann die anderen ständig um dich.«

»Nein, ist kein Thema. Ich schlafe gern im Dachzimmer.«

»Und dass die Cousinen deiner Großeltern sich selbst auf den Ball eingeladen haben, geht für dich auch in Ordnung?« Ich verziehe den Mund.

»Ja, sollen sie auch mal Spaß haben.« Amelie zwinkert.

»Du bist ein Schatz!« Ich drücke ihr ein Küsschen auf den Mund. »Willst du schon mal deine Sachen zusammenräumen und verstauen und es dir danach oben gemütlich einrichten?«

»Mache ich.« Sie nickt eifrig. »Schau mal, mein Bild ist fertig.«

Sie zeigt mir das Aquarell. »Wow, wirklich ein Kunstwerk.«

»Danke.« Sie lächelt selig.

»Ich fürchte, ich habe jede Menge zu tun«, sage ich entschuldigend und halte die Liste in die Luft.

»Ist die von Oma?« Amelie schmunzelt. »Sie übertreibt gern.«

»Das kannst du laut sagen!« Schwungvoll drehe ich mich um und mache mich an die Arbeit. Zuerst muss ich allerdings noch rausfinden, wann der Flug der beiden Cousinen eintrifft. Erleichtert stelle ich fest, dass mir noch einige Stunden bleiben, um alles frisch zu machen.

Punkt für Punkt arbeite ich alles ab. Gelegentlich frage ich mich, ob die Schwiegereltern das schon lange so geplant haben. Muss wohl so sein, als ich an den Einkauf von gestern denke. Ich ärgere mich ein bisschen. Hätten sie mir nicht früher Bescheid geben können? Dann wäre ich jetzt nicht in so einem Stress und hätte schon eher mit den Vorbereitungen starten können.

Ich beginne mal mit dem Bad im ersten Stock, das eigentlich nur Amelie und ich nutzen. Die Schwiegereltern haben ihres ja im Erdgeschoss. Ich schaffe Platz, damit Elsegret und Irmengard ihre Toilettensachen abstellen können. Außerdem putze ich noch einmal alles gründlich und lege dann frische Handtücher für die Gäste bereit.

Amelie hat ihr Zimmer schnell geräumt, sodass ich das Bett frisch beziehe. Ich hoffe, die beiden Nichten von Gerhild haben darin Platz. Da es aber kein Einzelbett ist, wird es sich wohl ausgehen.

Den Raum lüfte ich anständig, sauge den Boden, wische Staub und stelle eine Duftlampe auf. Sieht ganz annehmbar aus, wie ich finde.

Dann bereite ich ein ausgiebiges Abendessen zu, richte im Esszimmer alles so weit her und muss schon los.

Auf dem Weg zum Flughafen bildet sich Stau, womit ich aber schon gerechnet habe.

Ich drehe das Radio auf und schunkle zur Musik. Dabei stelle ich mir in Gedanken vor, wie ich dazu tanze. Mir fällt ein, dass ich heute Abend gar nicht mit Amelie und Izmael zum Tanzkurs kann. Aber das ist vermutlich ohnehin besser so. Nicht dass mir wieder jemand auf die Pelle rückt. Oder dass Mr Fraser unvermittelt wieder auftaucht. Wobei, wenn ich an seine silbergrau-blauen Augen denke …

Ein Hupen erschreckt mich. So was … vor mir hat sich der Stau aufgelöst. Die Fahrt geht weiter.

Ich komme pünktlich und habe noch einen kleinen Zeitpuffer. Gemütlich hole ich mir einen Kaffee und stelle mich auf die Dachterrasse, um die landenden und steigenden Flugzeuge zu bewundern. Irgendwann möchte ich auch gerne mal wieder einen Flieger betreten und irgendwohin abheben. Das letzte Mal, als ich geflogen bin, ist schon ziemlich viele Jahre her. Das war noch vor Amelies Geburt. Wahnsinn!

Jetzt sehe ich ein weiteres Flugzeug, das gleich landet. Ich schaue auf das Handy. Vermutlich ist das schon der Flieger aus München, auf den ich warte.

Nach der Landung dauert es nicht lange und eine Reihe an Personen steigt aus.

Sofort erkenne ich Gerhilds Nichten. Beide haben orange-blondes Haar, gefärbt natürlich. Das sieht man schon von Weitem.

Langsam mache ich mich auf den Weg nach unten in Richtung Ankunft. Nach wenigen Minuten trudeln Elsegret und Irmengard heraus und schauen sich suchend um, obwohl ich längst mit den Armen wedle. Das gibt´s ja wohl nicht. Bin ich etwa unsichtbar?

# Kapitel 19

Schließlich gehe ich direkt auf sie zu und begrüße sie. »Hi, ihr zwei!«

»Hallo«, sagen sie gleichzeitig und äußerst gedehnt. Sie klingen ja so, als hätten sie den ganzen Flug über geschlafen. Dabei braucht man von München bis Graz bloß eine dreiviertel Stunde.

»Wie war euer Flug?«, erkundige ich mich höflich.

»Langweilig«, antwortet Elsegret.

»Und wie«, fügt Irmengard hinzu.

Ich blicke von einer zur anderen und stelle vergnügt fest, dass sich beide kaum verändert haben und sich generell sehr ähneln. Das lange blondierte Haar, derselbe Pony, beide grell geschminkt und mit vielen bunten Armbändern an den Armen.

»Dann hoffe ich, dass ihr bei uns mehr Spaß haben werdet. Wollen wir los?«

»Klar«, sagen sie wieder gleichzeitig und schieben mir ihre Koffer vor die Füße.

Zwar will ich fragen, ob das ihr Ernst sei, aber ich kenne die Antwort ja ohnehin, deshalb nehme ich das Gepäck und ziehe es hinter mir her.

Die Fahrt zum Haus dauert nicht lange und die Begrüßung fällt stürmisch aus. Selten habe ich Gerhild und Rudolf so fröhlich gesehen.

Auch Amelie hat sich heruntergebequemt, um die Gäste zu empfangen und das im wahrsten Sinne des Wortes, denn sie steht mit einem Silbertablett vollgefüllter Sektflöten artig da.

»Nehmt euch doch ein Gläschen«, bietet Gerhild den Gästen an. »Mariella wird inzwischen euer Gepäck hochbringen und uns anschließend das Essen servieren.«

Sie wendet mir nicht einmal ihr Gesicht zu, sondern schnappt sich ein Glas.

Eigentlich hätte ich auch Lust auf ein Gläschen, verkneife mir es aber. Später wird auch noch Zeit dafür sein. Ich hieve das Gepäck nach oben. Als ich das zweite Teil schnappen will, eilt mir Amelie zur Hilfe. Gemeinsam tragen wir es Stufe für Stufe hinauf.

»Meine Güte, was haben die da mitgeschleppt? Steine?«, ächze ich.

»Beeil dich, Mama. Ich muss zum Tanzkurs.«

»Oh, klar. Geh nur. Ich schaff den Rest allein.«

Amelie packt aber noch einmal kräftig an und dann ist auch der zweite Koffer in ihrem Zimmer.

»Du kannst heute wohl nicht mit, was?« Sie drückt mir ein Küsschen auf die Wange und ruft im Gehen noch »Tschüss!«

»Bis später! Und grüß mir Izmael und Lisa.«

Wie mir aufgetragen wurde, kümmere ich mich anschließend ums Essen. Im Zimmer nebenan herrscht ausgelassene Stimmung.

In der Küche finde ich noch einen Rest in der Sektflasche und genehmige mir diesen feierlich. Obwohl ich wieder einmal nur eine billige Dienstmagd für die Schwiegereltern bin, habe ich heute etwas zu feiern. Erstens sind Amelies Schulprobleme gelöst und zweitens auch die Tanzprobleme. Das erleichtert mein Herz.

Die anderen sind zufrieden, wenn ich nach und nach die einzelnen Gänge serviere und plaudern ohne Ende. Sie verlangen, dass ich noch eine Flasche Sekt öffne und danach möchten sie Wein.

Ich gehorche brav, genehmige mir aber von allem selbst ein Glas und merke, wie mir der Alkohol zu Kopf steigt.

Amelie kehrt spät nach Hause zurück und verschwindet gleich nach oben.

Ich hänge in der Küche fest. Das ewige Nachliefern, Abservieren, Wegräumen dauert lange und dazwischen bereite ich schon mal das Essen für morgen und auch übermorgen vor soweit es geht, denn da findet schon der Ball statt. In den nächsten Tagen werde ich wenig Zeit zum Denken haben, und zum Tun noch viel weniger, deshalb möchte ich gut vorbereitet sein. Zudem haben wir ja zusätzliche Personen zu bewirten. Alles nicht ganz einfach.

Irgendwann wird es still im Nebenraum. Die Gäste und die Schwiegereltern haben sich in ihre Schlafzimmer verzogen. Ich lüfte ordentlich, während Purple ins Haus schleicht und ihr Futter verlangt.

Mit einem Mal höre ich ein Knacken aus der Küche. Verwundert sehe ich nach und entdecke Karli.

»Na, wo kommst du denn her?«

Das Tier fiept einige Male und hält eine Nuss in seinen Pfoten.

»Du bist mir ja einer«, sage ich lachend und sehe ihm nach. Er läuft direkt aus dem Fenster hinaus und springt auf den Baum, der davorsteht.

Als ich mit allem fertig bin, ist es weit nach Mitternacht. Ich will nach oben in mein Zimmer, bemerke aber, dass Amelie das gesamte Bett belegt. Deshalb gehe ich doch wieder nach unten und lege mich einfach aufs Sofa. Das ist kein Problem, ich stehe ohnehin als Erste wieder auf.

Die Nacht ist kurz, schon vor dem Morgengrauen erwache ich.

Purple drängt bereits auf ihren Morgenausflug, das Eichhörnchen ist auch schon munter und wirft eine Nussschale gegen das Fenster. Ich schaue nach draußen und rufe ihm zu, ob es schon alles aufgegessen hätte.

»Ja«, tönt es und ich würde mir am liebsten die Ohren waschen gehen.

Stattdessen reibe ich mit den Händen meine Augen und versuche erst einmal, richtig munter zu werden. Vielleicht war das Mischen des Alkohols gestern Abend doch keine so gute Idee. Ich muss fit werden. Heute gibt es viel zu tun. Morgen steht dann Amelies großer Tag an. Der Abschlussball!

Zunächst backe ich die Brötchen, richte das Frühstück für alle und verabschiede Amelie in die Schule. Sie musste zeitiger aufstehen als der Rest, schnappt sich eine noch warme Salzstange und ist schon zur Tür raus.

Etwas später trudeln die anderen ins Esszimmer. Rudolf scheint es auch wieder besser zu gehen mit seinem Fuß. Er humpelt nicht mehr.

»Ich fahre dann in die Trafik«, tue ich kund, da es schon gleich Zeit zum Öffnen ist.

»Tu das, aber Mark wird dich später ablösen«, erklärt Rudolf direkt. »Du musst dann noch einmal zum Flughafen fahren.«

»Was?« Ich blicke von einem zum anderen. »Kommt noch ein Gast?« Verzweifelt überlege ich, wo wir diesen unterbringen sollen.

»Unsere Ballkleider treffen heute ein«, erklärt Elsegret schnöselig.

»Ach ja?« Das klingt ja irre. »Haben die einen extra Flugplatz besetzt oder wieso kommen die erst heute?«

»Nun, sie werden extra von Mailand eingeflogen«, sagt Irmengard hochnäsig. »Dabei handelt es sich um teure Designerware.«

»Du musst vor deiner Mittagspause los«, sagt Rudolf. »Deshalb fährst du am besten direkt mit dem Wagen zur Trafik.«

»Und das Essen?«, fällt mir ein.

»Wir gehen ins Restaurant.« Gerhild lächelt breit. »Zur goldenen Pastete.«

Augenblicklich rumort mein Magen und erinnert mich daran, dass ich noch nichts gegessen habe.

»Wir bringen für Amelie etwas mit«, fügt Gerhild hinzu. »Dann hat sie etwas zu essen, wenn sie von der Schule kommt.«

Ich nicke dankbar und wage es nicht zu fragen, wer für mein Mittagessen sorgt. Deshalb nehme ich in der Küche gleich mehrere übrig gebliebene Gebäckstücke und packe alles in eine Tüte. Ich esse unterwegs einen Bissen davon und mittags im Auto …

Da ich mit dem Auto zur Trafik fahre, erreiche ich sie pünktlich zur Öffnung. Die ersten Kunden lassen nicht lange auf sich warten.

Plötzlich steht Mark neben mir. »Hi.«

»Hallo, du hast mich aber erschreckt«, gebe ich zu und betrachte den hageren Studenten, der ein überlanges Shirt trägt und zu kurze Hosen.

»Sorry, war keine Absicht.« Er wirft sein langes Haar nach hinten.

»Du bist aber früh dran«, meine ich und blicke auf die Uhr. »Ich habe noch über eine Stunde Zeit, bis ich los muss.«

»Oh, kein Thema. Ich komme gerade von der Uni. Meine Vorlesung ist schon aus und ich dachte, ich gucke mal hier vorbei.«

»Willst du denn nicht noch einen Kaffee trinken gehen oder so?« Wir müssen ja nicht beide hier rumstehen …

»Muss nicht sein. Kann ich dir irgendwie helfen?«
Er mustert neugierig das Heft, das ich durchblättere. Es handelt sich um eine Frisurenzeitschrift. Ich habe mir noch keine passende Frisur für morgen Abend überlegt.

»Nicht wirklich«, sage ich. »Ich brauche für den Ball eine gut sitzende Frisur.«

»Richtig, Amelies großer Abend steht ja an. Cool!« Er lächelt. »Freut sie sich schon?«

»Und wie.« Ich klappe das Magazin zu und stecke es zurück ins Regal.

»Prima. Wirst du Rosenkönigin werden?« Er grinst schelmisch.

»Wie kommst du denn darauf?«

»Nur so. Du hättest es verdient.« Er nickt bestätigend. »Wo du dein Leben so toll rockst.«

Nun muss ich lachen. »Sei nicht albern. Ich habe doch nichts erreicht.«

»Na, hör mal«, schimpft er los. »Schau dich mal an. Du bist alleinerziehend, hast eine wundervolle Tochter, kümmerst dich aufopferungsvoll um deine Schwiegereltern, bist eine gute Chefin …«

Ich winke ab, ehe ich rot werde. »Ist ja lieb, dass du das so siehst, aber das stimmt ja alles gar nicht.«

»Wieso?« Er runzelt die Stirn.

»Beispielsweise bin ich nicht deine Chefin.« Ich zwinkere ihm zu. »Sondern nur eine Arbeitskollegin.«

»Blödsinn«, tut er meine Worte ab. »Du wirst den Laden übernehmen, oder?«

»Wie kommst du auf diese Idee?«

»Na ja, Rudolf ist doch schon älter …«

»Unsinn, so alt ist er doch noch gar nicht.« Oder? Nun ja, vielleicht doch. Aber so wie ich ihn kenne, wird er die Trafik eher verkaufen, als mir überlassen. Ich spüre, wie ich mich aufrege und schnappe meine Jacke.

»Ich muss los.« Stürmisch reiße ich die Tür auf und haste nach draußen.

»Hey, warum so eilig?« Mr Fraser steht vor mir und schmunzelt. »So oft, wie ich Sie davonlaufen sehe, kann man fast glauben, Sie wären eine Gazelle.«

»Haha«, sage ich und rolle mit den Augen. Will der Kerl mich wieder veräppeln? »Sorry, kann jetzt nicht quatschen, ich muss zum Flughafen.«

»Bekommen Sie Besuch?«, fragt er interessiert.

»Nein, ich hole Ballkleider ab«, antworte ich knapp und habe den Drang zu flüchten. In meiner Jackentasche suche ich nach dem Autoschlüssel, finde ihn und drücke auf den automatischen Türöffner. Es macht Klack, schon sause ich zur Fahrerseite und reiße die Tür auf. »Keine Sorge, ein Kollege bedient Sie, falls Sie etwas kaufen wollen. Bis dann!«

Vor Aufregung finde ich den Schlitz für die Zündung nicht sofort. Als ich den Schlüssel endlich hinein verfrachtet habe, bemerke ich, dass meine Hände zittern. Fest lege ich sie ums Lenkrad, versuche, nicht noch einmal zu Mr Fraser zu schielen und starte den Motor. Erst als ich einige Meter geradeaus gefahren bin, halte ich nach dem Englischlehrer meiner Tochter Ausschau. Er steht noch an derselben Stelle und blickt mir hinterher.

Ein Hupen neben mir ertönt und ich bemerke, dass ich auf der Busspur fahre. Hastig blinke ich und schere vor einem Wagen in die richtige Spur ein. Oje, hoffentlich hat Mr Fraser das nicht auch noch gesehen. Wo ich doch sowieso schon die Witzfigur für ihn bin. Zuerst das Minikleid, dann der alberne Tanz und vorhin die Aussage, dass ich Ballkleider vom Flughafen hole. Geht´s noch? Selbst ich finde das alles höchst irre.

Ich schnaufe tief durch und muss mich beruhigen.

Die restliche Fahrt versuche ich, den Englischlehrer aus meinen Gedanken zu verbannen und mich auf den Straßenverkehr zu konzentrieren.

Am Flughafen halte ich Ausschau nach den Gepäckstücken und frage mich die ganze Zeit, wer mir diese überbringen wird. Von allein werden sie wohl kaum zu mir rollen.

Der Flieger ist längst gelandet und auch viele Passagiere sind bereits mit ihren Koffern und Taschen durch den Ankunftsschalter marschiert. Von Minute zu Minute gehen weniger Leute durch die Tür. Als Stillstand herrscht, überlege ich, bei wem ich mich nach den Gepäckstücken erkundigen könnte. Da kommt eine Sicherheitsbeamtin auf mich zu.

»Frau Kuzlovski?«, fragt sie mit dunkler Stimme, die überhaupt nicht zu ihrem weiblichen Aussehen passt.

»Nicht direkt, aber ich soll für Kuzlovski Gepäckstücke abholen.«

»Tja, ich habe eine schlechte Nachricht. Das Gepäck ist in Mailand hängengeblieben. Beim Zoll …« Sie hebt die Schultern und reicht mir einen Zettel. »Bitte füllen Sie den aus und wir benachrichtigen Sie, wenn die Gepäckstücke eintreffen.«

Ich glaube, mich tritt ein Pferd, ich kann doch nicht ohne Ballkleider nach Hause kommen! »Wissen Sie, wann das zirka sein wird?«

»Leider nicht. Der nächste Flug aus Mailand kommt in drei Stunden und der übernächste morgen um dieselbe Zeit an. Ob Ihre Sachen da schon dabei sind, kann ich nicht sagen.«

»Okay«, sage ich besorgt. Gerhilds Cousinen werden mir die Hölle heiß machen, wenn ich ohne die Kleider antanze. Dennoch fülle ich zuerst das Formular aus, gebe es zurück und will die Frau weiter löchern, doch sie lässt mich direkt stehen und eilt davon.

Ich beschließe, dass ich auf den nächsten Flug warten werde. Die Zeit vertreibe ich mir mit einem Besuch im Café. Anschließend begebe ich mich in einen Wartebereich, der erstaunlich leer ist. Ich lausche der Tanzmusik auf dem MP3-Player, den ich neuerdings immer bei mir trage und ertappe mich wenige Minuten später tanzend. Ich fühle mich so albern, dass ich über mich selbst lachen muss.

Mit einem Mal steht ein junger Kerl mit Brille neben mir und tanzt frech den Herrenpart zum Cha-Cha-Cha mit. Er grinst mich schelmisch an.

»Klappt doch gut«, lobt er.

Ich bin so verblüfft, dass ich aus dem Takt gerate.

»Weitermachen!«, spornt mich der Typ an, der eine modische Kurzhaarfrisur trägt.

Eigentlich will ich mich von ihm entfernen, aber aus irgendeinem Grund bleibe ich und tanze weiter.

»Kannst du das mal lauter machen?«, fragt er dann.

Ich schüttle den Kopf. »Ist nur ein MP3-Player, kein Handy …«

Er hebt den Zeigefinger in die Luft. »Moment.« Schon zückt er sein Handy, fährt mit dem Finger über das Display und legt das Telefon dann auf einen Stuhl, der sich hinter mir befindet.

Ich höre leise Klänge einer Melodie. Als ich den Mann mir gegenüber wieder ansehe, stelle ich fest, dass er in Tanzposition vor mir steht. Deute ich das richtig und er will, dass wir zusammen richtig tanzen? Zunächst scheue ich mich davor, aber ich tue es dann doch. Ich sollte jede Übungsmöglichkeit nutzen.

»Ich bin übrigens Nick«, stellt er sich vor, als wir längst die ersten Schritte hinter uns gebracht haben.

»Ich bin Mariella.«

»Freut mich. Ich liebe es, zu tanzen.« Er grinst breit. »Du machst das richtig gut.«

Ich spüre, wie meine Wangen heiß werden. »Unsinn ...«

»Doch wirklich. Ich habe viele Jahre in einer Tanzschule gearbeitet und erkenne jemanden, der Talent hat.« Er dreht mich einmal herum. »Und du hast ein besonders gutes Takt- und Rhythmusgefühl.«

»Ich habe aber jahrelang nicht mehr getanzt.«

»Dann hast du schnell wieder hineingefunden«, lobt er anerkennend.

Ich weiß gar nicht mehr, was ich sagen soll und eigentlich kommt mir die Situation absurd vor. Tanzend in einer abgeschiedenen Ecke auf dem Flughafen.

# Kapitel 20

Nachdem das Lied aus ist, sieht Nick auf die Uhr. »Ein wenig Zeit bleibt mir noch, ehe ich zum Gate muss. Wie schaut´s bei dir aus?«

»Bei mir genauso«, antworte ich, nachdem er mir die Uhrzeit sagt.

»Super, wollen wir noch weitermachen?«

Ich denke einen Moment nach. »Gerne. Weißt du, meine Tochter hat morgen ihren Abschlussball …«

Sein Gesicht hellt sich auf. »Ah, ein ganz besonderer Tag! Ich bin mir sicher, du wirst den Abend durchtanzen.«

Ein Druck im Magenbereich macht sich breit. »Um ehrlich zu sein, glaube ich nicht, dass ich überhaupt einen Tanz ablegen werde.« Mit wem auch?

»Unsinn! Hast du etwa einen Partner, der ein Tanzmuffel ist?«

»Nein, ich habe gar keinen.«

»Umso besser!« Nick strahlt. »Die Männer werden Schlange stehen!«

Ich runzle die Stirn. »Meine Erfahrung beim Tanzen liegt zwar schon lange zurück, aber soweit ich weiß, sind Männer immer Tanzmuffel und schwer aufs Parkett zu bringen.«

»Reife Männer nicht. Die stehen aufs Tanzen.« Er zwinkert und reicht mir die Hand für den nächsten Tanz. Ein Samba. Sehr tricky mit den ganzen Hüftbewegungen.

Nach fast einer Stunde tanzen bin ich K.O., aber glücklich. Irgendetwas hat das Tanzen in mir ausgelöst. Ich fühle mich befreiter und lockerer, ja sogar ausgelassen.

Nick hat mir viele Ticks und Tricks gezeigt, die mir geholfen haben.

»So, ich fürchte, ich muss mich verabschieden. Mein Flug nach Frankfurt geht bald.« Er nimmt seinen Koffer und reicht mir noch die Hand. »Toi, toi, toi für morgen Abend und versprich mir, dass du tanzen wirst.«

Sogleich heben sich meine Mundwinkel. »Ich werde mir größte Mühe geben, jemanden für zumindest einen Tanz zu finden.« Vielleicht ja Izmael, nachdem er den Vater-Tochter-Tanz auch übernimmt. An Mr Fraser wage ich überhaupt nicht zu denken, obwohl er mich ja gefragt hat. Oder ist das nur ein Scherz gewesen? Ich bin mir nicht sicher, bekomme aber bei den Gedanken an seine Grübchen und dem umwerfenden Lächeln eine Gänsehaut.

Ich schaue Nick nach, wie er durch den Zoll geht und mache mich selbst auf den Weg, um die Ballkleider in Empfang zu nehmen.

Das Flugzeug aus Mailand landet in zirka zehn Minuten. Aber als ich auf dem Ankunftsplan nachsehe, steht da, dass er verspätet ist. Oh Mann, heute habe ich nur Pech!

Mittlerweile ist es ziemlich spät geworden. Ich telefoniere mit Amelie und erfahre, dass sie in der Location ist, um diese zu dekorieren. Außerdem wird noch einmal die Polonaise geprobt sowie alles andere, was ansteht.

»Ich komm heut erst spät nach Hause«, erklärt sie mir.

»In Ordnung. Ich hänge noch am Flughafen fest.«
»Oje, hoffentlich kommst du bald von dort los.«
»Mit den Kleidern«, murmle ich. »Na ja, wir sehen uns später noch! Melde dich, wenn es etwas Wichtiges gibt.«

»Mache ich! Viel Glück!«

Da ich immer noch Zeit habe, spaziere ich durch den Flughafen, der allerdings trostlos wirkt. Keine wirklichen Geschäfte, außer einen Lebensmittelladen, ein Restaurant und ein Café, sowie viele Fluggesellschafts-Ecken.

Immer noch zu früh dran, positioniere ich mich vor dem Ankunftsbereich. Laut Plan müsste das Flugzeug gleich landen. Nach einer gefühlten Ewigkeit öffnet sich die breite Tür vor mir und erste Passagiere strömen heraus. Dasselbe Spiel wie vor einigen Stunden.

Niemand kommt mit den Ballkleidern, die angeblich in Taschen verstaut sind.

Wieder erkundige ich mich bei einer Mitarbeiterin des Flughafens. Sie eilt davon, um weitere Fragen anzustellen und teilt mir dann mit, dass das Gepäck leider noch in Mailand hängt.

Na toll! Jetzt stehe ich da wie ein begossener Pudel. Was soll ich bitte tun? Ich fürchte, ich muss Elsegret und Irmengard Bescheid geben, fahre nach Hause und habe Glück, sie sind nämlich im Wohnzimmer und betrachten neugierig Rudolfs Video von seinem Polkaverein, bei dem er Mitglied ist und mehr oder weniger regelmäßig Auftritte absolviert.

»Da bist du endlich«, sagt Elsegret und steht sofort auf, um mir entgegenzulaufen. »Wo sind die Kleider?«

»Ich muss euch gestehen, dass sie leider nicht im Flieger waren«, sage ich und komme mir dabei echt dumm vor.

»Was redest du?« Auch Irmengard steht auf und tritt einige Schritte näher. »Sag schon, wo hast du sie versteckt?«

»Sie liegen noch in Mailand«, antworte ich. »Beim Zoll.«

»Nicht doch!«, quiekt Elsegret aufgebracht.

»Wir brauchen die Kleider aber morgen!«, beharrt Irmengard.

»Tu was«, herrscht Elsegret mich an.

Die beiden benehmen sich glatt so, als wäre ich an allem schuld. Na so was …

Auch Gerhild wirkt aufgebracht. Grübelnd geht sie um das Sofa, wo Rudolf seelenruhig draufsitzt und sich überhaupt nicht an dem Gespräch beteiligt, sondern in den TV starrt.

»Vielleicht kommen die Kleider morgen Mittag mit dem Flugzeug …«, krächze ich.

»Das hoffen wir stark!«, sagen Elsegret und Irmengard gleichzeitig.

Gerhild funkelt mich böse an. »Gut, es ist spät, du hast viele Arbeiten heute nicht erledigt. Nun ist es Zeit fürs Abendessen!«

Ich schlucke. »Natürlich«, sage ich und eile in die Küche. Was für ein Glück, dass ich bereits in den Morgenstunden alles vorbereitet habe und nur noch Aufwärmen muss. Wobei ich mich frage, weshalb sie neuerlich etwas Warmes brauchen, wenn die Herrschaften heute ohnehin fein im Restaurant essen waren. Aber egal, ich weiß ja, dass sie zweimal täglich eine warme Mahlzeit auf dem Tisch haben wollen.

Nachdem ich die Herrschaften verköstigt habe, setze ich mich erst mal. Irgendwie bin ich nach diesem Tag total platt.

Da ruft Amelie an.

»Mama?«, kreischt sie in den Hörer.

»Ja?« Ich spüre, dass etwas nicht in Ordnung ist. »Was ist los?«

»Uns fehlen haufenweise Kuchen!«

»Wie bitte?«

»Na, es war doch so gedacht, dass pro Familie ein Kuchen mitgebracht werden soll. Und da fehlen jetzt viele.« Sie klingt besorgt.

Sofort plappere ich los, ohne überhaupt nachzudenken. »Ich kann ja noch schnell ein paar backen.«

»Echt?« Augenblicklich hellt sich der Ton ihrer Stimme auf. »Das wäre ja mega cool!«

»Okay, ich mache mich gleich an die Arbeit.«

»Danke Mama, du bist die Beste!«

Mit einem zufriedenen Lächeln lege ich auf. Was tut man nicht alles für seine Tochter?

Gleich schnappe ich mir einige Schüsseln, die Waage, Mehl und Zucker. Zum Glück bin ich so geübt im Backen, dass ich viele Rezepte auswendig kenne. Ich schaffe es sogar, mehrere Teige nebeneinander anzurühren und nacheinander zu backen. Als ich den Marmorkuchen zusammenrühre, kommt Amelie heim. Sie sieht erledigt aus.

»Wie war´s?«, frage ich.

»Anstrengend«, gibt sie zurück. »Und bei dir?«

»Genauso.«

»Soll ich dir helfen?«

Ich betrachte mein Mädchen von oben bis unten. »Nicht doch. Besser, du schläfst dich aus, damit du morgen fit bist.«

»Ach Mama, was würde ich nur ohne dich tun?« Sie seufzt. »Aber mach selbst auch nicht mehr so lange. Es ist schon spät.«

»Ich gebe mir Mühe«, antworte ich, weiß aber genau, dass ich noch länger mit den Kuchen brauchen werde.

Obwohl mir die Müdigkeit selbst in den Knochen steckt, halte ich mich wach, indem ich Musik höre und immer wieder einige Schritte tanze.

Purple liegt vor dem Holzofen und beobachtet mich. Ab und zu miaut sie.

Beim Aufräumen erwische ich mich dabei, dass ich selbst mit dem Besen tanze und muss lachen. Ich bin ja vollkommen übergeschnappt!

# Kapitel 21

Am nächsten Morgen bricht das Chaos in unserem Haus aus. Ich versuche, den Überblick zu behalten, aber es gelingt mir nicht. Gerhild läuft mit ihren Nichten vom Schlafzimmer ins Bad und zurück. Rudolf verlangt pausenlos Kaffee und Amelie verstaut die Kuchen mit mir in geeignete Vorratsboxen. Ich blicke auf die Uhr und verscheuche sie. »Beeil dich, dein Friseurtermin wartet!«

»Ach, ja ist gut.« Sie eilt ins Vorzimmer, streift sich die Jacke über und schlüpft in die Schuhe. Dann hält sie inne. »Und was ist mit dir? Wolltest du nicht auch mit?«

»Tja«, sage ich schulterzuckend. »Geht sich leider nicht aus. Ich fahre in der Zwischenzeit mit den Kuchen rüber zur Location und gebe alles ab.«

»Okay, danke dir.« Sie wirft mir ein Küsschen zu und eilt aus dem Haus.

Ich bin froh, dass ich selbst auch rauskomme. Gerhild ist heute äußerst gereizt und meckert ständig rum. Zudem soll der Hausfriseur bald auftauchen und ihr sowie den Nichten die Haare machen. Ich habe überhaupt nicht gefragt, ob ich auch drankommen könnte, da ich die Antwort schon kenne.

Gemütlich fahre ich zur Location und parke auf einem freien Parkplatz. Der Ball findet in einem Schlösschen am Stadtrand statt. Schon von außen sieht es bezaubernd aus und macht einen majestätischen Eindruck. Die cremefarbene Fassade verbreitet eine frühlingshafte Stimmung, die grünen Balken vor den Fenstern zaubern eine elegante Frische. Vor dem Eingang befindet sich eine akkurat angelegte Wiese, auf der zahlreiche Narzissen zu sprießen beginnen.

Vielleicht sind das wirklich die Vorboten auf wärmere Temperaturen? Zeit wäre es!

Auf jeden Fall verbreiten die Blumen und der Anblick des Gebäudes direkt gute Laune.

Ich öffne den Kofferraum und hole die erste Ladung an Kuchen heraus. Auf dem Weg zum Eingang treffe ich Schulkollegen von Amelie. Sie sind so lieb und bringen mich direkt zum Kuchenbuffet, das nach der Garderobe im Empfangsbereich aufgebaut ist.

Entsetzt schaue ich mich um. »Ist das etwa alles?« Bis jetzt sind noch keine fünf Kuchen auf den Tischen.

»Ehrlich gesagt ja …«, antwortet Felix und fährt sich übers schwarze Haar.

»Na, welch Glück, dass ich einige Kuchen im Auto habe.«

»Echt?« Sein Gesicht hellt sich auf.

»Dann sind Sie ja unsere Rettung!« Matteo schließt zu uns auf. »Die Mädchen sind eigentlich alle beim Friseur«, erklärt er mir. »Weshalb wir die Stellung halten. Aber irgendwie fehlen dennoch zahlreiche Kuchen. Keine Ahnung, ich glaub, von unseren Eltern wollte niemand backen. Es hieß doch, kaufen sei nicht erlaubt …«

»Können wir Ihnen beim Reintragen helfen?« Der kleine Micky ist auch zu unserer Runde herangetreten.

»Das wäre sehr lieb. Der Kofferraum steht ohnehin offen.«

Mehr brauche ich nicht zu sagen, die drei eilen sofort los, während ich die bereits aufgereihten Kuchen begutachte.

»Sagt mal, wer schneidet die eigentlich auf und teilt sie auf die Pappteller?« Ich zeige auf einen Stapel am Tischrand.

Betreten gucken die Jungs zu Boden.

»Sortieren sollen wir auch noch?«, traut sich Micky dann zu fragen.

»Na, wenn wir alle zusammenarbeiten, bekommen wir das schnell hin«, ermuntere ich sie.

Gesagt, getan. Obwohl mir die Zeit davonläuft. Ich hätte auch noch gern meine Haare gerichtet, aber die Kids gehen vor.

Plötzlich steht Mr Fraser vor mir und schaut interessiert zu, wie ich den Marmorkuchen in Stücke schneide.

»Sieht lecker aus, darf man probieren?«, fragt er und lächelt charmant.

»Klar, Sie schon«, antworte ich und ernte prompt ernste Blicke der Jungs. »Ich meine: Gegen eine freiwillige Spende.« Und schiebe ihm die verzierte Schuhschachtel hin.

Ohne zu zögern zückt er einen Schein und wirft ihn hinein.

Mit einem Knicks bedanke ich mich und reiche ihm einen vollen Teller.

Er beißt in den Marmorkuchen und gerät sofort ins Schwärmen. »Himmlisch!«

In meinem Bauch kribbelt es. Soll ich ihm sagen, dass der Kuchen von mir ist? Besser nicht …

»Mr Fraser!« Zwei Jungs, deren Name ich nicht kenne, eilen zu ihm. »Die Brötchen sind da, aber nicht gerichtet …«

»Was meint ihr?«, fragt er.

»Es sind zwar stangenweise Baguettes und Wurst und so Zeug da, aber nicht als Brötchen«, erklärt der riesengroße Junge.

»Sondern so eine Art Selfmade-Dings.«

Der kleinere Junge mit auffällig vielen Sommersprossen macht wilde Gesten.

»Guys … ich verstehe euch nicht richtig. Was ist das Problem?« Mr Fraser schaut von einem zum anderen.

Ich denke, ich habe das Problem längst erfasst. »Müssen wir alle Brötchen selbst schmieren?«

Augenblicklich nicken beide.

Ich seufze leise, werfe einen Blick auf das Handy. Viel zu spät für eine neue Haarfarbe … »Okay, dann bringt alles zum Brötchen-Stand und wir erledigen das.«

»Ich helfe auch«, meldet sich Mr Fraser und geht vor.

»Kümmert ihr euch um den Kuchen?«, frage ich meine drei Helfer.

»Klar, jetzt kennen wir uns ja aus.« Micky winkt mir nach, während ich zum Stand gegenüber eile.

»Ist ja mal schön, dass Sie nicht weg-, sondern zu mir laufen«, meint Mr Fraser amüsiert.

»Ich bin doch nie weggelaufen«, erwidere ich schnell und ertappe mich selbst beim Lügen.

»Wenn Sie das sagen …« An seinem Gesicht kann ich erkennen, dass er belustigt ist.

Da mein Herz in seiner Nähe wie verrückt zu klopfen beginnt, drehe ich mich aktiv von ihm weg und spreche mit den Jungs, die stirnrunzelnd die Zutaten für die Brötchen begutachten.

»Du schneidest, du schmierst, du belegst die Wurst und den Schinken, du den Käse und ich übernehme die Deko. Alles klar?«

Kollektives Nicken, doch die Unsicherheit ist ihnen trotzdem anzusehen.

Hinter mir räuspert sich Mr Fraser. »Und was darf ich übernehmen?«

Ich schüttle meinen Kopf. In der Eile habe ich auf Amelies Englischlehrer total vergessen.

In meiner Nähe kann ich ihn nicht haben, da dreht anscheinend mein Körper durch.

Auch jetzt, wo er mich mit seinen blitzenden Augen ansieht, bekomme ich Hitzewallungen. Ich brauche eine Idee! Schnell!

»Die Lachsbrötchen! Um die werden Sie sich kümmern.« Ich schiebe ihn am Rücken zu seiner Arbeitsstelle, die sich einige Schritte von meiner entfernt befindet.

Wir legen los und kommen erstaunlich gut voran. Plötzlich klingelt mein Handy. Ich gehe ran.

»Tagchen, hier der Flughafen Graz.«

»Hi, ja hier Frau Piringer.«

Ich halte gespannt die Luft an. Ob die sehnlich erwarteten Ballkleider angekommen sind?

»Piringer? Nicht Kuzlovski?«

»Ach so, ja für die beiden Damen nehme ich das Gepäck entgegen.«

»Gut, das Gepäck ist durch den Zoll in Mailand, wie wir gerade erfahren haben.«

»Toll!«, juble ich.

»Allerdings kommt es erst mit der morgigen Maschine an. Sie können die Gepäckstücke abholen oder wir liefern sie zu Ihnen.«

Augenblicklich ist meine gute Laune gestorben. »Dann liefern Sie bitte an die angegebene Adresse.«

»In Ordnung. Schönen Tag noch!«

Enttäuscht stecke ich das Handy ein.

»Ärger?« Mr Fraser ist näher herangetreten.

»Ach …« Ich winke ab, weil ich überhaupt nicht darüber reden möchte.

»Verärgert sein steht Ihnen nicht …« Er beugt sich leicht nach vorne und sieht mir in die Augen.

Na klasse, der nächste Dämpfer!

»Wenn Sie glücklich sind, sind Sie in Ihrem Element.«

Er nickt versonnen, während ich mich veräppelt vorkomme. Schon wieder. Langsam frage ich mich, ob dieser Engländer wirklich ein Clown ist, der andere auf die Palme bringt.

»Oh, wenn Sie sauer sind, haben Sie eine kleine Falte an der Stirn.« Er deutet darauf.

Ich bin nahe am Platzen. Was erlaubt sich dieser Kerl? Er ist wohl eingebildet, weil er weiß, wie toll er aussieht. Typisch!

Ich beiße mir auf die Lippen, denn ich will nichts Falsches sagen. Immerhin ist er Amelies Lehrer, auch wenn sie bald von der Schule weg ist. Bis dahin heißt es aber freundlich bleiben.

»Mama?«

Wenn man von Engeln spricht! Ich drehe mich um, da ich die Stimme meiner Tochter erkannt habe, die soeben auf mich zuschreitet. Fast erkenne ich sie nicht wieder.

»Wow! Lass dich ansehen!«, verlange ich.

Sie dreht sich im Kreis und macht eine Verbeugung. »Sieht toll aus, was?«

»Und wie. Ich bin richtig begeistert!« Die dunkle Mähne ist in eine Lockenpracht verwandelt und kunstvoll hochgesteckt.

»Danke Mama. Aber wieso bist du hier?« Sie blickt sich um.

»Tja, ich habe doch gesagt, ich bringe den Kuchen her … und dann hat sich herausgestellt, dass Hilfe beim Verteilen auf die Kuchenteller gefragt war. Zudem kamen eure Brötchen nicht geschmiert, sondern in Einzelteilen verpackt …«

»Ups.« Sie grinst schelmisch. »Schön, dass die Jungs schon so viel gearbeitet haben.«

Ich werfe ihr einen strengen Blick zu.

»Na ja, dank deiner Hilfe … Danke Mama! Willst du nach Hause und deine Haare machen?«

Automatisch fahre ich mir über den Zopf, den ich gebunden trage. »Ich weiß gar nicht, was ich da groß machen soll«, gebe ich zu.

»Wasche sie mal und lasse sie mit den großen Wicklern trocknen. Das geht sich locker aus.«

»Na schön. Aber zuerst muss ich deinen Cousinen die schreckliche Nachricht überbringen, dass ihre Kleider nicht rechtzeitig ankommen.«

»Hui, das wird aber schlechte Laune geben.« Amelie sieht schockiert aus. »Und was werden sie anziehen?«

Ich zucke bloß mit den Schultern. »Vielleicht kaufen sie sich ja spontan noch was. Ein paar Stunden Zeit haben sie ja noch.« Die Frage, was ich tragen soll, schiebe ich hinaus. Mir wird wohl nichts anderes übrigbleiben, als doch das pinke Kleid zu tragen.

»Kann sein. Lass dich bloß nicht einspannen und kümmere dich mal in Ruhe um dich. Vielleicht kannst du ja ein Entspannungsbad nehmen. Das hast du bestimmt nötig.«

Erschrocken fasse ich mir an die Wangen. »Wieso? Sehe ich so scheußlich aus?« Mit einem Mal muss ich an Mr Fraser denken und wie nahe er mir vorhin gegenübergestanden ist. Ob er die dunklen Schatten meiner Augenringe bemerkt hat.

»Unsinn! Du siehst immer toll aus, Mama. Ich meine ja nur, dass dir ein bisschen Ruhe guttut.«

»Danke, meine Süße!« Ihre Worte beruhigen mich wieder. »Okay, das meiste dürfte erledigt sein. Hast du dein Kleid mit?«

Sie deutet rüber zu Gil, der mittlerweile bei den Kuchen mithilft. »Gil hat es in der Umkleide deponiert.«

»Super.« Ich nehme die Hände meiner Tochter und halte sie. »Schaffst du alles?«

»Klar!« Sie nickt eifrig. »Das Kleid ist da, Schminke habe ich mit und der Rest wird sich weisen.«

»Die Schuhe?«

»Sind auch mit dabei.« Sie lächelt zufrieden.

»Gut, dann lasse ich dich mal allein.« Mir wird ein wenig schwer ums Herz. Mein Mädchen wird erwachsen.

»Mensch, Mama. Jetzt guckst du wieder, als würde ich dich gleich verlassen.« Sie schüttelt amüsiert den Kopf. »Ich krieg das hin und später sehen wir uns.«

Ich drücke noch einmal fest ihre Hände und verabschiede mich.

Mr Fraser winke ich aus Höflichkeit kurz zu. Er macht einige Schritte in meine Richtung, aber ich drehe mich um und eile hinaus zum Auto. Als ich den Motor starte und davonbrause, frage ich mich, was mit diesem Mann los ist. Ständig macht er sich über mich lustig, kommt dann aber pausenlos in meine Nähe und strahlt so eine Impulsivität aus, dass ich ganz nervös werde. Das treibt mich in den Wahnsinn.

Kaum zu Hause angekommen, werde ich belagert. Elsegret und Irmengard stürmen auf mich zu. Zuerst erschrecke ich, denn ihre Frisuren sehen sehr gewagt aus – hochgesteckte Haare, die aber so unordentlich aussehen, als wären die beiden nach dem Ball schlafen gegangen und eben erwacht. Das Make-up macht es irgendwie noch schlimmer: Sehr markante Smokey-Eyes und jede trägt knallpinken Lippenstift.

Ballzombies, denke ich mir still und muss schmunzeln.

»Gib uns die Kleider!«, verlangen sie.

Hilflos rudere ich zurück. »Sie … sie sind nicht mit dem Flugzeug gekommen.«

»Keine Zeit für solche Scherze!« Irmengard rückt näher.

»Ehrlich … es tut mir leid …« Ich gerate ins Schwitzen, denn ich muss zugeben, in den paar Stunden, bis der Ball beginnt, wird es nicht leicht sein, für jede noch ein Kleid zu ergattern. Ist das meine Schuld? Aber der Anruf vom Flughafen liegt noch nicht lange zurück … Trotzdem bekomme ich einen rauen Hals.

»Und was sollen wir jetzt tun?«, faucht Elsegret.

»Ich habe keine Ahnung«, gebe ich zu.

Meine Schwiegermutter taucht auf. »Was ist hier los? Was soll der Aufruhr?«

Elsegret und Irmengard beschweren sich lautstark und schieben mir die Schuld in die Schuhe.

Ich bin sprachlos und weiß überhaupt nicht, was ich sagen soll.

Gerhild marschiert nachdenklich im Wohnzimmer auf und ab, bleibt vor uns stehen und sagt: »Ich habe eine Idee.« Sie mustert mich und ihre Nichten von oben bis unten. »Mariella, du hast doch ein Kleid für dich gekauft, nicht wahr?«

Ich ahne Schlimmes … »Ja?«

»Bring es her! Und hast du nicht noch ein zweites Kleid?« Sie räuspert sich. »Amelie hat etwas von einem pinken Hauch erwähnt …«

Oh Mann! »Natürlich, ich eile.« Das tue ich, denn ich muss schleunigst meine Haare waschen.

Mit den beiden Ballkleidern, die für mich auserkoren wären, kehre ich zurück ins Wohnzimmer.

Elsegret und Irmengard betrachten die Kleider ausgiebig. Begeisterung sieht anders aus.

»Na ja … eigentlich ist das überhaupt nicht unser Stil.« Irmengard kräuselt ihre Nase.

»Viel zu billig«, stimmt Elsegret ihr zu.

»Unsinn! Ihr seid solche Schönheiten, dass euch das Kleid automatisch strahlen lässt.« Gerhild nickt zufrieden. »Probiert es an!«

Fünf Minuten später betreten Gerhilds Nichten erneut das Wohnzimmer. Ich muss zugeben, dass Elsegret das pinke Kleid viel besser steht als mir. Obwohl es an ihr noch kürzer wirkt.

Und Irmengard füllt mein ursprünglich gekauftes Kleid perfekt aus.

»Toll!«, schwärme ich ehrlich.

»Danke.« Elsegret streift über den Stoff.

»Du scheinst ja doch Geschmack zu haben«, befindet Irmengard und dreht sich.

»Ganz entzückend, meine Lieben.« Gerhild bewundert ihre Nichten und sagt zu mir: »Hast du nicht Perlen und Glitzer? Dann kannst du die Kleider noch schnell aufpeppen, während wir den Schmuck aussuchen.«

Ich nicke stumm. Noch mehr Arbeit! Während die drei in Gerhilds Schlafzimmer verschwinden, suche ich die gewünschte Deko. Dafür muss ich in den Keller. Purple schleicht mir hinterher und beschnuppert jede Kiste, die ich herausziehe. Es liegt doch schon länger zurück, dass ich mit Amelie gebastelt habe. Aber weggeworfen habe ich nichts. Dann finde ich die Pailletten und auch Perlen.

Als ich ins Wohnzimmer gehe, liegen die Kleider schon bereit. Mit einem Seufzen nehme ich sie und mache mich an die Arbeit. Einige Verzierungen später, kommt Gerhild und verlangt nach den Kleidern. Ich präsentiere ihr diese und sie segnet meine Arbeit zufrieden ab.

»Prima. Mit dem Schmuck, den meine beiden Nichten tragen, wird das außergewöhnlich gut aussehen.« Sie schnappt die Kleider und bringt sie Elsegret und Irmengard.

Endlich kann ich mal aufatmen und mich um mich selbst kümmern.

Bevor noch ein weiterer Auftrag hereinrasselt, wasche ich schnell die Haare und will sie auf die großen Wickler drehen, so wie Amelie mir geraten hat. Zwar bin ich mir nicht sicher, ob meine Haare sich in der kurzen Zeit in Locken verwandeln und überhaupt trocken werden, aber irgendwo haben wir bestimmt einen Föhn.

Doch ich komme überhaupt nicht dazu, die Haare aufzuwickeln, denn Gerhild ruft schon wieder nach mir.

»Wir fahren los und holen Rudolf ab. Der ist ja bei seinem Freund gewesen, weil er dem Trubel entfliehen wollte.« Sie zieht ihr Kostüm glatt.

Ich wage es gar nicht zu fragen, was mit mir ist.

Meine Schwiegermutter mustert mich skeptisch. »So wirst du aber nicht zum Ball gehen können.«

»Ich beeile mich und bin gleich fertig«, sage ich schnell. Dabei ist mein Haar noch klatschnass und mir fällt ein, dass ich nichts zum Anziehen habe. Augenblicklich sinke ich zusammen. Ich habe komplett vergessen, etwas für mich herauszusuchen, das ich auf dem Ball tragen kann. Bisher wäre das pinke Kleid die letzte Möglichkeit gewesen. Nun trägt es ja Gerhilds Nichte.

»Wir haben aber keine Zeit, um auf dich zu warten«, erwidert Gerhild barsch. »Sieh dich nur an! So kannst du auf keinen Fall mit uns gehen.«

»I-ich ziehe den alten Hosenanzug an«, erwidere ich zügig, weil mir das die einzige Möglichkeit erscheint. Ansonsten habe ich nichts, absolut gar nichts, was passend wäre.

Gerhild plustert sich auf, da rumpelt es im Keller laut.

»Was war das?«, will meine Schwiegermutter wissen.

»Keine Ahnung«, murmle ich.

Gerhild marschiert zur Treppe, die in den Keller führt, steigt hinunter und kreischt.

Sofort eile ich ihr nach und sehe, was passiert ist. Sämtliche Kisten liegen auf dem Boden, der Inhalt ist verstreut.

»Das ist deine Schuld«, keift Gerhild und zeigt mit dem Finger auf mich. »Schau dir dieses Chaos an!«

»T-tut mir leid«, stottere ich. Trage wirklich ich die Schuld daran? Vorhin habe ich zwar einiges umhergeschoben, aber wieso sollten so viele Kisten auf den Boden poltern?

»Bring das sofort in Ordnung!« Wütend dreht sich meine Schwiegermutter zu mir um.

»Jetzt?«, frage ich erstaunt. Die Zeit drängt, der Ball beginnt bald …

»Habe ich mich etwas unklar ausgedrückt, oder was?« Sie schnaubt. »Bevor das nicht alles geordnet ist, brauchst du gar nicht auf dem Ball auftauchen!« Mit erhobenem Kopf stolziert sie an mir vorbei und verlässt den Keller.

Ich lasse die Schultern hängen. Wie soll ich das rechtzeitig fertigbekommen? Das schaffe ich nie, der gesamte Boden ist voll.

Mit einem Mal vernehme ich ein leises Miauen aus einer dunklen Ecke. Ich erschrecke, aber stelle fest, dass es sich um Purple handelt, die hier wohl herumgeschlichen ist.

»Oh, Purple, bist du etwa hinter den Regalen gewesen und hast alles heruntergeworfen?«

Statt einer Antwort, die ich ohnehin schlecht erwarten könnte, schnurrt sie mir um die Beine.

»Was soll ich nur tun?«, frage ich sie.

Purple tapst zum ersten Karton und schnüffelt daran. Ich gehe ihr nach und beginne, Stück für Stück einzusortieren.

»Und wenn ich früher als die anderen vom Ball nach Hause eile und alles verstaue, bevor Gerhild schimpfen kann?«

Purple schenkt mir einen aufmerksamen Blick und bewegt ihren Kopf so, als würde sie nicken. Das gibt´s doch nicht, oder?

Auf jeden Fall werte ich das als Bestätigung und sause die Treppe hoch. Aber die Tür geht nicht auf!

»Hallo?«, rufe ich nach draußen, doch es herrscht nur Stille.

Ich versuche einige Male, an der Tür zu rütteln. Es hilft nichts. Klemmt sie etwa?

Ich will Gerhild anrufen, aber das Handy liegt noch in meiner Tasche.

»So ein Mist«, fluche ich. Dann hämmere ich an die Tür und spähe durchs Schlüsselloch. Ich glaub, ich spinne! Darin befindet sich ein Schlüssel, sonst hängt er doch immer neben dem Kellerlicht außen.

Ich richte mich wieder auf und fasse mir an die Stirn. »Gerhild hat mich eingesperrt!«

# Kapitel 22

»Das kann ja wohl nicht wahr sein«, schimpfe ich laut vor mich hin.

Purple stürmt erstaunt zu mir und blickt mich fragend an.

»Tja, wir kommen hier nicht raus ... Gerhild hat uns hier unten eingesperrt.« Langsam steigt Wut in mir hoch. Das war doch volle Absicht. Diese blöde Kuh! Was erlaubt sie sich? Und ich überlege noch, ob ich früher vom Ball wegsoll, um das Chaos hier unten zu beseitigen ... Pah! Das ist der große Abend meiner Tochter, eigentlich müsste Gerhild froh sein, dass sie überhaupt dabei sein darf. Nicht umgekehrt ... Fassungslos lasse ich mich auf den Boden sinken.

Purple kuschelt sich an mich und beginnt lautstark zu schnurren, was mich etwas beruhigt.

Ich sinniere eine Weile vor mich hin und kann nicht glauben, dass ich den Abschlussball meiner Tochter verpassen werde. Bei all der Mühe, die ich mir gemacht habe.

Irgendwann stehe ich auf und rüttle noch einmal an der Tür. Nichts passiert.

Ich beschließe, die Kisten zu sortieren. Was bleibt mir sonst auch übrig? So klaube ich ein Teil nach dem anderen auf und lege es in die Kiste. Purple ist auch wieder an meiner Seite und beschnüffelt alles interessiert. Plötzlich erkenne ich auf dem Boden alte Erinnerungen von mir. Fotos von meinem Abschlussball, eine vertrocknete Rose, die Poldi mir geschenkt hat. Natürlich war sie damals noch nicht vertrocknet gewesen, sondern frisch und wohlduftend. Ich gerate ins Träumen.

Dann sehe ich auch meine alten Ballschuhe und muss schmunzeln. Damals bin ich so verzweifelt gewesen, weil ich einfach keine passenden Schuhe finden konnte, sodass ich glatt überlegt hatte, mit Turnschuhen auf den Ball zu gehen. Ich hatte dann zwar doch noch Sandalen gefunden, so wie ich es mir gewünscht hatte, aber die passten farblich nicht zu meinem Kleid. Deshalb hatte ich sie kurzerhand mit Textilfarbe und jeder Menge Glitzer verschönert und war zufrieden gewesen. Auch heute glitzern sie noch wunderbar. Wenn ich auf den Ball gehen würde, könnte ich diese Schuhe glatt anziehen. Dafür ist es aber zu spät. Ich mag mir gar nicht ausmalen, dass wohl in wenigen Minuten der Einlass beginnt.

Mit einem Mal spüre ich einen Windhauch. Natürlich! Das Kellerfenster. Ich schaue hin und bemerke, dass es offen ist. Allerdings ist es so winzig, dass ich niemals hinausklettern könnte. Aber Purple.

Doch was sollte mir das nützen? Sie kann wohl kaum Hilfe holen. Oder?

Fragend blicke ich auf sie hinunter. »Kannst du mir irgendwie helfen?«

Ein einzelnes Miau ist zu hören. Ich beschließe, Purple auf jeden Fall hinauszubefördern. Zwar kann sie niemanden erklären, dass ich hier unten bin, aber so kommt sie immerhin ins Freie und muss nicht mit mir hier unten ausharren. Ich kenne unsere Katze ja schließlich. Sie hasst es eingesperrt zu sein. Ich eigentlich auch. Vermutlich jeder.

»Oh Mann, du bist aber schwer geworden«, murmle ich, als ich sie hochhebe und durchs Fenster rauslasse. Nach drei Sekunden ist sie auch schon weg.

Ich räume weiter und vernehme ein Klackern. Verwundert halte ich inne. Ist doch noch jemand im Haus? Hat jemand Erbarmen mit mir?

Ich lasse alles liegen und stehen und laufe die Treppe hoch. »Hallo?«, rufe ich.

Keine Antwort.

Doch das Klackern höre ich erneut. Das klingt ja so, als würde jemand mit dem Schlüssel im Schloss rütteln.

Ich bücke mich und gucke durch das Schlüsselloch. Zwar kann ich nicht viel erkennen, aber nun ist es eindeutig: Jemand versucht aufzusperren.

»Wer ist da?«, frage ich erneut.

Doch auf der anderen Seite der Tür bleibt es still.

Mit einem Mal ist ein lauteres Klacken zu hören. Ich wage nicht zu erhoffen, ob aufgesperrt wurde. Nach einigen Sekunden probiere ich, ob die Tür aufgeht. Und das tut sie. Vorsichtig schiele ich nach draußen. »Hallo?«

Nur ein Fiepen. Moment mal, das kommt mir bekannt vor, aber das kann gar nicht sein …

»Karli?«

In meinem Augenwinkel sehe ich etwas vorbeihuschen.

»Karli«, sage ich erneut. Ich glaub, ich spinne. Das Eichhörnchen ist im Haus!

Ich laufe kreuz und quer, aber niemand sonst ist hier. Wer hat dann aufgesperrt? Oder war etwa gar nicht abgeschlossen und die Tür hat nur geklemmt? Mittlerweile traue ich mir echt zu, mir das alles eingebildet zu haben.

Doch dann sehe ich Karli auf dem Sofatisch hocken. Fordernd blickt er mich an.

»Hey, was tust du hier drinnen? Das kann für dich gefährlich sein …« Ich gehe zu ihm und setze mich aufs Sofa. Selbst jetzt läuft Karli nicht weg. »Stell dir vor, Gerhild hätte dich gesehen …«

Das Eichhörnchen fiept einige Male und streckt mir seine Pfote entgegen.

Langsam verstehe ich, was Karli will. »Nüsse?« Ich muss lachen, stehe auf und hole einige aus der Küche. »Ist ja schon gut …«

Karli gebe ich die Nüsse und ich knabbere die letzten Beeren von Frau Fairgut. Wenn es doch wirklich magische Früchte wären, denke ich und kaue eine nach der anderen. Dann würde ich mir wünschen, dass es hier im Haus mal fair zugehen würde und ich nicht immer putzen müsste. Was noch wichtiger ist: Ich würde mir wünschen, auf den Ball gehen zu können und überhaupt etwas zum Anziehen dafür zu haben. Außerdem würde ich mir wünschen, dass ich es pünktlich zum Ball schaffen würde. Und ein Tanz mit meinem Traummann. Das wäre das Tüpfelchen auf dem i. Da es aber ohnehin keinen Traummann gibt, fällt das flach. Genaugenommen fallen alle meine Wünsche flach. Hastig blicke ich auf die Uhr. So ein Mist. Es ist längst Ball-time!

Meine Haare sind noch feucht, wie soll ich die so schnell trocken kriegen? Und der Hosenanzug? Wo ist der? Ich muss überlegen …

Jetzt läutet es an der Tür. In der Hoffnung, dass Gerhild zurückgefahren wäre, um mich abzuholen, renne ich hin und öffne. Doch es steht Frau Fairgut davor. Sie hat Purple auf dem Arm.

»Ach, Sie sind ja nicht mehr eingesperrt!«, sagt sie und tritt ein.

Verblüfft schließe ich die Tür hinter ihr. »Nein, allerdings weiß ich nicht, wer mir aufgesperrt hat … Moment! Woher wissen Sie, dass ich im Keller war?« Ich drehe mich zu ihr um. Hat sie mich etwa eingesperrt?

»Purple hat es mir verraten.« Sie setzt die Katze auf den Boden. »Und sie hat mir gesagt, sie hätte Karli hergeschickt, um die Tür zu öffnen. Das hat er ja prima hinbekommen, der kleine Kerl.«

Träume ich? Habe ich mir etwa den Kopf gestoßen, sodass ich fantasiere? Vorsichtig taste ich ihn ab, aber es scheint alles normal zu sein.

»Kindchen, Sie sehen ja aus, als hätten Sie ein Gespenst gesehen!« Frau Fairgut stellt ihre riesige Tasche ab, die ich vorhin noch gar nicht bemerkt habe.

»Ja, es ist nur so … dass … ich meine, haben Sie eben gesagt, das Eichkätzchen hat die Kellertür aufgesperrt? Purple hat mit Ihnen geredet?«

»Aber ja doch! Tiere sind magische Wesen und zu ihnen habe ich einen besonders guten Draht.« Sie lacht auf und holt einige Stangen aus ihrer Tasche. »Und jetzt kommen Sie her, wir müssen Sie Ball-tauglich machen.«

Artig tue ich, was sie mir sagt. Ich hinterfrage überhaupt nichts mehr. Vielleicht ist sie ja tatsächlich eine Hexe?

Nun hat sie auch noch einen Kamm in der Hand. »Setzen Sie sich.«

Schon macht sie sich daran, mein Haar zu kämmen und Strähne für Strähne aufzudrehen.

»Ich fürchte, das trocknet nicht so schnell …«, sage ich.

»Ach was! Das klappt! Ich habe magische Lockenwickler.« Sie kichert schelmisch vor sich hin.

Ich weiß nicht, was ich dazu sagen soll, also bin ich still und warte einfach ab. Nach einigen Augenblicken wird ein Teil meiner Kopfhaut warm. »Was passiert hier?«, frage ich und deute darauf.

»Ich sagte doch, dass ich magische Lockenwickler habe. Sie werden heiß, sobald sie aufgewickelt sind. Also Vorsicht!«, mahnt Frau Fairgut mich. »Haben Sie eigentlich die Beeren gegessen und sich etwas gewünscht?«

»Schon … aber ich glaube, das hat nicht geklappt. Oder besser gesagt, ich denke, vieles hat sich von selbst gefügt.«

»So, so«, murmelt Frau Fairgut und zieht an einer Strähne etwas zu fest. »Was haben Sie sich denn gewünscht?«

Da muss ich erst mal nachdenken. »Dass Amelie die Schule beendet, also dass ihre Projektarbeit gefunden wird.«

»Und?«

»Ja, die Professorin hatte sie aus Versehen auf einen anderen Stapel gegeben.«

»Interessant. Was noch?«

»Dass Amelie beim Vater-Tochter-Tanz mitmachen kann.«

»Oho! Und, hat das auch geklappt?«

»Ja«, gebe ich zu. »Aber erstens tanzt sie nicht mit ihrem Vater, sondern mit einem lieben Ersatz und zweitens hat Izmael, ihr Tanzpartner, überhaupt keine der Beeren gegessen.«

Frau Fairgut kichert hinter mir. »Das muss er auch nicht, sondern nur Sie! Es sind ja Ihre Wünsche.«

»Okay …« Beinahe lasse ich mich veräppeln, dann fällt mir aber etwas ein. »Ein Wunsch ist nicht in Erfüllung gegangen!«

»So, welcher denn?«

»Amelies Vater hat sich nicht bei mir gemeldet und bei unserer Tochter auch nicht. Ich habe mir gewünscht, dass er zum Ball kommt und endlich mal Interesse an Amelies Leben zeigt.«

»Nun … der Ball ist ja noch nicht zu Ende, was?«

»Nein …«, gebe ich zu, bin mir aber sicher, dass Poldi nicht auftauchen wird. »Übrigens habe ich mir gewünscht, dass ich etwas zum Anziehen für den Ball finde.«

»Und wie sieht das Ergebnis aus?«

»Tja, ich habe nur eine Hose, die mir aber zu weit geworden ist … außerdem haben meine Freundin und meine Tochter mir diese Stoffhose ausgeredet. Aber ich habe sonst nichts …«, sage ich enttäuscht, dass ich nicht früher gehandelt habe.

»Seien Sie nicht traurig«, tröstet mich Frau Fairgut und kann anscheinend wieder einmal Gedanken lesen. »Wir finden schon eine Lösung!«

Wie von der Tarantel gestochen flitzt Purple auf einmal los und kehrt nach wenigen Minuten mit einem blau-violetten Stoffteil im Mund wieder. Es erinnert an die Farbe der magischen Beeren.

»Was hast du denn da?«, will ich wissen.

Purple legt den Stoff vor mir ab und ich hebe ihn hoch. »Oh, du meine Güte …« Sofort bekomme ich schwer Luft. Ich bin verblüfft. Mein altes Ballkleid! »Wo hast du das her?«, frage ich die Katze, die längst zu meinen Füßen liegt. Dann wird es mir klar. »Aus dem Keller.«

»Zeigen Sie mal her«, verlangt Frau Fairgut.

Ich reiche ihr das Kleid.

»Das sieht ja traumhaft aus!«

»Nicht wahr? Leider ist ein Träger gerissen … und es lag jahrelang im Keller.« Abgesehen davon, dass ich bestimmt nicht mehr hineinpasse.

»Ich habe da eine Idee!« Frau Fairgut sieht konzentriert aus und wühlt in ihrer Tasche. Schon zieht sie eine Sprühflasche heraus.

»Was ist denn das?«

»So eine Art Waschmittelersatz.« Sie sprüht direkt drauf los und es duftet nach Lilien. »Und das Beste: Null Trockenzeit!« Sie gibt mir das Kleid zurück. »Anprobieren!«

»Aber … ich bin achtzehn Jahre älter …« Und mit einem Mal fühle ich mich steinalt.

»Ich bin mir sicher, es passt Ihnen wie angegossen.«

Mit einem tiefen Seufzen ziehe ich mich zurück, um hineinzuschlüpfen. Es sitzt echt gut.

Frau Fairgut applaudiert mir, als ich vor sie trete.

»Wunderhübsch! Wie eine Prinzessin. Lassen Sie uns schnell den Träger richten.« Sie platziert mich wieder vor sich hin und aus den Augenwinkeln kann ich erkennen, dass sie ein durchsichtiges, seidenes Band aus ihrer Tasche holt und ihr Nähkissen. Woher hat sie gewusst, dass sie das alles benötigen wird?

»Purple, holst du bitte die Schuhe für Mariella?«, trägt sie der Katze auf.

Erstaunt bemerke ich, dass Purple aufspringt und in Richtung Keller saust. Das kann doch nicht wahr sein, oder? »Versteht die Katze uns?«, frage ich unsinnigerweise. Dabei ist mir doch klar, dass man wohl ein Tier nicht als Hilfsbote einsetzen kann.

»Natürlich! Und zwar jedes Wort!«

Tatsächlich bringt Purple eine meiner Glitzer-Sandalen und läuft zurück, um nur nach wenigen Augenblicken mit dem anderen zu kommen.

»Ist ja verrückt«, sage ich. »Danke, du Süße!«

Auch Karli kommt her und legt mir etwas Glitzerndes in die Hände. Es sind Ohrstecker. »Wo hast du die her?«

»Von mir«, erklärt Frau Fairgut.

Wenn ich es nicht besser wüsste, würde ich meinen, ich sei betrunken. Aber da ich keinen Tropfen Alkohol angerührt habe, kann dies nicht möglich sein.

Jetzt spüre ich, wie Frau Fairgut an meinen Haaren herumzupft und die Wickler rausdreht, dann Strähne für Strähne hochsteckt und einige Blüten ins Haar drapiert. Wo sie die her hat will ich gar nicht wissen.

»Die schützen Sie und machen Sie stark«, erklärt sie hinter mir.

»In Ordnung!« Mittlerweile glaube ich ihr einfach jedes Wort. Bisher hat sie wirklich alles hinbekommen. Oder war es die Magie der Beeren? Na ja, bis auf Poldis Besuch …

Zum Schluss gibt sie noch etwas Lidschatten rund um meine Augen.

»Sie sehen so hübsch aus, einfach bezaubernd!«

»Danke.« Ich freue mich über das Kompliment.

»Nun nichts wie los mit Ihnen! Ich rufe ein Taxi!«

Während Frau Fairgut telefoniert, suche ich eine Handtasche, die ich dazu tragen kann und stecke meine Geldbörse wie das Handy ein.

»Das Taxi ist in einer Minute da«, sagt Frau Fairgut und scheucht mich hinaus.

»Haben Sie das auch verzaubert?«, frage ich lachend.

»Natürlich, was denken Sie denn?« Sie schmunzelt. »Ich wünsche Ihnen einen tollen Abend. Er wird einiges für Sie bereithalten, glauben Sie mir!«

»Vielen Dank für alles!« Ich werfe ihr ein Luftküsschen zu, dann setze ich mich in das Taxi, das eben vor unserem Haus stehengeblieben ist.

Auf der Fahrt werfe ich einen Blick auf das Handy und erstarre. Amelie hat fünf Mal angerufen und mehrere Nachrichten geschickt.

»Wo steckst du?«

# Kapitel 23

»Ich bin gleich da«, tippe ich zurück und beiße mir auf die Lippen. Ich habe meiner Tochter versprochen, bei der Ankunft einige süße Bilder vom Fotografen mit ihr machen zu lassen. Außerdem ist sie bestimmt in den Fängen von Gerhild. Wenn das mal gut geht.

Zum Glück herrscht kaum Verkehr, trotzdem dauert es noch etwas, bis wir da sein werden.

»Ich nehme ´ne Abkürzung, was!«, sagt der drollige Taxifahrer, der aussieht, als wäre er ein Clown mit seiner roten Nase und dem Kajal um die Augen. Schon nimmt er eine Kurve äußerst scharf und dann eine weitere und noch eine. Während mir schwindelig wird, verkündet der Fahrer, dass wir da sind.

»So schnell? Wie ist das möglich?«

»Abkürzung«, sagt er knapp.

Mich wundert heute überhaupt nichts mehr. Ich will bezahlen, aber selbst das wehrt der Fahrer ab. »Ist schon bezahlt. Von der netten Dame«, erklärt er mir. »Der Hexe.«

Ich hebe die Augenbrauen. »Sie kennen Frau Fairgut?«

»Aber ja, meine Mutter ist selbst eine Hexe. Die beiden treffen sich jeden Freitag im Hexenclub. Wussten Sie das nicht?«

»Ich fürchte nicht … na ja dann danke und auf Wiedersehen.« Ich steige aus und atme erst mal von der frischen Nachtluft eine große Portion ein. Zwar ist es nicht mehr so kalt wie in den letzten Tagen und der Schnee ist geschmolzen, aber ohne Jacke ist es dennoch zum Frösteln wie mir bewusst wird. Ich habe nämlich keine Jacke mit. Oder sonst etwas.

Also bleibt mir nichts anderes übrig, als so schnell wie möglich in das Schlösschen zu huschen. Das ist nun, wo es dunkel ist, äußerst lieblich beleuchtet. Man taucht direkt in eine magische Stimmung ein. Sogar einen Türsteher gibt es. Er trägt einen Frack und weist die Gäste ein.

Die Garderobe erspare ich mir und eile direkt weiter zur Treppe, wo ich tief durchatme, und mir denke, dass es leichter wäre, wenn ich eine Begleitung hätte. Aber na ja, ich habe keine und da ich zu spät bin, kann mich nicht einmal meine Pseudo-Familie mit nach unten nehmen, während ich mich zwischen ihnen verstecken würde.

Ich werfe einen Blick durch den Saal. Erst jetzt nehme ich wahr, wie nobel alles aussieht. Kronleuchter spenden angenehmes Licht, nicht zu grell und auch nicht zu dunkel. Die runden Tische sind mit Blumengestecken dekoriert. An den Seiten des festlichen Saals stehen weitere Blumenarrangements.

Jetzt ist es an der Zeit, um sich unter die Menge der Menschen zu mischen. Ich strecke meinen Rücken durch, richte mich auf und schreite Schritt für Schritt nach unten. Je weiter ich komme, desto mehr Leute beobachten mich, das merke ich genau. Oje, wie peinlich! Am liebsten würde ich direkt weiter auf die Toilette laufen, aber selbst bis dahin sind es noch einige Meter.

Und dann geschieht, womit ich nie gerechnet hätte. Am Treppenabsatz bleibt Mr Fraser stehen, sieht bewundernd zu mir hoch und hält mir seine Hand hin, als ich bei ihm angelangt bin.

»Hallo«, begrüßt er mich und lächelt so, als würde die Sonne aufgehen.

»Hi.« Meine Kehle ist staubtrocken.

»Darf ich Sie zu Ihrem Platz begleiten?«

»Ich weiß nicht …« Mir fällt ein, dass Gerhild mich ja eingesperrt hat und nicht mit mir rechnen wird. »Ich suche eigentlich Amelie.«

Mr Fraser nickt. »Ich glaube, sie ist hinter der Bühne. Die Polonaise startet bald.«

Ich bin erleichtert, dass ich die noch nicht verpasst habe und suche den Weg.

Mr Fraser, der meine Hand noch nicht losgelassen hat, meint: »Darf ich Sie hinführen?«

Ich zögere und will ihm eigentlich meine Hand entziehen. Bis jetzt hat er mich ja die ganze Zeit ausgelacht oder veräppelt und irgendwie war ich ständig verwirrt und angesäuert, wenn wir uns getroffen haben.

»Wissen Sie, vorhin habe ich eine junge Frau in einem pinken Kleid gesehen und schon gedacht, dass Sie es wären. Aber da habe ich mich wohl getäuscht.« Er schmunzelt, was mich wieder zum Rasen bringt.

»Ja, das Kleidchen habe ich der Nichte meiner Schwiegermutter geliehen. Mir hat es ohnehin nicht gepasst.«

»Oh doch, da muss ich Ihnen leider widersprechen, es sah an Ihnen sehr … verführerisch aus.« Er beißt sich leicht auf die Lippen und sieht mich zaghaft an.

Mein Bauch schlägt Purzelbäume. Hat er verführerisch gesagt? Vielleicht meint er etwas ganz anderes, Deutsch ist schließlich nicht seine Muttersprache. Mein Ärger ist dennoch mit einem Mal wie weggeblasen.

»Dieses Kleid steht Ihnen aber auch ausgezeichnet. Sie sehen wie eine Prinzessin aus! Ich glaube, Sie können einfach alles tragen.«

Himmel, ich schmelze gleich, wenn er mit seinen Komplimenten nicht aufhört.

Reiß dich zusammen!, schimpfe ich mit mir. Lass dich nicht von einem Mann verwirren, den du nicht mal kennst!

»Wo ist die Bühne? Oder Amelie?«

»Kommen Sie mit!« Er zieht mich sanft mit sich.

Wir gehen einen Gang entlang und kommen hinter die Bühne, wo zahlreiche junge Erwachsene umher wuseln.

»Mama!« Amelie hat mich erspäht und läuft auf mich zu.

»Oh, du siehst ja zauberhaft aus. So elegant!«

Wir drücken uns und betrachten uns gegenseitig.

»Und du hast ja das Kleid von deinem Abschlussball an«, sagt Amelie erstaunt. »Es sieht wunderschön aus! Wo warst du die ganze Zeit?«

»Tja … das ist eine lange Geschichte … Gerhild hat mich eingesperrt …«

»Was? Das gibt´s ja nicht. Jetzt reicht´s aber mal mit ihr, was meinst du?« Empört blickt sie von mir zu Mr Fraser, der neben uns steht. Er hat ganz große Augen bekommen, als er das vom Einsperren gehört hat.

»Lass uns später reden. Nun seid ihr gleich dran!« Ich schicke sie zu den anderen, die bereits Paarweise aufgereiht stehen.

»Ich nehme nicht an, dass Sie jetzt zu Ihrem Tisch wollen?«, spricht Mr Fraser mich an.

»Um ehrlich zu sein, ich habe keine Ahnung, wo ich hin will … nicht zu meiner sogenannten Familie, nein. Am liebsten weit weg von ihnen und dennoch mit einer super Sicht auf meine Tochter.«

Mr Fraser nickt wissend, hält mir seinen Arm hin, damit ich mich unterhaken kann. Ich weiß gar nicht, worüber ich mehr aufgeregt sein soll.

Über den Tanz, den meine liebe Amelie gleich hinlegen wird oder darüber, dass mich ein sehr smarter Mann zu meinem Zuschauerplatz geleiten wird.

Wir müssen einige Stufen nach oben und durch einen halbdunklen Gang.

»Ist es erlaubt, hier zu sein?«, flüstere ich, da außer uns keine Menschenseele weit und breit ist.

»Bestimmt«, flüstert er zurück und öffnet eine Tür.

Mit einem Mal erkenne ich, dass wir auf einer Art Loge stehen.

»Das ist ja ein herrlicher Ausblick«, schwärme ich. Von hier oben hat man den ganzen Saal im Blick.

»Wusste ich es doch«, meint er schmunzelnd. Er zeigt sich sichtlich erfreut und deutet nach unten. »Sind das nicht Ihre Verwandten?«

Tatsächlich. Direkt unter uns sitzen Rudolf, Gerhild und die zwei Nichten. Immerhin haben sie mir einen Platz freigehalten. Dann rechnen sie wohl damit, dass ich doch noch auftauche. Meine Laune sinkt kurzzeitig, als ich sehe, wie sie ausgelassen lachen und trinken. Ich bin eine Außenseiterin der eigenen Familie, denke ich. Ach, ich habe nie dazugehört …

»Warum so traurig? Möchtest du nicht lieber bei deiner Familie sitzen?« Mr Fraser fasst an meine Schulter.

Dass er von Sie ins Du wechselt, stört mich nicht. Im Gegenteil, es fühlt sich fast freundschaftlich an. So erzähle ich ihm, dass ich gar nicht empfinde, dass das da unten meine Familie sei.

»Ich bin einfach eine billige Dienstmagd …«

»Unsinn, das kann ich nicht glauben. Was ist denn mit deinem Mann? Sieht der das auch so?«

»Wer?«

»Amelies Dad …«

»Ach so … du meinst bestimmt Poldi … Amelies Vater. Das ist nicht mein Mann. Wir haben uns getrennt. Vor Ewigkeiten.« Ich seufze und starre ins Leere.

»Aber du wohnst bei seinen Eltern?« Mr Fraser klingt so, als würde er das kaum glauben.

Ich zucke mit der Schulter. »Tja, es hat sich damals so ergeben …«

»Verstehe.« Er nickt sachte. »Aber wenn du mit deinen Schwiegereltern nicht zurechtkommst, wieso bist du nie ausgezogen?«

Ich muss schlucken, denn genau dieselbe Frage habe ich mir schon zu oft gestellt und nie eine befriedigende Antwort gefunden. »Ich denke, es ist Gewohnheitssache … zudem … lag es an den finanziellen Mitteln.«

»Aber es gibt doch Förderungen, oder? Und Amelies Vater wird doch auch etwas zahlen müssen, wenn … wenn er nicht bei euch wohnt?«

»Schon …« Ich breche ab, weil ich nicht über das leidige Thema Geld sprechen möchte. Dann fasse ich mir doch ein Herz. »Poldi hat zwar immer einen Beitrag überwiesen, aber den hat sozusagen Rudolf kassiert. Also, mein Schwiegervater«, erkläre ich.

Mr Fraser hebt die Augenbrauen. »Wieso das denn?«

»Keine Ahnung … sozusagen als Miete?« Wenn ich das laut ausspreche, hört sich das albern an, muss ich zugeben.

»Ich glaube, du bräuchtest vielleicht eine Beratung … bei einem Experten … Was sagst du dazu?«

»Dagegen habe ich mich bisher immer gewehrt«, gebe ich zu. »Aber vielleicht sollte ich das echt mal in Anspruch nehmen.«

»Das klingt toll. Ich will dich natürlich zu nichts drängen, aber eine sehr engagierte Expertin arbeitet mit unserer Schule zusammen … Gib einfach Bescheid, ich kann ein Gespräch organisieren.«

Mein Gesicht hellt sich auf. »Werde ich machen.« Wird Mr Fraser etwa zu meinem Problemlöser? Ich denke an die Projektarbeit … bestimmt hat er Frau Reuter Dampf unterm Hintern gemacht und hat nicht die Direktorin erzählt, dass Mr Fraser bei ihr gewesen ist und sie über das Problem mit der Projektarbeit informiert hat?

»Das strahlende Lächeln steht dir gut«, meint er zu mir.

Seine Worte bringen mich direkt noch mehr zum Strahlen und irgendwie fühle ich mich pudelwohl.

»Wie lautet eigentlich dein Vorname?«, will ich wissen.

»William. Und deiner?«

»Mariella.«

»Sehr schön. Klingt wirklich nach einer Prinzessin.« Er lächelt so charmant, dass meine Knie weich werden.

»Seid ihr Engländer immer solche Lügner?«, necke ich ihn.

»Hey, Vorsicht! Keine Vorurteile bitte.« Er beugt sich zu mir. »Und wenn, dann nur die guten. Wir Engländer sind nämlich immer höflich, freundlich und um das Wohl unserer Mitmenschen bemüht.«

»Das merke ich«, stimme ich ihm zu.

Für einen langen Moment schaut er mir in die Augen, sodass mein Herz direkt wieder schneller schlägt. Ich muss mich zusammenreißen! Er ist Amelies Lehrer! Und es ist ein indirektes Verbot, dass Eltern sich mit einem Lehrer einlassen. Das geht einfach nicht!

Wenn er nicht so smart aussehen würde, wäre es leichter, einen klaren Kopf zu bewahren. Das war überhaupt keine gute Idee, hier mit ihm in dieser einsamen, fast schon romantischen, Loge Stellung zu beziehen.

Unauffällig trete ich einen Schritt von ihm weg. Diese Nähe tut mir echt nicht gut.

Glücklicherweise wird meine Aufmerksamkeit in diesem Moment ohnehin auf etwas ganz anderes gelenkt: Die Polonaise startet und etwa fünfzehn junge Paare betreten die Tanzfläche. Jetzt bin ich richtig aufgeregt. Als ich meine Tochter erspähe, bekomme ich eine Gänsehaut.

Nicht ich sehe wie eine Prinzessin aus, sondern sie! So anmutig wie sie sich bewegt und das cremefarbene Kleid … ein Traum. Ich bin gerührt und bemerke, dass ich schlucken muss. Oje, nicht weinen, Mariella! Aber es hilft nichts, schon läuft eine Träne über meine Wange. Schnell wische ich sie weg.

# Kapitel 24

William wäre nicht der aufmerksame Mann, den ich bisher kennengelernt habe, wenn er nicht bemerkt hätte, dass ich schniefe. Wie automatisch zückt er ein Taschentuch und reicht es mir.

»Danke«, krächze ich.

Er rückt zu mir auf und hält seine Hand an meinen Rücken, sodass sich an der Stelle eine irrsinnige Wärme breit macht.

Ich bin so dankbar, dass ich diesen tollen Moment erleben darf. Meine Tochter Amelie tanzt mit ihrem Freund Gil und ich werde sozusagen im Arm gehalten. Na ja, nicht ganz, aber fast. Ich könnte es mir nicht schöner vorstellen!

Nach der klassischen Polonaise folgt noch ein moderner Teil, dann löst sich die Tanzgruppe auf und die Band legt so richtig los und bittet die ersten Tanzpaare auf das Parkett.

»Wie wäre es mit einem Glas Sekt«, erkundigt sich William bei mir.

»Sehr gern.« Ich habe ohnehin das Gefühl, das meine Kehle komplett ausgetrocknet ist.

Wir gehen wieder nach unten, da stürmt Amelie auf uns zu. Gil hat sie im Schlepptau.

»Wie hat es dir gefallen?«, will sie wissen. Die Aufregung ist ihr direkt noch anzusehen. Ihre Wangen sind stark gerötet. »Oh, hi Mr Fraser, haben Sie auch zugeschaut?«

Mit einem Mal erstarre ich. In den letzten Minuten habe ich vergessen, dass William ja immer noch Amelies Lehrer ist. Sofort trete ich einen Schritt von ihm beiseite und schüttle den Kopf.

»Was? Hat es dir nicht gefallen?«, ruft Amelie entsetzt aus.

»Nicht doch!« Herrje, Williams Anwesenheit macht mich noch irre. »Ich will sagen, ihr wart großartig! Wirklich eine sehr harmonische und auch fantasievolle Choreo … und ihr habt so elegant ausgesehen.«

»Du schaust auch prima aus, Mama«, sagt Amelie glücklich.

»Ein Foto der Familie?« Der Fotograf ist an uns herangetreten.

»Au ja«, jubelt Amelie und drückt sich an mich.

Ich versuche zu lachen, aber die Aussicht, dass William mich dabei genau beobachtet, lässt mich noch nervöser werden als ich ohnehin schon bin.

»Und nun ein Foto mit Ihnen allen!« Der Fotograf scheucht William und Gil zu uns.

Mir wird heiß und kalt zugleich, denn William stellt sich zwischen mich und Amelie und hält mich an der Schulter. Jetzt kann ich gar nicht anders, als zu grinsen.

»Sehr schön. Vater und Tochter sehen entzückend aus, wenn sie nebeneinanderstehen«, meint der Fotograf und knipst wie wild.

Sogleich macht sich ein dumpfes Gefühl in mir breit. Sollte nicht Poldi auf dem Foto sein statt Mr Fraser? Ich meine, er ist ja nur der Lehrer von Amelie … Wo ist bitteschön ihr Vater? Zurückgerufen hat er jedenfalls nicht.

Langsam hat der Fotograf genügend Bilder geknipst und widmet sich den nächsten Ballgästen zu.

»Hi Mr Fraser!« Eine großgewachsene Frau in pastellfarbenem Kleid tritt näher und nimmt William in Beschlag.

Gil will zu seinen Eltern.

»Du Mama, was ist mit Oma und Opa? Gehen wir zu ihnen?«

Eigentlich habe ich Angst davor, kann das aber meiner Tochter schlecht sagen. Und außerdem werde ich ihnen irgendwann wohl gegenübertreten müssen.

»Okay«, sage ich schwach. Wo ist mein versprochener Sekt? Den hätte ich nun gut gebrauchen können.

Je näher wir dem Tisch kommen, desto übler wird mir.

»Na so was, Amelie!« Rudolf steht auf und drückt sie.

»Du hast wunderbar getanzt«, schmeichelt Gerhild ihr.

Auch Elsegret und Irmengard zeigen sich begeistert.

Und dann erblicken sie mich.

»Was tust du denn hier?« Gerhild erschrickt beinahe. »Du sollst doch den Keller sortieren.«

»Ja, ich habe auch angefangen«, erkläre ich. »Nachdem du mich eingesperrt hast.«

»Also wirklich Oma, wieso hast du das getan?«, will Amelie wissen.

»Na, ich kann mir das nicht erklären. Das muss wohl aus einem Reflex heraus passiert sein …« Sie gibt sich Mühe und blickt entschuldigend.

»Gut, belassen wir es dabei«, meine ich.

»Fein, dann hol uns doch noch eine Runde Sekt«, kommandiert sie mich gleich wieder herum.

Ich will schon los eilen, da fallen mir die Worte von William ein. Nein, ich bin keine Dienstmagd! »Das werde ich nicht tun«, sage ich seelenruhig. »Hier gibt es Kellner, die uns die Getränke an den Tisch servieren und das weißt du auch.«

Perplex sieht sie mich an. So etwas wie ein Widerwort hat sie noch nie erlebt, wie es aussieht.

Ich spüre eine Art Genugtuung. Wieso habe ich mich nicht früher gewehrt? Doch ich kenne die Antwort: Ich hätte mich nicht getraut. Aber jetzt!

»Und euer Frühstück könnt ihr morgen selbst machen«, füge ich hinzu.

Rudolfs Kinn klappt hinunter. »Aber die selbst gebackenen Brötchen?!«

»Ich bin mir sicher, dass sie dir sehr gut gelingen werden.«

»Hör auf, so einen Unsinn zu verzapfen und hol lieber den Sekt. Ich verdurste.« Gerhild zeigt schnippisch auf ihr leeres Glas.

Ich verdrehe die Augen. Hat sie es immer noch nicht verstanden? Provokant setze ich mich auf den freien Stuhl.

»Danke, dass ihr mir einen Platz freigehalten habt.«
»Der ist nicht für dich«, erklärt Rudolf.
»Ach ja und für wen sonst?«
»Paps!«, kreischt Amelie und stürmt auf ihn zu.
Meine Kinnlade klappt nach unten. Das darf nicht wahr sein, oder?

Amelie fällt Poldi in die Arme. Er strahlt und hebt sie hoch.

Scheiße, er sieht noch genauso gut aus wie früher, obwohl er sich stark verändert hat. In seinem tadellos sitzenden metallic-silbernen Anzug und der dazu passenden Haarfarbe fällt er im ganzen Saal auf, sodass ein Raunen zu hören ist. Ich muss schlucken. Wieso ist er hier? Und vor allem: War es nicht mein Wunsch, dass er herkommt? Habe ich doch Zauberbeeren gegessen?

Ich beginne zu schwitzen. Poldi steuert direkt auf uns zu. Amelie sieht neben ihm überglücklich aus.

»Bonjour!« Er blickt durch die Runde und verteilt Luftküsschen.

Gerhild jubelt vor Freude und lässt es sich nicht nehmen, ihren Sohn fest zu drücken.

»Das freut mich, dass ihr alle zusammen seid. Ich hätte schon gedacht, es gibt Streit.«

»Wie kommst du auf so eine alberne Idee?«, brummt Rudolf.

»Nur so …«

»Was tust du hier?«, frage ich verwirrt.

»Na ja, du hast doch angerufen.« Er lacht lauthals, sodass die Sitznachbarn auf uns aufmerksam werden.

Ich erinnere mich leider zu gut und auch an all die Worte, die ich ihm auf die Mailbox gesprochen habe.

»Super Mama, hast du Paps extra eingeladen?« Amelie quiekt begeistert.

»So kann man es auch nennen«, sage ich matt.

»Steh doch mal auf, Mariella«, will mich Gerhild verscheuchen. »Pierre ist müde und soll sich setzen.«

Ich will schon fragen, wen sie mit Pierre meint, da fällt mir wieder ein, dass Poldi ja einen Künstlernamen hat. Pierre Lizzard. Wie extravagant.

»Warte, ich hole noch einen Stuhl«, sagt er und angelt sich einen vom Nachbartisch. »Und für dich auch einen.« Er zeigt auf Amelie.

»Nicht nötig. Ich muss gleich arbeiten.«

»Was? An deinem großen Abend?« Er schüttelt entsetzt den Kopf.

»Ein paar Rosen verkaufen und Lebkuchenherzen und so … damit wir später die Rosenkönigin und den Herzkönig küren können«, erklärt sie verschwörerisch.

Ich muss mit den Augen rollen. Schon damals bei unserem Abschlussball ist Poldi äh Pierre zum Ballkönig gekürt worden.

Ich war natürlich nicht die Rosenkönigin … Na ja, egal. Ich werde es auch heute nicht sein. Weshalb sollte man mir Blumen schenken?

Bei Poldi sieht es anders aus. Schon kommt eine drollige Dame und hängt ihm ein Lebkuchenherz um den Hals. »Sie haben es verdient. Ihr Outfit ist klasse!«

Oh Mann, das halte ich ja nicht aus. Die nächste Lady steuert auf ihn zu. Hallo, haben die alle keinen eigenen Mann? Was finden die an Poldi alias Pierre.

»Ich bin letzten Monat in Paris dabei gewesen«, sagt die Frau in samtgrünem Kleid verschwörerisch.

Auf meinen fragenden Blick hin antwortet mein Ex: »Bei der Bleu-Couture! Eine Modenschau.«

Ich verziehe das Gesicht. Mode interessiert mich gar nicht.

Mit einem Mal läuft Amelie wieder auf uns zu. »Gleich ist der Vater-Tochter-Tanz dran!«

Poldi steht sofort auf. »Wunderbar, auf den habe ich mich gefreut.«

Amelie und ich schauen uns verwundert an. Und nun?

»Sie tanzt aber mit Izmael«, beharre ich.

»Na ja … wenn Paps gerne möchte …«, stottert Amelie herum.

»Nichts lieber als das!« Poldi nimmt sie an die Hand und führt sie nach vorne aufs Parkett, wo sich schon die anderen versammelt haben.

Jetzt erst kommen mir Izmael und Lisa in Gedanken auf. Wo stecken sie überhaupt?

## Kapitel 25

Ich drehe einige Runden im Festsaal, bis ich sie endlich finde. Sie stehen eng beisammen und flüstern miteinander.

»Hi«, unterbreche ich sie. »Der Vater-Tochter-Tanz steht an.«

»Oh! Ich beeile mich«, sagt Izmael und will los, aber ich halte ihn auf.

»Hör mal … irgendwie ist mein Ex aufgetaucht und tanzt nun mit Amelie …«

»Was? Poldi ist da?« Lisa blickt sich suchend um. »Scheiße, ich sehe ihn!«

»Tut mir leid«, wende ich mich an Izmael.

»Kein Problem, ich freue mich für Amelie. Und ich kann dann ja mit euch tanzen, nicht wahr?« Er lächelt und fragt, ob wir ein Glas Sekt wollen.

»Sehr gern.« Bisher bin ich noch zu keinem Schluck gekommen.

Sobald Izmael weg ist, nehme ich Lisa zur Brust. »Was ist da zwischen euch?«

»Nicht viel«, meint sie verschwörerisch. »Noch nicht.« Sie kichert.

»Ich wusste es!«

»Wusstest du nicht, es ist ganz frisch …« Ihre Wangen bekommen einen rosafarbenen Ton. »Du wolltest doch nichts von ihm, oder?«

»Ich? Nicht doch …«

»Habe ich mir gedacht. Immerhin hast du schon am Übungsabend nach diesem Blondi Ausschau gehalten und schlussendlich bist du vor ihm weggelaufen. Er hat uns dann ja beim Wegfahren nachgeschaut. Spätestens da wusste ich Bescheid.«

»Worüber?«

»Na, dass du verknallt bist.«

»Stimmt doch nicht«, wehre ich ab.

»Und wie! Guck dich an. Du siehst heute Abend wie eine Prinzessin aus!«

Ich muss schmunzeln. Dasselbe hat William auch schon gesagt.

»Und?«

»Denk nach! Wann hast du dich das letzte Mal so rausgeputzt?«

»Puh, keine Ahnung …«, gebe ich zu.

»Eben!«

»Das heißt nichts, denn erstens ist das Kleid uralt und zweitens ist das alles Frau Fairguts Verdienst.« Mit einem Mal fallen mir ihre Aktionen sowie die von Purple und Karli ein. Alles Magie?

»Du siehst auch top gestylt aus«, mache ich meiner Freundin ein Kompliment. »Das Kleid sitzt super.«

»Danke.« Sie strahlt. »Das Fasten hat geholfen. Morgen gibt´s aber ein feines Abendessen mit Izmael.«

Er kehrt gerade mit den Getränken zurück und wir stoßen an. Ich leere das Glas in einem Zug und beobachte Amelie mit ihrem Vater. Die beiden sehen zufrieden aus und so, als hätten sie Spaß.

Nach dem Tanz kommen sie auf mich zu.

»Mama, du errätst nie, was Paps mir angeboten hat.«

Augenblicklich spüre ich einen Klumpen im Magen.

»Er lädt mich nach dem Abschluss nach Frankreich ein. Ist das nicht cool?«

Ich beginne leicht zu wanken. »U-und Gil?« Mir ist nichts Besseres eingefallen.

»Kommt mit«, sagt sie fröhlich. »Bis zum Studium haben wir ja wochenlang Zeit!«

Das Wort *wochenlang* stößt mir sauer auf.

»Ich muss das sofort mit Gil bereden!« Sie eilt davon.

»Was erlaubst du dir?«, fauche ich Poldi an.

»Was ist denn?« Er schüttelt den Kopf. »Du wolltest doch, dass ich mehr Zeit mit meiner Tochter verbringe.«

»Schon … aber nicht so«, sage ich erbost. »Du kannst sie mir nicht wegnehmen!«

»Das tue ich ja nicht. Aber ich finde, nach der Schule hat sie eine Auszeit verdient und ich habe es verdient, dass sie mal mein Leben kennenlernt.«

Sprachlos trete ich einige Schritte zurück. Poldi nimmt das anscheinend als Zustimmung und lässt mich stehen.

Lisa legt mir mitfühlend die Hand an die Schulter. »Das wird schon«, meint sie.

»Ich glaube kaum …«, murre ich und drücke Izmael das leere Glas in die Hand. »Bitte entschuldigt mich.«

Zwar habe ich keinen Plan wo ich hinwill, aber ich muss hier raus. Am besten an die frische Luft. Gibt es hier keine Terrasse oder so?

Dann sehe ich vor mir einen grauhaarigen Mann, der eben ein Feuerzeug in seiner Anzugstasche verstaut.

Natürlich!

Ich gehe zu ihm. »Verzeihung, wo finde ich die Raucherecke?«

Er deutet auf den Gang hinter uns. »Gleich dort!«

»Danke!« Schon bin ich unterwegs und drücke gleich die schwere Tür auf.

Schon umhüllt mich die kalte Nachtluft, die zwar mit Zigarettenrauch gemischt ist, aber das ist mir egal. Ich atme sie trotzdem tief ein.

Die Terrasse ist nicht sehr gut beleuchtet, aber das macht nichts. Ich gehe einige Schritte von dem Aschenbecher weg und lehne mich ans Geländer.

Unter mir kann ich einen Schlosspark erkennen, der weiter hinten an eine Wiese angrenzt.

Augenblicklich beginne ich zu frösteln. Aber ich will trotzdem nicht hineingehen.

Da legt sich wie von Zauberhand ein wärmender Stoff um meine Schultern.

»Du frierst ja.« William ist aufgetaucht.

»Mein Retter«, rutscht es mir heraus. »Was machst du hier?«

»Nun, eigentlich wollte ich meine Zigarillos rauchen, wo ich sie schon gekauft habe.« Er grinst und holt das Päckchen hervor. »Erinnerst du dich?«

»Klar!« Die hat er doch bei mir erstanden. »Ist dir nicht selbst kalt?«

»Geht schon. Ich trage ja ein langärmeliges Hemd. Außerdem wird mir neben dir ziemlich warm.« Er tritt ganz nah neben mich, sodass sich unsere Oberarme berühren. Augenblicklich wird mein gesamter Arm kribbelig.

Ich muss dem Drang widerstehen, meinen Kopf an seine Schulter zu lehnen. Mensch Mariella, er ist Lehrer!

»Wieso bist du eigentlich ganz allein hier draußen?«, will er wissen.

»Ich brauchte mal frische Luft«, gebe ich zu.

»Ärger mit der Family?«

»So ist es.«

»Willst du darüber reden?«

Eigentlich nicht, denke ich. Dann strömt es aber irgendwie nur so aus mir heraus.

»Weißt du, eben habe ich den Schwiegereltern erklärt, dass ich mich nicht mehr wie ein Dienstmädchen behandeln lassen will. Das haben sie aber nicht ernst genommen.«

»Dann sag es ihnen noch einmal«, meint William. »Natürlich werden sie ein wenig Zeit brauchen, bis sie sich damit arrangieren können. Sie sind es eben gewöhnt, dass du bisher alles für sie erledigt hast. Nicht wahr?«

Ich muss zugeben, dass er mit seinen Worten recht hat. »Da ist aber noch mehr …«

Er nickt verständnisvoll. »Habe ich mir schon gedacht.«

»Amelies Vater ist plötzlich aufgetaucht. Und will sie mir wegnehmen.« Beinahe platze ich vor Wut.

»Wegnehmen?« William runzelt die Stirn. »Soll sie bei ihm wohnen?«

»Ja!«, rutscht es aus mir heraus. »Den ganzen Sommer über.«

Ich sehe genau, dass William schmunzelt. »Das ist doch nicht lange …«

»Doch«, beharre ich.

»Was sagt Amelie denn dazu?«

»Na, die ist restlos begeistert …« Ich sinke in mich zusammen und spüre Williams Arm, der sich um meine Schulter legt. Sofort fühle ich mich etwas besser.

»Mariella«, beginnt er. »Ich glaube, du musst lernen, loszulassen.«

»Ich weiß«, seufze ich.

»Amelie ist doch nicht lange weg … Sie hat es auch verdient, bei ihrem Dad zu sein und ihn besser kennenzulernen, oder?«

»Mhm«, mache ich nur. »Ich muss mir eingestehen, dass ich mir das sogar gewünscht habe … Nun ja, vielleicht nicht so, dass Amelie nach Paris geht … aber, dass sich ihr Vater um sie kümmert.«

»Perfect! Dann ist ja alles so geworden, wie du es gewünscht hast.« Er lächelt mir zu und in meinem Bauch kribbelt es.

»Stimmt«, gebe ich zu. All meine Wünsche sind wahr geworden. Augenblicklich fällt mir Frau Fairgut ein. Hat sie da überall ihre Hände im Spiel? Liegt es an den Beeren? Ist alles purer Zufall?

Das, was ich heute erlebt habe, lässt mich langsam wirklich an Magie glauben. Denn die Situation ist eigentlich aussichtslos gewesen, dass ich es überhaupt zum Ball geschafft hätte …

»Du siehst süß aus, wenn du nachdenkst«, raunt mir William zu.

Ich blicke in seine Augen, die wie der Sternenhimmel funkeln. Mir wird warm ums Herz. Gleichzeitig erinnere ich mich daran, dass er der Lehrer meiner Tochter ist.

»Was ist das zwischen uns?«, spricht er die Frage aus, die sich mir ebenfalls stellt.

Ich wage mich nicht zu bewegen. »Ich weiß es nicht …«

»Dann spürst du das auch? Diese gewisse Anziehung? Jedes Mal, wenn ich dich sehe, gerät mein Herz aus dem Takt.«

Ich atme auf und wende mich ihm zu. »Ehrlich?«

»So ist es …« Er räuspert sich. »Außerdem muss ich zugeben, dass ich ständig an dich denken muss … und ich deshalb automatisch deine Nähe gesucht habe.«

Ich denke nach. »Die Zigarillos?«

Er lacht. »Auch … ich habe von Amelie erfahren, dass du in der Trafik arbeitest. Eigentlich rauche ich nicht wirklich …«

»Ich auch nicht«, erwidere ich belustigt.

»Jetzt hätte ich mir beinahe eine Zigarillo gegönnt«, gesteht er.

»Bei mir zu Hause bist du auch gewesen …«, fahre ich fort. Das mit dem Verstecken in der Trafik, als er davorgestanden ist, verschweige ich.

»Ja … ich hatte gehofft, dich zu sehen …« Er beugt sich zu mir hinunter. »Ich mag dich …« Sein Blick wird ganz weich.

Ich sollte eigentlich was erwidern, aber mir verschlägt es die Sprache. Jetzt spüre ich, wie er seine Hände an meine Taille legt und mich zu sich heranzieht. Endlich traue ich mich und drücke mich an ihn. Meine Arme positioniere ich ungeschickt an seine Schultern, doch es scheint ihn nicht zu stören.

Seine Mundwinkel heben sich und ich muss auch lächeln. Mein Herz klopft wie verrückt. Ich kann nicht glauben, was ich da tue, aber ich stelle mich auf Zehenspitzen und küsse ihn. Ehe meine Lippen auf seine treffen, schließt er die Augen. Ich tue es ihm nach.

Der Kuss dauert lange und ist intensiv. Die Welt um mich herum nehme ich überhaupt nicht wahr. Es ist so, als würde ich mich in einem Traum befinden, aus dem ich am liebsten nie mehr erwachen würde.

# Kapitel 26

Langsam lösen wir uns von einander und blicken uns tief in die Augen.

»Das war …«, beginne ich.

»Magisch«, beendet William den Satz.

Ich muss schmunzeln. Er denkt dasselbe wie ich.

Trotzdem muss ich auf einmal schlucken, denn mir fällt ein, dass wir uns eigentlich nicht näherkommen dürfen.

»Was ist?«, erkundigt sich William und hebt mein Kinn an.

»Ich … glaube, wir hätten das nicht machen sollen …«, stammle ich.

Aber William bleibt die Ruhe selbst. »Weil ich Lehrer bin?«

Ich nicke und gucke beschämt auf den Boden, aber William sagt: »Hey, don´t worry!« Er schenkt mir ein aufmunterndes Lächeln. »Das ist gar kein Problem, glaub mir.«

Ich wiege den Kopf hin und her. »Das sagst du … aber ich weiß gar nicht, wie ich das Amelie erklären soll … und ich kann mir nicht vorstellen, dass das deinen Kollegen und der Direktorin recht ist … wenn wir … wenn wir …« Ich breche ab, denn ich wage nicht, von einer möglichen gemeinsamen Zukunft zu sprechen.

»Also, eines nach dem anderen. Ich glaube, Amelie wird das verstehen. Außerdem geht sie ihren eigenen Weg … sie ist im Sommer nicht da …«, sagt er behutsam.

»Richtig …«, krächze ich.

»Und das mit den anderen Lehrern ist wohl kein Problem und Frau Direktor Martin wird das schon verstehen …« Er sieht mich prüfend an. »Da ist noch eine Sache, die …«

»Mr Fraser! Da sind Sie ja!« Ein Schüler mit starkem Bartwuchs kommt auf uns zugelaufen. »Die Dankesreden beginnen gleich!«

William drückt sich leicht von mir weg. »Richtig! Ich komme sofort.«

Der Schüler dreht um und verschwindet.

William blickt mich liebevoll an. »Kommst du mit rein?«

Ich nicke.

Er nimmt meine Hand und führt mich den ganzen Weg. Neben der Bühne bleibe ich stehen, während William sie betritt.

Es folgen einige Ankündigungen, Infos und Erzählungen verschiedener Lehrer und auch von der Direktorin.

Plötzlich tippt mir Amelie an die Schulter. »Wo steckst du die ganze Zeit?«

»Ich bin draußen gewesen …«, stammle ich.

»Mit Mr Fraser?« Sie wirft mir einen prüfenden Blick zu.

»Nein … Ja … Also, woher hast du diese Info?« Mir ist diese Situation unangenehm und ich würde mich am liebsten verdrücken.

»Ich habe euch gesehen«, meint sie verschwörerisch.

»Ja?«

Sie knufft mich in die Seite. »Mensch, Mama! Tu nicht so geheimnisvoll. Du findest ihn gut und er dich.« Sie kichert unverschämt. »Das habe ich schon bemerkt.«

»Oh …« Ich weiß gar nicht, wohin ich meinen Blick wenden soll.

»Das braucht dir nicht peinlich zu sein, Mama! Im Gegenteil«, sagt sie. »Ich freue mich für dich, für euch … und es tut dir bestimmt gut, endlich mal einen Kerl abzukriegen.«

»Na, hör mal!«, schimpfe ich empört.

Amelie beschwichtigt mich sofort. »Ich meine das ja nur lieb.«

»Selbst, wenn es sich dabei um deinen Lehrer handelt?«, frage ich schüchtern.

»Sicher.« Sie lacht. »In wenigen Wochen bin ich ihn eh los.« Sie bremst sich ein. »Dann hast du ihn allein am Hals.«

»Also wirklich …« Ich schüttle den Kopf, muss aber selbst schmunzeln. »Du bist mir ja eine …«

»Hi, ihr zwei!« Lisa und Izmael sind zu uns herangetreten.

»Wie geht´s euch?«, erkundige ich mich.

»Prima. Das Tanzen macht echt Spaß, solltest du auch mal versuchen. Wo steckst du die ganze Zeit?« Lisa mustert mich fragend.

»Tja … mal hier, mal da«, antworte ich ausweichend.

»Mama ist mit ihrem neuen Lover unterwegs«, plaudert Amelie aus dem Nähkästchen.

»Nicht wahr, oder?« Lisa grinst vergnügt und selbst Izmael wirft einen neugierigen Blick zu mir.

»Also, so kann man das nicht sagen …«, versuche ich mich zu erklären. »Es ist noch ganz frisch, wir haben uns überhaupt erst einmal geküsst …« Hoppla, das wollte ich gar nicht erwähnen.

»Mensch, Süße! Das klingt ja wundervoll.« Lisa ist ganz verzückt.

»Mariella, dein Name wurde eben aufgerufen«, unterbricht Izmael uns.

»Unsinn, wieso sollte ich erwähnt werden?« Sicherheitshalber werfe ich doch einen Blick auf die Bühne. William grinst mich an und deutet, dass ich hinaufkommen soll.

Zunächst scheue ich mich und frage mich, was er denn will. Wohl nicht unsere frisch aufkeimende Liebesbeziehung öffentlich machen? Unsinn. Mariella, du denkst wieder einmal nur Blödsinn!

Amelie verpasst mir einen sachten Schubs. »Geh schon!«

Also tue ich, was von mir verlangt wird und bleibe vor William stehen.

Felix übernimmt das Mikrofon und bedankt sich bei mir für die Hilfe beim Herrichten der Brötchen und für das Backen und Bringen der vielen Kuchen.

Ich bin überwältigt. Damit hätte ich nicht gerechnet.

Die Zuschauer applaudieren und ich will mich schon umdrehen, aber William hält mich am Arm fest. »Du bekommst noch was.«

Felix überreicht mir einen bunten Strauß Blumen.

»Für mich?«, frage ich verzückt.

»Ja. Danke noch mal für alles.«

Breit grinsend verlasse ich die Bühne schließlich. Es folgen weitere Danksagungen, aber ich möchte die Blumen einwässern und gehe mit Amelie in die Mädchenumkleide.

Sie hilft mir, etwas Küchenrolle zu organisieren, damit wir diese feucht machen und den Strauß damit umwickeln können.

»Sag mal, wäre das echt okay für dich, wenn das mit Mr Fraser und mir etwas wird?«, frage ich sie noch einmal.

»Klar! Auf mich brauchst du wirklich keine Rücksicht nehmen.« Sie drückt mich. »Ich freue mich, wenn es dir gut geht. Du hast eine Prise Glück verdient.«

»Ich danke dir. Und das mit den Sommerferien willst du durchziehen?«

»Du meinst, Paps besuchen? Ja. Ich freue mich auf ihn. Gil hat seine Eltern auch schon um Erlaubnis gefragt …« Sie verstummt. »Oh …«

»Was denn?«

»Ich habe bei der Aufregung ganz vergessen, dich zu fragen, ob es für dich okay ist, wenn ich zu Paps fahre … Sorry …«

Meine Güte, meine Tochter ist doch die Beste. Ich bin dank ihrer Worte gerührt. »Natürlich darfst du zu ihm. Ich war nur für einen Moment … überrascht … Du weißt ja, wir zwei waren noch nie richtig getrennt …« Ich muss aufpassen, dass ich nicht gleich wieder heule.

»Mensch Mama! Es sind doch nur ein paar Wochen. Dann komme ich ja wieder.« Sie beißt sich auf die Lippen. »Was meinst du … wäre es nicht an der Zeit, mal bei Oma und Opa auszuziehen?«

Ich atme schwer durch. »Daran habe ich auch schon gedacht …«

»Können wir uns das überhaupt leisten?«

»Ich weiß es nicht«, gebe ich zu. »Außerdem weiß ich nicht, ob ich den Job in der Trafik behalten kann, wenn wir ausziehen … ich meine … deine Großeltern werden nicht erfreut sein …«

Amelie nimmt mich in die Arme. »Wir überlegen uns was, okay?«

»Natürlich«, stimme ich ihr zu. Ich möchte wirklich mein Leben ändern, das habe ich heute begriffen.

»Vielleicht können wir ja bei Frau Fairgut einziehen?« Sie kichert.

»Du hast ja Ideen!« Aber ich muss an unsere Nachbarin denken. Was sie wohl macht?

»Lass uns zurück gehen. Ich will tanzen!« Amelie schiebt mich zur Tür hinaus und gleich darauf stehen wir mitten auf der Tanzfläche.

Gil saust sofort zu seiner Liebsten, während ich bedröppelt dastehe.

Mit einem Mal tritt Poldi vor meine Füße. »Hi, tanzen wir?«

Ich bin zu überrascht, um nein zu sagen.

»Was sagst du nun zu der Idee, dass Amelie im Sommer nach Paris kommt? Mit Gil natürlich«, fragt er mich. »Hast du dich schon etwas beruhigt?«

»Um ehrlich zu sein, war ich ziemlich sauer.«

»Wieso?« Er hebt seine Augenbrauen. »Du wolltest ja, dass ich mich mehr um Amelie kümmere. Das wäre jetzt die perfekte Gelegenheit dazu.«

»Schon, es wäre nur nett gewesen, wenn du das vorher mit mir besprochen hättest.«

»Oh ... tut mir leid.«

Wir schunkeln und ich komme mir albern vor.

»Ist eigentlich das Geld immer pünktlich angekommen, das ich für Amelie überwiesen habe?«

»Ja, dein Vater hat es einkassiert.« Ich seufze. »Mann, Poldi, wo bist du all die Jahre gewesen?«

Er sieht verdutzt aus. »Na ja, in unterschiedlichen Städten ... Du weißt doch, ich habe mein Künstler-Ich vermarktet. Pierre Lizzard.«

»Sicher weiß ich das ... nur hast du anscheinend vergessen, dass du hier eine Familie hast.«

»Tut mir leid ... nach unserer Trennung war ich irgendwie nicht mehr ich selbst und ich habe immer gedacht, dass du mich sowieso nie mehr sehen und hören willst.«

»So war das auch eine ganze Weile«, gebe ich zu. »Na ja, immerhin durften Amelie und ich bei deinen Eltern wohnen.«

»Ja, aber was meintest du vorhin, dass mein Vater das Geld einkassiert hätte? Das gehört doch Amelie.«

Ich schnaufe. »Erzähl das mal lieber ihm …«

»Das werde ich tun!« Er zieht mich an der Hand und führt mich direkt zum Tisch, wo die anderen ausgelassen feiern. Nur Elsegret fehlt. Ich halte Ausschau nach ihr, finde sie auf der Tanzfläche. Mit William!

# Kapitel 27

Ich muss zugeben, dass mich das wurmt. Aber was soll ich tun? Ich habe William nicht für mich gepachtet.

»Ich verlange, dass du Amelie das Geld auszahlst, das ich überwiesen habe. Das war nicht für dich!«, schimpft Poldi mit seinem Vater.

Der wird rot im Gesicht. »Ich … ich … habe das ja nur beiseitegelegt. Für Amelie …«

»Ach, zu mir hast du gesagt, du nimmst es anstelle einer Miete«, füge ich hinzu.

»Vater!« Poldi braust auf. »Wie konntest du nur?«

»Ich … ich … habe das ja nie ernst gemeint. Das Geld liegt auf einem Sparbuch.« Schweißperlen zeigen sich auf seiner Stirn.

»Gut, dann schenk das Sparbuch Amelie. Und ich hoffe, dass du dir für Mariella auch etwas überlegt hast.«

»Was meinst du denn?«

»Nun … sie arbeitet Tag und Nacht für euch.«

Jetzt staune sogar ich. Woher weiß er denn das?

»Amelie hat mir alles erzählt«, klärt er uns auf. »Ehrlich, ich finde das von euch beiden überhaupt nicht okay.« Er zeigt auf Gerhild und dann auf Rudolf.

»Und was sollen wir tun?«, fragt Gerhild aufgebracht.

»Soweit ich weiß, geht Papa doch in Richtung Pensionsalter, oder?«

Unruhig rutscht Rudolf auf dem Stuhl hin und her. »Kann sein.«

»Eben. Und hast du überlegt, was du mit der Trafik machen wirst?«

»Verkaufen«, kommt es prompt zur Antwort.

»Papa!«, mahnt Poldi ihn streng. »Denk mal nach!«

»Du willst doch die Trafik nicht übernehmen«, schimpft Gerhild.

»Ich nicht, aber vielleicht Mariella?« Poldi sieht mich fragend an.

»Ich?«

»Sie?«, kreischt Gerhild.

»Ist das dein Ernst?«, will Rudolf wissen.

Irmengard hält sich aus allem raus, guckt aber tief in ihr Weinglas.

»Soweit mir bekannt ist, ist Mariella eine äußerst gewissenhafte und fleißige Frau und hält ständig in der Trafik die Stellung.«

»Wenn du das so sagst …«, brummt Rudolf. »Kann sein, dass du recht hast.«

Fast kippe ich aus den Schuhen.

»Na ja, vielleicht ist es besser, die Trafik jemandem aus der … Familie zu überlassen«, würgt sogar Gerhild hervor.

»Vorausgesetzt, Mariella will sie übernehmen.« Poldi mustert meinen Gesichtsausdruck, der wohl eine Mischung aus entsetzt sein, Glück und Überraschung darstellen muss.

»Echt jetzt? Ich weiß nicht, was ich sagen soll …«

»Wie wäre es mit einem Ja?« Poldi lacht laut.

»Ja!«

»Du wirst gleich nächste Woche zum Anwalt gehen und einen Vertrag aufsetzen lassen!«, kommandiert er und zeigt auf Rudolf.

»Kann ich machen.«

»Dann ist mein Schatz ja immer bei mir zu Hause.« Gerhilds Gesicht hellt sich auf.

»Ja, Mutter!« Poldi nickt ihr begeistert zu.

»Das ergibt ja ein ganz neues Leben für uns. Wir können wieder Reisen und Ausflüge machen und all so etwas.« Sie wendet sich Rudolf zu. »Wieso sind wir nicht selbst auf diese Idee gekommen?«

»Ich weiß auch nicht«, murmelt er und sieht plötzlich mehr als zufrieden aus. »Ich habe mich mit dem Ruhestand noch nicht so richtig auseinandergesetzt. Aber nun, wo Poldi uns die Vorteile aufzeigt, leuchten mir diese ein.«

»Siehst du!« Poldi knufft mir in die Seite. »Läuft doch alles prima!«

»Ja. Ich danke dir.« Ich bin total überfordert. Am liebsten würde ich die Neuigkeiten sofort William erzählen, der wird aber immer noch von Elsegret in Beschlag genommen. Ob ich mir Sorgen machen muss? Immerhin trägt sie das pinke kurze Kleid, das ihm so gut gefällt. Und wieso tanzt er schon wieder mit ihr und nicht mit mir? Irgendwie stört mich das. Ob ich heute mein Glück bereits überstrapaziert habe?

Nachdem William beschäftigt ist, halte ich nach Lisa und Izmael Ausschau, während ich durch den Saal schreite. Schließlich finde ich sie neben der Sektbar – knutschend in einer Ecke. Selig lächelnd verziehe ich mich wieder. Ich freue mich für meine Freundin.

Ich beschließe, mir ein Glas Sekt zu holen, wenn ich schon neben der Bar stehe. Als ich mich mit dem vollen Glas umdrehe, wäre ich beinahe in Elsegret gelaufen.

»Huhu!«, sagt sie außer Atem. »Ich habe gerade mit dem attraktivsten Mann im Saal getanzt.«

Sofort grummelt mein Bauch. Sie kann doch wohl nur William meinen. Cool bleiben, Mariella! »Ach ja? War´s schön?«

»Und wie«, schwärmt sie. »Er hat mir ein Kompliment gemacht. Das Kleid würde mir gut stehen.«

Okay, spätestens jetzt erfasst mich die Eifersucht. Ich muss Luft holen.

Einatmen – ausatmen – einatmen.

»Ich glaube, er steht mega auf Pink.« Elsegret kichert. »Und auf mich.«

Feuer speien! Leider funktioniert das nicht. Deshalb lösche ich den inneren Brand mit dem Sekt. Gierig trinke ich das ganze Glas aus.

»Wieso sagst du nichts?«, will Elsegret wissen. »Na ja, ich würde am liebsten alle Lebkuchenherzen, die es gibt, aufkaufen und ihm schenken.«

»Mhm«, brumme ich. Soll sie das doch tun. Oder soll nicht eher ich alle aufkaufen? Verdammt, nun ist diese blöde Unsicherheit wieder zurückgekehrt.

»Aber das zahlt sich nicht aus.«

Augenblicklich fällt mir ein Stein vom Herzen. Hat William ihr gesagt, dass er eine Freundin hat? Mich nämlich. Ich muss das wissen.

»Wieso?«, frage ich scheinheilig.

»Er ist nur noch bis zum Sommer an der Schule«, erklärt Elsegret.

Meine Ohren werden immer größer. Davon hat William mir nichts gesagt. »Wie bitte?«

Mein Gegenüber schüttelt den Kopf. »Er geht zurück nach England.«

»Nein!« Ich fasse mir ans Herz. Das darf doch nicht wahr sein! So ein Idiot! Mir wird schwummrig. Ich muss sofort hier weg.

»Ja leider.« Elsegret schaut sich um. »Da werde ich mir wohl einen anderen schnuckeligen Kerl suchen müssen.«

Ohne ein Wort zu erwidern, drücke ich ihr das leere Glas in die Hand und eile weg. Wohin? Ich muss raus an die Luft, um einen klaren Kopf zu bekommen. Eiskalte Luft hilft immer. Wo war bloß der Weg zur Terrasse?

Ich kann ihn nicht mehr finden. Überhaupt ist mein ganzes Sichtfeld verzerrt. Meine Augen brennen und schon strömen die ersten Tränen heraus.

Da vorne ist eine Balkontür! Ein Weg nach draußen. Ich quetsche mich hindurch, als gerade jemand hereingeht und ich stelle fest, dass ich mich im Schlosspark befinde. Auch gut, Hauptsache weg von den feiernden Leuten und weg von dem Lärm. Und von William!

Ich eile die Treppe hinunter.

Plötzlich höre ich jemanden meinen Namen rufen.

»Mariella!«

Mist, es ist William. Ich tue so, als würde ich nichts hören und laufe durch den Park, in der Hoffnung, mich hinter einem Busch verstecken zu können. Vor mir tut sich eine ganze Reihe an dichten Sträuchern auf. Ich lege einen Zahn zu und wage es nicht, mich umzudrehen.

Erst als ich außer Puste bin, verlangsame ich meine Schritte. Irgendwie ist es um mich herum dunkler geworden. Das Licht der Laternen fehlt. Ganz schön unheimlich, aber William wird mich so bestimmt nicht finden.

Ich lege eine Pause ein und blicke hoch in den Himmel. Es ist eine klare Nacht und Millionen von Sternen funkeln am Himmelszelt. Jeder einzelne von ihnen erinnert mich an Williams Augen. Ich seufze enttäuscht auf. Bis zum Sommer sind es nur noch wenige Wochen. Zu wenige, um eine Beziehung überhaupt zu beginnen.

Was habe ich mir da nur gedacht? Ach, stimmt ja, ich habe mich von meinen Gefühlen leiten lassen. Ganz schlecht. Dabei ist in meinem Kopf doch immer im Hintergrund gewesen, dass es eine schlechte Idee ist, etwas mit einem Lehrer anzufangen.

Ich fürchte, bei allem, bin ich doch enttäuscht von mir selbst. William hatte vielleicht nie vor, etwas Ernstes mit mir zu beginnen. Das habe ich bloß angenommen, weil ich es mir anders überhaupt nicht hätte vorstellen können. Also bin ich selbst schuld.

Puh! Ich atme schwer aus und fühle mich, als würde mich jemand zerquetschen.

Ohne eine Vorstellung davon zu haben, wie viel Zeit mittlerweile vergangen ist, beschließe ich, nach Hause zu fahren. Der Ball ist für mich zu Ende.

Plötzlich lache ich auf. Wenn ich früh dran bin, kann ich ja noch den Keller aufräumen, so wie Gerhild es mir aufgetragen hat. Verrückt!

Ich mache einige Schritte und stelle fest, dass sich der Weg gabelt. Bin ich von links oder rechts gekommen? Ich weiß es nicht mehr, denn ich hatte es nur eilig, von William weg zu kommen. Und nun?

Ich gehe einfach nach rechts, wenn ich woanders herauskomme, werde ich mich schon zurechtfinden. Das Schlösschen ist ja kaum zu übersehen. Zumindest, wenn ich mal dieses Dickicht hinter mir lasse, das mir eben als Versteck gedient hat. Zumindest ist von William nichts zu sehen und zu hören, das beruhigt mich schon mal.

Doch jetzt stehe ich an der nächsten Gabelung. Verflixt, was soll das? Bin ich vorhin auch an so vielen Wegabzweigungen vorbeigekommen? Ich kann mich einfach nicht mehr erinnern.

Langsamer schreite ich voran, bis ich nicht mehr weiterkomme. Der Weg endet in einer Hecke. »Ist das ein Scherz?«, frage ich laut.

Mit einem Mal wird mir klar, was hier los ist. Ich bin in einem Labyrinth gefangen! So etwas kenne ich bisher nur aus dem Fernsehen. Oje.

Mein Orientierungssinn ist nicht der beste und da es zudem noch dunkel ist, sind meine Chancen, hier allein herauszufinden, noch schlechter. Was soll ich tun? Amelie anrufen? Mein Handy habe ich dabei, weiß aber, dass meine Tochter das Telefon in der Umkleide gelassen hat. Poldi? Warum nicht. Mit zitternden Händen hole ich es heraus und wähle seine Nummer.

Nur die Mailbox geht ran! Mist!

Und nun? Bei der Feuerwehr kann ich wohl schlecht anrufen. »Hilfe, ich habe mich in einem Labyrinth verlaufen.« Die würden sich totlachen.

Ich blicke mich um, aber da ist nichts, was mir helfen würde. Deshalb bleibt mir nichts anderes übrig, als zurückzugehen, bis ich bei der nächsten Weggabelung ankomme. Obwohl ich erst vor wenigen Minuten hier entlang gegangen sein muss, kommt mir nichts bekannt vor. Wo soll ich hin? Immer wieder dieselbe Frage.

Dann stehe ich wieder vor einer Hecke. Ein Durchkommen ist nicht möglich. Langsam bekomme ich Angst. Ich habe mich total verirrt!

Ich drehe mich im Kreis, aber es nützt nichts, denn ich weiß nicht, wo ich hinsoll. Selbst wenn ich jede Abzweigung nehmen würde, es wären einfach zu viele Möglichkeiten. Und bei meiner Orientierungslosigkeit bin ich mir nicht sicher, ob ich nicht zweimal denselben Weg auseste. Oder gar noch öfter.

Ob um Hilfe rufen hilft? Ist überhaupt außer mir jemand in den Garten gegangen? Ich habe keinen blassen Schimmer, rufe aber einfach: »Hallo? Ist da wer?«

Keine Antwort.

Ich rufe noch einige Male, aber es bleibt still.

Es ist zum Verzweifeln.

Wann wird es hell? Auf jeden Fall dauert das noch zu lange. Mir wird nämlich kalt.

Zwar bin ich froh, dass es nicht mehr so eisig ist, wie in den letzten Wochen, aber für einen längeren Aufenthalt im Freien ist das doch zu kalt. Oder ist es einfach die Angst, die mich zittern lässt?

Finde ich bei Tageslicht zurück? Fragen über Fragen. Einfach herumstehen kann ich nicht, ich laufe kreuz und quer weiter, rufe immer wieder um Hilfe, bis mir die Puste ausgeht. Keuchend bleibe ich stehen und fühle mich alleine gelassen. Dabei trage ich doch dafür die Schuld.

»Mariella?«, höre ich eine Stimme.

»William?«

»Ja! Wo bist du?«

Mein Herz klopft. »Hier.«

»Wo ist das?«

»Bei der Hecke.«

»Very funny! Hier sind doch nur Hecken.«

Ich blicke mich um. Er hat recht. Vorhin waren da aber einige andere Büsche, da bin ich mir sicher. Oder war das bloß am Eingang des Labyrinths? Egal, Hauptsache, ich komme hier raus.

»Sag einfach was, vielleicht finde ich dann den Weg zu dir.« Meine Wut über ihn ist verflogen. Ich bin froh, dass er in der Nähe ist.

Ich gehe und gehe, komme immer wieder in Sackgassen und verzweifle wieder.

Williams Stimme ist manchmal näher, manchmal weiter entfernt auszumachen.

»Pass auf, dass du dich nicht auch noch verirrst!«

»Keine Sorge, mein Orientierungssinn ist super!«

Da bin ich mir nicht so sicher, denke ich. Sonst hätte er mich schon gefunden. Verzweifelt bleibe ich stehen. Das gibt's ja nicht! Ich will hier raus!

Plötzlich ertönt ein Fiepen links neben mir. Auch dieses Geräusch ist mir bekannt. Da muss ein Eichhörnchen sein. Süß, hilft mir aber auch nicht weiter.

Wieder fiept es. Ich gucke genauer hin. Tatsächlich ist da ein Eichhörnchen zu sehen. Es sieht wie Karli aus. Aber er kann es nicht sein. Der Weg hierher wäre zu weit. Und was sollte er auch hier? Schauen, ob auf dem Ball alles glatt läuft? Blödsinn.

Das Tier fiept wieder. Und ich muss unterkühlt sein und fantasieren, denn es hört sich so an wie »Komm mit«.

»Hast du das eben echt gesagt?«, frage ich.

Das Eichhörnchen nickt.

Langsam zweifle ich echt an meinen Sinnen. »Bist du es, Karli?«

Nun springt das Tier im Kreis. Ist das als ein Ja zu werten?

»Kannst du mir helfen, hier raus zu finden?«, bitte ich.

»Ja.«

Ich komme ihm ganz nah. »Was tust du hier? Mich retten?«

»Ja.«

Oder hört sich dieses Fiepen einfach wie ein ständiges Ja an? Aber ich bin mir recht sicher, dass es Karli ist. Das Tier hat an der rechten Pfote einen weißen Fleck.

Wie wahrscheinlich ist das, das zwei unterschiedliche Tiere den haargenau gleichen Fleck haben?

Ich kann nicht weiter forschen, denn Karli klettert einige Äste weiter und wartet.

Schnell verstehe ich, was er will: Ich soll ihm folgen. Das tue ich.

Karli läuft munter weiter.

Zwischendurch höre ich immer wieder William rufen und antworte ihm. Seine Stimme wird immer lauter.

»Da bist du ja!« Er drückt mich fest. »Komm, ich wärme dich.«

Ich bin so perplex, dass ich mich an seine Brust schmiege. Das brauche ich jetzt.

»Wieso bist du weggelaufen?«

»Ich …« So kann ich nicht mit ihm reden, deshalb drücke ich mich von ihm weg. »Elsegret hat mir gesagt, dass du von der Schule abgehst.«

Er nickt. »Das stimmt.«

Mein Herz wird schwer. Dann hatte sie also doch recht.

»Aber wieso schaust du denn so traurig?« Er hebt mein Kinn an. »Amelie verlässt die Schule ja auch.«

Ja, aber sie verlässt mich nicht, denke ich. »Sie ist bloß im Sommer einige Wochen weg.«

»Ach, darum geht es also. Um den Sommer?«

»Ja«, sage ich bedrückt. »Du gehst nach England zurück.«

»Darüber wollte ich mit dir noch reden«, beginnt er. »Könntest du dir vorstellen, dass du mitkommst?«

»Was?«, frage ich. »Das geht nicht. Ich werde nämlich die Trafik übernehmen.«

»Hey, das ist ja super!« Eifrig nickt er. »Aber schade für mich, wenn du nicht mitkannst. Hast du überhaupt keinen Urlaub übrig?«

Ich wiege den Kopf hin und her. »Schon, ein paar Wochen sogar.« Denn ich habe eigentlich nie Urlaub genommen, außer wenn ich mal mit Amelie einige Tage in einer Pension am See verbracht habe. Mark könnte zudem im Sommer bestimmt mehr arbeiten.

Da hat er keine Uni. »Aber das alles bringt ja nichts, denn ich kann mir bei bestem Willen keine Fernbeziehung vorstellen, wo man sich nur zwei, drei Mal im Jahr sieht.«

»Oh, was hast du vor?«, will er wissen. »Ziehst du um?«

»Ich? Sehr witzig ... du gehst ja nach England zurück.«

»Doch nur für den Sommer. Dann kehre ich wieder zurück nach Österreich.«

Ich verstehe nichts mehr. »Aber du sagtest doch, dass du die Schule verlässt.«

»So ist es. Ich wechsle sie. Ab Herbst unterrichte ich an einer anderen Schule.«

Augenblicklich fällt mir das Atmen leichter. »Ehrlich?« Mein Herz klopft wie verrückt. »Das heißt ja, du ... ich ... wir ...«

»Ja, du sagst es: Wir! Wenn du willst ...« Er drückt mich wieder an sich und streicht mir über die Wange. »Ich weiß, wir kennen uns noch nicht gut, aber ich habe mich in dich verliebt.«

Mein ganzer Körper beginnt zu vibrieren. »Ist das wahr?«

»Und wie.« Abwartend blickt er mich an.

»Mir geht es genauso«, sage ich schließlich.

Ich habe die Worte noch gar nicht fertig ausgesprochen, da küsst er mich. Überrascht schließe ich meine Augen und genieße den Kuss. Dabei fühle ich mich, als würde ich schweben. So locker und leicht ist alles rund um mich geworden.

# Kapitel 28

Viel zu schnell endet dieser Kuss.

»Du zitterst ja. Lass uns hinein gehen«, beschließt William.

Nur zu gerne folge ich seinem Angebot. Um genau zu sein, würde ich alles tun, was er vorschlägt. Da fällt mir wieder etwas ein.

»Sag mal, was meintest du damit, ob ich mitkommen kann?«

Er schmunzelt. »Willst du mich im Sommer nach England begleiten? Ein bisschen Sightseeing, Ausflüge … na ja und ich muss meine Familie besuchen. Wenn das für dich okay wäre.«

»Auf jeden Fall! Ich komme gerne mit.« Zufrieden schmiege ich mich an ihn.

»Wunderbar, ich freue mich.«

Hand in Hand gehen wir zurück ins Schlösschen. Ich wärme mich drinnen auf. William organisiert etwas zu trinken. Lisa und Izmael kommen auf uns zu.

»Hi, ihr zwei«, begrüßt uns Lisa. »Wir wollen nach Hause.«

»Es war ein toller Abend«, fügt Izmael hinzu.

»Schön, dass ihr hier gewesen seid.« Ich drücke meine Freundin und dann auch Izmael. »William kennt ihr schon, oder?«

»Nur von der Bühne«, gesteht Lisa. »Und aus Mariellas Erzählungen.« Sie kichert.

»Sei bloß leise«, mahne ich meine Freundin und muss lachen. »Du bist unmöglich.«

»Ach was!« Sie knufft mich. »Wo warst du eigentlich? Amelie hat dich gesucht?«

»Oh … draußen …«

»Okay, es war eh nichts Dringendes. Übrigens ist Poldi, oder besser Pierre Lizzard, Lebkuchenherz-König geworden!«

»Das habe ich mir schon gedacht. Und wer ist Rosenkönigin?«

»Ich glaube, einer der Nichten von Gerhild. Irgendein dicker Kerl mit Schnauzbart hat alle verfügbaren Rosen für sie gekauft … Also der Tussi mit dem pinken Kleid, das ich dir gekauft habe.«

»Ach! Sei nicht böse, ich habe es ihr geborgt.«

»Bin ich nicht. In diesem Kleid siehst du umwerfend aus.« Sie zeigt auf mein Chiffonkleid.

William flüstert mir ins Ohr: »Dem kann ich nur zustimmen.« Ich muss lächeln.

»Gut, wir hauen jetzt ab! Ciao!« Lisa zieht Izmael mit sich und ich nehme William mit auf die Tanzfläche.

»Was wird das?«, fragt er amüsiert.

»Ich will endlich tanzen! Immerhin habe ich extra diesen Tanzabend besucht«, erkläre ich ihm. Und auch sonst brav geübt.

»Richtig! Außerdem hast du mir ohnehin einen Tanz versprochen.« Er schwingt mich nach hinten und beugt sich über mich, um mir einen Kuss auf die Lippen zu hauchen.

Ich bin erstaunt, wie gut wir harmonieren und dass das Tanzen ohne Probleme klappt. Das viele Üben hat sich ausgezahlt und William scheint der perfekte Tanzpartner für mich zu sein.

Nachdem das Lied endet, besuchen wir meine Schwiegereltern. Amelie und Gil sitzen auch bei ihnen.

»Na, alles klar?«, frage ich in die Runde. »Das ist übrigens William Fraser.«

»Aha. Hallo.« Rudolf blickt uns verwirrt an und Gerhild sagt gleich gar nichts.

»Hi Mr Fraser«, grüßen Gil und Amelie gleichzeitig.

»Im Sommer werden wir beide nach England fahren«, gebe ich bekannt. »Mark wird meine Schichten in der Trafik übernehmen.« So habe ich es jedenfalls geplant. Ich muss das erst mit ihm absprechen, bin mir aber ziemlich sicher, dass das klappen wird.

»In Ordnung«, meint Gerhild. »Denn wir haben keine Zeit, um auszuhelfen. Rudolf und ich haben vor, uns eine Hütte auf der Alm zu kaufen, wo wir unsere freie Zeit verbringen wollen.«

»Und wir wollen nach Kroatien fahren. Das darfst du nicht vergessen!«, fügt er hinzu.

»Natürlich nicht.« Gerhild nickt ihm zu. »Vielleicht auch noch nach Italien im Herbst!«

Mich freut es, dass die beiden so viele Pläne haben.

»Dann sind wir ja alle nicht da«, verkündet Amelie. »Gil und ich sind ja bei Papa in Paris.«

»Sounds good«, sagt William und ich stimme ihm zu.

»Du Mama, Gil und ich verabschieden uns langsam. Wir gehen mit den anderen ins Übergangslokal.«

»Macht das und habt viel Spaß!«, wünsche ich ihnen.

»Bis Montag in der Schule«, meint William und lacht ihnen fröhlich zu.

»Wir werden bald nach Hause fahren, falls meine Nichten noch einmal bei uns auftauchen. Sie tanzen die ganze Zeit!« Gerhild nickt in Richtung Tanzfläche.

»Lass ihnen das Vergnügen«, sage ich milde lächelnd. »Sie können sicher auch alleine mit dem Taxi heimfahren.«

»Und was ist mit dir? Fährst du mit uns mit?«, will Rudolf wissen.

Ich erstarre. Denken meine Schwiegereltern das erste Mal an mich? Das gibt's ja nicht! »Danke, ich bleibe noch eine Weile.«

»Also gut. Dann sehen wir uns morgen! Ich hole Brötchen beim Bäcker.«

Wow, ich bin echt überrascht. »Habt eine schöne Nacht.« Ich hake mich bei William unter und will mit ihm los.

»Du auch!«, höre ich Gerhild sagen und bin ganz gerührt, dass sie mich als Mensch wahrnimmt. Ob ich das Poldi zu verdanken habe? Ich schaue mich um, entdecke ihn aber nirgendwo. Vermutlich feiert er mit einer Runde seinen Lebkuchenherz-Erfolg.

William und ich tanzen noch einige Runden, dann ist mir warm geworden.

»Gehen wir noch einmal hinaus?«

»Nur, wenn du nicht wegläufst«, erwidert er amüsiert.

»Das tue ich nicht mehr.«

Als wir auf die Terrasse treten, geht langsam die Sonne auf.

»Wow, das sieht ja umwerfend aus«, schwärme ich. Der Schlosspark ist in sanftem Nebel gehüllt.

Jetzt erkenne ich auch das Labyrinth, wo ich mich vorhin verlaufen habe. Ist da eben eine Katze vorbei geschlichen? Purple? Vorhin Karli … Langsam wundert mich nichts mehr, stattdessen nehme ich die kleinen Wunder, die in den letzten Tagen passiert sind, als eine magische Weisung hin.

Geradeaus befindet sich ein bezaubernder Springbrunnen. Auf der linken Seite geht die Parkanlage in eine Farnwiese über, die beachtlich hoch ist.

»Lass uns dort rüber schauen«, sage ich und gehe voraus. Dieser Weg zieht mich förmlich an.

Links und rechts wuchert der Farn, während ein Trampelpfad mich durch die Pflanzen führt. Die Stimmung ist zauberhaft.

Der rosafarbene Himmel sieht wie gepinselt aus und die Sonnenstrahlen bringen die Umgebung zum Leuchten.

»Warte auf mich!«, ruft William hinter mir.

In der Zwischenzeit erreiche ich einen kleinen See und bleibe stehen. William holt auf.

»Wir haben doch ausgemacht, dass du nicht mehr wegläufst«, meint er schmunzelnd.

»Ich bin doch hier«, gebe ich grinsend zurück. »Sieht das nicht romantisch aus?« Der See glitzert in einem intensiven Grünton und kleine Wellen rollen fast lautlos an das Ufer. Einige Enten schwimmen gemächlich an uns vorbei und quaken.

»Wenn du in meinem Blickfeld bist, ist alles romantisch«, gibt William zurück und nimmt mich in seine Arme.

»Du Charmeur«, sage ich lachend und blicke in den Himmel. »Heute wird ein warmer Frühlingstag werden!«

»Und den möchte ich mit dir verbringen«, flüstert William in mein Ohr. »So wie alle weiteren Frühlingstage bis zum Sommer.«

»Ich glaube, auf uns kommt eine wundervolle Zeit zu.«

»Die sollten wir genießen«, schnurrt William und beginnt mit mir im Arm sanft hin und her zu schunkeln. Wie von Zauberhand ertönen leise Klänge einer Melodie dazu und wir tanzen in unser gemeinsames Leben.

ENDE

\*\*\*

Manchmal enden Geschichten wirklich wie im Märchen.

Und wenn sie nicht gestorben sind, dann tanzen sie noch heute …

Tanze auch du durchs Leben!

\*\*\*

# REZEPTE

Wer meine Geschichten schon kennt, wird sich nicht wundern, dass ich wieder die beliebtesten Rezepte aus der Geschichte gesammelt habe.
Diesmal ist es das Oreo-Trifle und die Salzstangen.

Schreib mir doch, wenn du ein Rezept probiert hast!

Gutes Gelingen!

# Oreo-Trifle

**Zutaten für Portionen:**

1 Packung Oreo Kekse (200 Gramm)
200 Milliliter Schlagsahne
3 Blatt Gelatine
100 Milliliter Milch
125 Gramm Skyr
125 Gramm Mascarpone
2-3 Esslöffel Zucker (je nachdem, wie süß es sein soll)
1 Esslöffel Kakaopulver

**Zubereitung:**

Die Gelatine in 5 Esslöffeln Wasser kurz einweichen. Inzwischen die Oreos zerkleinern oder hacken. Es sollen kleine und größere Stückchen entstehen. Vier Esslöffel der Brösel beiseitelegen.
Nun die Schlagsahne steif schlagen, die Milch leicht erwärmen und die ausgedrückte Gelatine darin auflösen. Skyr und Mascarpone in einer Schüssel vermischen, die Gelatine-Milch und den Zucker unterrühren. Danach vorsichtig die Schlagsahne unterheben. Die gesamte Creme halbieren und in eine Hälfte das Kakaopulver einrühren.
Nun die Kekse und die zwei Cremes abwechselnd in Gläser schichten und kaltstellen.
Vor dem Servieren die restlichen Oreo-Brösel schön darauf verteilen.

# *Salzstangen*

## Zutaten:

500 Gramm Mehl
½ Teelöffel Salz
1 Packung Trockenhefe
60 Gramm zerlassene Butter
1 Ei
250 Milliliter lauwarme Milch
Grobes Salz und Kümmelkörner zum Bestreuen

## Zubereitung:

Das Mehl mit dem Salz und der Hefe vermischen, die zerlassene Butter und die lauwarme Milch hinzufügen und zu einem glatten Teig verkneten.
Diesen dann in drei gleich große Stücke teilen.
Alle drei Stücke nacheinander auf einer bemehlten Arbeitsfläche kreisförmig ausrollen (ca. 20 Zentimeter Durchmesser), in gleich große Dreiecke teilen und dann jedes Dreieck aufrollen (von außen zur Mitte hin, sehr eng!).
Die Stangen auf ein Backblech legen (dieses mit Backpapier vorher auslegen), mit Wasser besprühen und mit dem Kümmel und dem groben Salz bestreuen. Im Backrohr bei 200 Grad Umluft 20-25 Minuten backen.

# Liebe Leserin, lieber Leser!

Herzlichen Dank, dass du dieses Buch gekauft hast!

»Nur ein Tanz mit dir« ist meine siebzehnte eigene Veröffentlichung als Selfpublisherin im Belletristik-Bereich. Ich hoffe, dir mit dem Buch eine schöne Lesezeit zu bereiten.
Auf dein Feedback bin ich gespannt. Schreibe doch deine Meinung in einer Rezension auf Amazon.
Möchtest du lieber persönlich mit mir in Kontakt treten? Ich habe immer ein offenes Ohr für meine Leser und Leserinnen. Schreib mir doch an folgende E-Mail-Adresse:

kontakt@sandrapulletz.com

Neuigkeiten von mir findest du auf meiner Facebook-Autorenseite:

www.facebook.com/sandra.pulletz

Hier kommst du zu meinem Blog:

www.sandrapulletz.com

Herzliche Grüße an dich!

Deine Sandra Pulletz

# Einblick in »Ein Cottage in den Highlands«

**Genre:** Romance

**Inhalt**

**Gefühle und Geheimnisse
vor Schottlands atemberaubender Kulisse**

Maires Leben besteht nur aus Arbeit, denn als Tierärztin auf der schottischen Halbinsel Skye, gibt es immer etwas für sie zu tun. Und dann sind da auch noch ihr Vater und das Farmhaus, die ihre Aufmerksamkeit verlangen. Der amerikanische Hilfsarbeiter Caden, der ihnen zur Hand gehen soll, kommt ihr da gerade recht. Nur, dass sie plötzlich Gefühle spürt, die sie seit Jahren nicht mehr hatte, überrascht Maire. Mit der Zeit kommen die beiden sich immer näher. Doch Caden ist nicht der, für den Maire ihn hält und die Lügen zwischen ihnen, drohen alles zu zerstören. Können sie gemeinsam der Wahrheit ins Auge blicken?

**Textschnipsel:**

*Maire*
»Das hast du wunderbar hinbekommen«, sage ich stolz und streichle dem schwarzen Katzenbaby über den Kopf. Ich liebe meinen Job als Tierärztin einfach über alles.

Katzenmama Chipsy miaut und kümmert sich sofort wieder um ihre Jungen, die erst wenige Tage alt sind. Ein besonders kleines Katzenbaby tut sich mit dem Trinken schwer, weshalb mich Tina angerufen hat.

»Danke noch mal, dass du so schnell kommen konntest«, meint die junge Grundschullehrerin und streicht sich eine blonde Strähne aus dem Gesicht.

»Klar doch, dafür bin ich ja da«, erwidere ich amüsiert.

»Du hast recht, dennoch ist es keine Selbstverständlichkeit, dass der Tierarzt Hausbesuche macht. Zumindest war das in der Großstadt nicht üblich.« Tina sieht den neugeborenen Katzenbabys vergnügt zu, wie sie ihre Milch trinken. Auch das schwarze Tierbaby saugt nun beharrlich.

»Wir sind auf dem Land, hier gibt es weit und breit keine andere Tierärztin außer mich, was bedeutet, ich bin für sämtliche Tiere verantwortlich.« Ich packe meine Arzttasche zusammen und tätschle Tina sanft die Schulter. »Mach dir keine Sorgen, Chipsy hat alles im Griff. In der nächsten Zeit braucht sie vor allem viel Ruhe, die wird sie sich also nehmen. Und das Sorgenkind hat sich, wie es aussieht, schon neu orientiert.«

Tina nickt. »In Ordnung.«

»Wenn du möchtest, schaue ich morgen noch einmal kurz vorbei«, biete ich ihr an, da ich merke, dass sie sich dennoch sorgt.

»Das wäre wunderbar. Am Vormittag ist nur Cliff zu Hause, er passt auf Chipsy und die Kätzchen auf. Ich komme gegen Mittag von der Schule.«

»So früh schon?« Ich wundere mich, denn normal ist bis halb vier Unterricht und Tina hat eine lange Anfahrt. Schulen auf Skye sind rar gesät.

»Kurzer Tag!« Sie lächelt. »Meine Nachmittagsstunden entfallen morgen.«

»Alles klar, ich rufe an, bevor ich komme.« Schon öffne ich die Tür und verlasse das kleine Backsteingebäude.
Jetzt heißt es Feierabend für mich und ab nach Hause. Nur noch für Notfälle bin ich erreichbar, die sind allerdings bei uns auf dem Land keine Seltenheit.
Ich fahre die Dorfstraße entlang und überlege, ob Dad etwas gekocht haben könnte. Zumindest habe ich einen Mordshunger und freue mich auf eine warme Mahlzeit nach dem langen Tag.
Zwar haben wir eigentlich eine Köchin beschäftigt – Mrs Oliver –, aber sie muss zurzeit ihren Mann pflegen, der kürzlich einen Schlaganfall erlitten hat. Natürlich habe ich dafür vollstes Verständnis, aber ich vermisse ihre Kochkünste, denn mein Vater hat in der Küche zwei linke Hände. Und ich selbst habe kaum Zeit, um mich nach der Arbeit noch an den Herd zu stellen; an der Lust fehlt es mir auch. Dazu kommt, dass ich ebenfalls nicht sonderlich gut kochen kann.
Als ich vor unserem Hof parke, sehe ich schon den Schornstein rauchen, das bedeutet, Dad ist längst zu Hause und hat zumindest die Stube eingeheizt. Wie fein, denn ich muss zugeben, dass ich friere, obwohl es Sommer ist. Aber das heißt in Schottland ja auch nicht unbedingt, dass es kein schlechtes Wetter gibt oder es kühl sein kann.
Ich steige aus, hole meine Sachen vom Beifahrersitz und marschiere auf unser Farmhaus zu. In der Dämmerung sieht es zauberhaft aus mit seiner weißen Fassade und dem dunklen Dach. Die rote Tür ist das Tüpfelchen auf dem i.
Eingebettet in der wilden Naturlandschaft verspricht unser Zuhause Gemütlichkeit. In Wahrheit zieht es aber in allen Räumen und es ist ständig kalt.

*Erhältlich auf Amazon.*

# *Einblick in*
# *»Pulverschneeküsse«*

**Genre:** Romance

**Inhalt**

Viola ist alleinerziehende Mutter eines Dreijährigen, der ihre volle Aufmerksamkeit beansprucht.
Da kommt ihr der spontane Winterurlaub mit ihrer Freundin Manu und deren Mädchen sehr gelegen.
Kälte, Schnee und Landleben schrecken sie zwar ab, aber trotzdem hofft sie auf Erholung und Entspannung.
Doch dann machen ihr gleich zwei Männer unerwartet den Hof, obwohl Viola Beziehungen längst abgeschworen hat.
Kann einer der beiden ihr gefrorenes Herz zum Schmelzen bringen? Und wer steckt hinter den seltsamen Ereignissen, die Viola auf dem Schneeflöckchen-Hof widerfahren?

**Textschnipsel:**

In der Römerstube ist es voller als sonst. »Ein Reisebus aus dem Burgenland ist vorhin angereist«, erklärt mir Manu und drückt sich einen Cappu aus dem Automaten.
  »Woher weißt du das schon wieder?« Ich tue es meiner Freundin nach und nehme einen Café Latte. Für eine Sekunde bleibt mein Blick auf dem Schwarztee hängen und hinterlässt ein flaues Gefühl im Magen.

»Ach, ich hab' im Speisesaal ein älteres Paar getroffen und mich mit ihnen unterhalten.« Sie zuckert ihren Kaffee und schnappt sich einen Löffel.

»Mensch, ich wünschte, ich könnte auch so easy die Leute anquatschen!« Ich seufze gequält auf.

Meine Freundin stupst mich an. »Trau dich einfach. Es wird dich schon niemand fressen.« Sie zwinkert mir zu.

»Mhm«, murmle ich nur. Es ärgert mich ja selbst, dass ich den Mund nicht aufkriege und sozusagen auf Manu angewiesen bin, die immer für mich vorspricht. Egal, ob sie mir einen Kerl vorstellen will oder wir beim Shoppen etwas suchen, wo sie sich dann bei einer Verkäuferin erkundigt, während ich stumm danebenstehe und höchstens mal nicke.

Ich gelobe Besserung! Schließlich bin ich alt genug und muss mich um mein eigenes Leben kümmern.

»Und, bist du dir schon darüber klar geworden, was du jetzt anstellen willst?«

Sie holt mich aus meiner Gedankenwelt. »Wie bitte?«

» Na, hast du eine Ausbildung überlegt, die zu dir passen könnte?« Sie hebt die Augenbrauen. »Oder wenigstens einen Kerl an der Angel?«

Sie kann es einfach nicht lassen, denke ich. Und ich kann trotzdem nicht böse auf sie sein. Aber sie hat recht. Ich muss Pläne machen! »Ich weiß noch gar nichts«, sage ich bedrückt.

*Erhältlich auf Amazon.*

# Einblick in »Sternensommerküsse«

**Genre:** Romance

**Inhalt**

Für Beziehungen hat die 19-jährige Nelly keine Zeit, ihre Leidenschaft für das Tanzen steht an erster Stelle. Doch die Begegnung mit Marten bringt Nellys Leben aus dem Takt. Ihr Herz klopft schneller als nach einem Tanzmarathon. Schließlich traut sie sich und lädt ihn auf ein Date ein, doch er lässt sie eiskalt abblitzen. Diese Abfuhr sorgt endgültig dafür, dass sie von der Liebe die Nase voll hat. Um sich abzulenken, springt sie kurzfristig als Betreuerin im Ferienlager ein. Blöd nur, dass sie im Waldeulen-Nest ausgerechnet auf Marten trifft, der ihr plötzlich doch Avancen macht.

Ihr Herz tanzt Merengue: Entscheidet sich Nelly für die Liebe oder gewinnt ihr Verstand?

Ein Kopfsprung ins turbulente Ferienabenteuer mit Selbstfindung, Liebeschaos und aufkeimenden Freundschaften.

**Textschnipsel:**

Am Ende steht es unentschieden zwischen beiden Gruppen. Ich fasse es nicht!

Marten wirkt amüsiert. »Irgendwie habe ich so etwas erwartet.« Er nähert sich mir und stupst mit dem Zeigefinger an meine Schulter. »Wir müssen das lösen.«

»Hä? Was meinst du damit? Gib einfach jedem Team gleich viele Punkte, und fertig.«

»Nein, nein. Die Gruppenleiter sind auch noch dran. Das wären dann du und ich.« Er reicht seine Trillerpfeife dem nächstbesten Jungen, der am Steg sitzt und die Beine ins Wasser baumeln lässt.

»Ich …«, ich suche vergebens nach einer Ausrede, denn da hat mich Marten schon geschnappt und positioniert mich an den Rand des Stegs.

»Ready?«, fragt Noel gut gelaunt und zählt einen Countdown herunter. »… zwei, eins, los!«

*Für meine Mädchen gebe ich alles!*, denke ich noch, ehe ich mit dem Kopf ins Wasser tauche. Und dann bewege ich mich wie ein Delfin. Doch Marten ist dicht an mir dran. Mein Vorteil ist der Pool im Garten, den ich im Sommer täglich nutze. Schwimmen hab ich echt drauf.

Doch beinahe übersehe ich die Boje und mache dadurch einen Schwimmzug zu viel, was Marten natürlich zugutekommt. Er übernimmt die Führung und ich kraule hinterher. Es wird anstrengend, aber ich gebe noch einmal alles. Tatsächlich hole ich auf und ziehe an Marten vorbei. Ich schwimme und schwimme, ohne auch nur einmal nachzudenken. Meine Mädchen empfangen mich mit Jubelgeschrei und ich klatsche Elfie, die erste Schwimmerin meiner Gruppe, ab.

Neben mir prustet Marten und klatscht gleichzeitig Benny ab. »Wir haben gewonnen!«

»Spinnst du?« Böse funkele ich ihn an. »Ich war zuerst am Ziel.«

*Erhältlich auf Amazon.*

# Einblick in
# »Alpensternküsse«

**Genre: Romance**

**Inhalt**

Wie unfair! Paula soll ihrer Tante in den Tiroler Alpen helfen, während ihre Eltern eine Kreuzfahrt machen. Doch Paula hat einen weiteren Grund, auf der Berghütte auszuharren: Wenn sie eine Homestory über den ortsansässigen Serienstar ergattert, darf sie auf eine Beförderung beim Stadtmagazin hoffen. Aber nichts scheint so einfach, wie zunächst gedacht. Eine Alpenkatastrophe jagt die nächste, Paula erliegt dem Charme des Stars, während Bergführer Jockl trotz seiner Abneigung der Städterin aus so mancher Klemme hilft. Als dann noch die Almresi mit ihren hautengen kurzen Hosen auftaucht, brennen nicht nur bei Paula die Sicherungen durch …

*Eine romantische Geschichte, die nicht nur auf der Alm ihren Zauber verbreitet!*

**Textschnipsel:**

Tobias lachte neben ihr und stellte seinen Rucksack ab. »Wieso trägst du eigentlich nichts?«
»Oh … Ich dachte, du hast so einen großen Rucksack, da brauche ich keinen eigenen.« Paula grinste. »Passt doch, oder?«

»Und ich soll doppelt so schwer tragen?« Tobias kniff die Augenbrauen zusammen.

Paula war mit einem Mal unsicher, ob er die Frage ernst meinte oder als Scherz. Sie half ihm beim Auspacken und warf einen Blick in die Brotdosen. »Himmel noch mal!«, entfuhr es ihr.

»Was denn?« Resi war näher gekommen und spähte neugierig in die Jausenboxen. »Ich hab einen Bärenhunger. Reich mal was weiter. Fanny hat gemeint, sie hat für uns alle etwas gerichtet.«

Ohne ein Wort gab ihr Paula das erste Behältnis. Es war prallgefüllt mit Speck. Tobias würde die Krise bekommen.

»Mh, lecker!« Resi nahm sich ein Stück heraus und biss hinein. Sie gab Jockl einen Streifen Speck, der ihn mit einem Happs verschlang.

Tobias machte ein angewidertes Gesicht und Paula hoffte inständig, dass Tante Fanny etwas Veganes eingepackt hatte. Da fiel ihr ein, dass Resi und sie selbst nichts Anständiges im Magen hatten. Die beiden hatten vorhin nur serviert, aber noch nichts gegessen.

»Hast du eigentlich bei der Alpensternhütte etwas gegessen?«, erkundigte sich Paula bei Tobias. Er schüttelte den Kopf. »Gab nichts Veganes … und ich war noch recht satt vom Frühstück.«

»Hättest ja ein paar Löwenzahnblätter essen können.« Jockl grinste frech herüber und biss provokant in ein weiteres Stück Speck.

»Ein bisschen mehr Grünzeug würde dir nicht schaden«, konterte Tobias. »Dann wärst du bestimmt schlanker.«

»Pah! Das ist kein Fett, das sind pralle Muskeln.« Zur Bestätigung knöpfte Jockl sein Hemd auf und fuhr sich über sein Sixpack.

*Erhältlich auf Amazon.*

# Einblick in »Ein Ire zum Verlieben«

**Verlag: Hawkify-Books**

**Genre: New Adult Romance**

**Inhalt**

Nach einer schmerzlichen Offenbarung ihres festen Freundes ergreift Laura die Flucht und sucht bei ihrem Vater, der in Irland Sommerkurse für Studenten anbietet, Unterschlupf.

Sie entdeckt nicht nur ihre Leidenschaft für die malerische Natur, sondern auch eine Vorliebe für rothaarige Männer.
Das Glück scheint perfekt, als Laura auf Dean trifft. Doch ein Missverständnis reiht sich an das andere.

Bekommt die zarte Liebe eine Chance oder war das Zusammentreffen zwischen Laura und Dean doch keine Bestimmung des Schicksals?

*Eine herzerwärmende Geschichte, die auf die Grüne Insel führt!*

**Textschnipsel:**

Was für ein Scheißabend!
Laura rannte ziellos umher und heulte dabei unaufhörlich. Sie wollte einfach nur weg. Raus aus ihrer Wohnung, die sie mit Daniel zusammen bewohnte, oder besser: bewohnt hatte. Dabei wusste sie nicht, wohin sie laufen sollte. Deshalb irrte sie durch die Straßen des Bezirkes. Nach Hause konnte sie nicht. Nicht, wenn er da war.
„Scheißkerl", schrie sie in die schwarze Nacht hinaus. Ihre Fußsohlen begannen zu brennen und nach wenigen hundert Metern ging ihr die Puste aus. Sie blieb für einen Moment stehen, stützte sich mit einer Hand an der Hauswand ab und beugte schnaufend ihren Oberkörper nach vorn.
„Soll ich einen Notarzt rufen?", erkundigte sich eine Stimme über ihr besorgt.
Überrascht blickte Laura hoch und entdeckte eine Dame mittleren Alters, die neugierig aus dem Fenster im ersten Stock spähte. Ihr Kopf war mit Lockenwicklern bedeckt, worüber Laura bestimmt geschmunzelt hätte, wenn sie nicht so erschöpft gewesen wäre.
„Geht schon ...", stöhnte Laura, die immer noch kaum Luft bekam. Schnell wischte sie sich mit dem Handrücken über ihr Gesicht. Die Alte brauchte nicht mitzubekommen, dass sie auch noch geheult hatte.

*E-Book erhältlich auf Amazon. Print erhältlich bei Hawkify-Books.*

# Impressum

1. Auflage, Mai 2020
Veröffentlicht über Twenty Six

>TWENTYSIX – Der Self-Publishing-Verlag
>Eine Kooperation zwischen der Verlagsgruppe Random House und Books on Demand
>© 2020 Pulletz, Sandra
>Herstellung und Verlag: BoD – Books on Demand, Norderstedt
>ISBN: 9783740766146

Verantwortlich für Inhalt und Gestaltung

Sandra Pulletz
Kärntnerstraße 99
A-8053 Graz

kontakt@sandrapulletz.com

Homepage:
www.sandrapulletz.com

Facebook:
www.facebook.com/sandra.pulletz

Copyright © Mai 2020 by Sandra Pulletz

Korrektorat:
Manuela Goncalves Vetter – Der Korrektur Fuchs

Covergestaltung: © inspirited books Grafikdesign
www.inspiritedbooks.at

*Disclaimer und Haftungsausschluss*

Alle Rechte vorbehalten. Dieses Werk ist urheberrechtlich geschützt. Jede Verwertung ist ohne der Zustimmung der Autorin unzulässig. Dies gilt insbesondere für die elektronische oder sonstige Vervielfältigung, Übersetzung, Verbreitung und öffentliche Zugänglichmachung.

Alle handelnden Personen sind frei erfunden. Ähnlichkeiten mit real existierenden oder verstorbenen Personen sind rein zufällig und nicht beabsichtigt.

Die Inhalte dieses Buches wurden mit größter Sorgfalt erstellt. Für die Richtigkeit, Vollständigkeit und Aktualität der Inhalte können wir jedoch keine Gewähr übernehmen. Dieses Buch enthält Links zu externen Webseiten Dritter, auf deren Inhalte wir keinen Einfluss haben. Deshalb können wir für diese fremden Inhalte auch keine Gewähr übernehmen. Für die Inhalte der verlinkten Seiten ist stets der jeweilige Anbieter oder Betreiber der Seiten verantwortlich. Die verlinkten Seiten wurden zum Zeitpunkt der Verlinkung auf mögliche Rechtsverstöße überprüft. Rechtswidrige Inhalte waren zum Zeitpunkt der Verlinkung nicht erkennbar. Eine permanente inhaltliche Kontrolle der verlinkten Seiten ist jedoch ohne konkrete Anhaltspunkte einer Rechtsverletzung nicht zumutbar. Bei Bekanntwerden von Rechtsverletzungen werden wir derartige Links umgehend entfernen!